敦煌壁畫中之「緊那羅」及「摩呼羅迦」——西魏壁畫。「緊那羅」意為「人非人」，似人而非人，頭上生角，善歌舞，圖中以豎髮代表生角，手勢作舞蹈形。「摩呼羅迦」是大蟒神，人身而蛇頭。二者均屬天龍八部。

敦煌壁畫「阿修羅像」——西魏時代所繪。阿修羅在本圖左首，四目四臂，象徵憤怒好鬥。其右有龍、飛天夜叉、樂神乾達婆等。

敦煌壁畫中之「迦樓羅」等——西魏時代所繪。「迦樓羅」為食龍之大鳥，即大鵬金翅鳥，其上生角怪物、玩弄鼓狀物作雜技戲者為舞蹈神「緊那羅」，均屬天龍八部。

敦煌壁畫「樂神」——西魏壁畫。

大字版

天龍八部

金庸

②六脈神劍

大字版金庸作品集㊷

天龍八部 (2)六脈神劍 「公元2005年金庸新修版」

The Semi-gods and the Semi-devils, Vol. 2

作　　者／金　庸

封面設計／唐壽南　內頁插畫／王司馬

發 行 人／王 榮 文
出版・發行／遠流出版事業股份有限公司
臺北市中山北路一段11號13樓
電話／2571-0297　**傳真**／2571-0197　**郵撥**／0189456-1

□2005年11月16日　初版一刷
□2022年 3 月16日　二版五刷

大字版　每冊 *380* 元（本作品全十冊，共3800元）
〔另有典藏版共36冊（不分售），平裝版共36冊，新修版共36冊，新修文庫版共72冊〕

ISBN　978-957-32-8133-7（**套：大字版**）
ISBN　978-957-32-8124-5（**第二冊：大字版**）
Printed in Taiwan

YLib 遠流博識網
http://www.ylib.com　E-mail:ylib@ylib.com

目錄

六　誰家子弟誰家院……二五一
七　無計悔多情……二九五
八　虎嘯龍吟……三三九
九　換巢鸞鳳……三八五
一〇　劍氣碧煙橫……四四五

（本書第一集及第二集十回回目，十句調寄〈少年遊〉・本意。）

南海鱷神大驚之下，急運內力掙扎，突覺內力自膻中穴急瀉而出，全身似欲脫力，更加驚惶無已。段譽將他身子倒舉，頭下腳上的樁落，騰的一聲，南海鱷神一個光禿禿的大腦袋撞向地面。

六　誰家子弟誰家院

段譽將木婉清摟在懷裏，又歡喜，又關心，問道：「木姑娘，你傷處好些了麼？那惡人沒欺侮你罷？」木婉清嗔道：「我是你甚麼人？還是木姑娘、木姑娘的叫我。」

段譽見她輕嗔薄怒，更增三分麗色，這七日來確是牽記得她好苦，雙臂一緊，柔聲道：「婉妹，婉妹！我這麼叫你好不好？」說著低下頭來，去吻她嘴唇。木婉清「啊」的一聲，滿臉飛紅的跳起，說道：「有旁人在這兒，你，你……怎麼可以？噫！那些人呢？」向四周望去，只見那寬袍客和褚、古、傅、朱四人都已影蹤不見，左子穆也已抱著兒子走了，周圍竟一人也無。

段譽道：「有誰在這裏？是南海鱷神麼？」眼光中又流露出驚恐之色。木婉清問道：「你來了有多久啦？」段譽道：「剛只一會兒。我上得峯來，見你暈倒了，此外一個人也沒。婉妹，咱們快走，莫要給南海鱷神追上來。」木婉清道：「好！」自言自語：「真奇怪，怎麼這些人片刻間走了個乾乾淨淨？」

忽聽得巖後有人長聲吟道：「仗劍行千里，微軀敢一言！」高吟聲中，轉出一個人來，正是那四大護衛之一的朱丹臣。段譽喜叫：「朱兄！」朱丹臣搶前兩步，躬身行禮，喜道：「公子爺，天幸你安然無恙，剛才這位姑娘那幾句話，真嚇得我們魂不附體。」段譽拱手還禮，道：「原來你們已見過了？你怎麼到這兒來啦？真是巧極。」

朱丹臣微笑道：「我們四兄弟奉命來接公子爺回去，倒不是巧合。公子爺，你也忒煞大膽，孤身闖蕩江湖。我們尋到馬五德家中，又趕到無量山來，這幾日可教大夥兒就心得夠了。」段譽笑道：「我也吃了不少苦頭。伯父和爹爹大發脾氣了，是不是？」朱丹臣道：「那自然很不高興了。不過我們出來之時，兩位爺台的脾氣已發過了，這幾天定然掛念得緊。後來善闡侯得知四大惡人同來大理，生怕公子爺撞上了他們，親自趕了出來。」

段譽道：「高叔叔也來尋我了麼？這如何過意得去？他在那裏？」朱丹臣道：「適才我們都在這兒。高侯爺出手趕走了一個惡女人，聽到公子爺的叫聲，他們都放了心，命我在這兒等你。他們追那惡女人去了。公子爺，咱們這就回府去罷，免得兩位爺台多有牽掛。」段譽道：「原來你……你一直在這兒。」想到自己與木婉清言行親密，都給他瞧見聽見了，不禁面紅過耳。

朱丹臣道：「適才我坐在巖石之後，誦讀王昌齡詩集，他那首五絕『仗劍行千里，微軀敢一言。曾為大梁客，不負信陵恩。』寥寥二十字中，倜儻慷慨，眞乃令人傾倒。」說著從懷中取出一卷書來，正是《王昌齡集》。段譽點頭道：「王昌齡以七絕見稱，五絕似非其長。這一首卻確是佳構。另一首〈送郭司倉〉，不也綢繆雅致麼？」隨即高吟道：「映門淮水綠，留騎主人心。明月隨良椽，春潮夜夜深。」朱丹臣一揖到地，說道：「多謝公子。」

段譽和木婉清適才一番親密之狀、纏綿之意，朱丹臣都聽到見到了，但見段譽臉嫩害羞，便以王昌齡的詩句岔開。他所引「曾為大梁客」云云，是說自當如侯嬴、朱亥一般，以死相報公子。段譽所引王昌齡這四句詩，卻是說為主人者對屬吏深情誠厚，以友道相待。兩人相視一笑，莫逆於心。

木婉清不通詩書，心道：「這書獃子忘了身在何處，一談到詩文，便這般津津有味。這武官卻也會拍馬屁，隨身竟帶著本書。」她不知朱丹臣文武全才，平素躭讀詩書。

段譽轉過身來，說道：「木……木姑娘，這位朱丹臣朱四哥，是我最好的朋友。」朱丹臣恭恭敬敬的行禮，道：「朱丹臣參見木姑娘。」

木婉清還了一禮，見他對己恭謹，心下甚喜，叫了聲：「朱四哥。」

朱丹臣笑道：「不敢當此稱呼。」心想：「這姑娘相貌美麗，剛才出手打公子耳光，手法靈動，看來武功也頗了得。公子爺吃了個耳光，竟笑嘻嘻的不以爲意。他爲了這個姑娘，竟敢離家這麼久，可見對她十分迷戀。不知她是甚麼來歷？公子爺年輕，不知江湖險惡，別要惑於美色，妨了聲名德行。」笑嘻嘻的道：「兩位爺台掛念公子，請公子即回府去。木姑娘若無要事，也請到公子府上作客，盤桓數日。」他怕段譽不肯回家，但如能邀得這位姑娘同歸，多半便肯回去了。

段譽躊躇道：「我怎……怎麼對伯父、爹爹說？」木婉清紅暈上臉，轉過了頭。

朱丹臣道：「那四大惡人武功甚高，適才善闡侯雖逐退了葉二娘，那也是攻其無備，帶著三分僥倖。公子爺千金之體，不必身處險地，咱們快些走罷。」段譽想起南海鱷神的兇惡情狀，也眞不寒而慄，點頭道：「好，咱們就走。朱四哥，對頭既然厲害，你還是去幫高叔叔罷。我陪同木姑娘回家去。」朱丹臣笑道：「好容易找到了公子爺，在下自當護送公子回府。木姑娘武功卓絕，只是瞧姑娘神情，似乎受傷後未曾復元，途中倘若邂逅強敵，恐有凶險，還是讓在下稍效綿薄的爲是。」

木婉清哼了一聲，道：「你跟我說話，不用嘰哩咕嚕的掉書包，我是個山野女子，沒唸過書。你文謅謅的話哪，我只懂得一半。」朱丹臣陪笑道：「是，是！在下雖是武官，卻偏要冒充文士，酸溜溜的積習難除，姑娘莫怪。」

段譽不願就此回家，但既給朱丹臣找到了，料想不回去也是不行，只有途中徐謀脫身之策，當下三人偕行下峯。木婉清一心想問他這七日七夜之中到了何處，但朱丹臣便在近旁，說話諸多不便，只得強自忍耐。朱丹臣身上攜有乾糧，取出來分給兩人吃了。

三人到得峯下，又行數里，見大樹旁繫著五匹駿馬，原來是古篤誠等一行騎來的。朱丹臣走去牽過三匹，讓段譽與木婉清上了馬，自己這才上馬，跟隨在後。當晚三人在一處小客店中宿歇，分佔三房。朱丹臣去買了一套衫褲來，段譽換上之後，始脫「臀無褲」之困。

木婉清關上房門，對著桌上一枝紅燭，支頤而坐，又喜又愁，思潮起伏：「段郎不顧危難，前來尋我，足見他對我情意深重。這幾天來我心中不斷痛罵他負心薄倖，可錯怪他了。瞧那朱丹臣對他如此恭謹，看來他定是大官的子弟。我一個姑娘兒家，雖與他訂下了婚姻，但這般沒來由的跟著到他家裏，不知師父會怎麼說？似乎他伯父和爹爹待他很兇，他們如對我輕視無禮，那便如何？哼哼，我放毒箭將他全家一古腦兒都射死了，只留段郎一個。」正想到兇野處，忽聽得窗上兩下輕輕彈擊之聲。

木婉清左手一揚，煽滅了燭火，只聽得窗外段譽的聲音說道：「是我。」木婉清聽他深夜來尋自己，一顆心怦怦亂跳，黑暗中只覺雙頰發燒，低聲問：「幹甚麼？」段譽道：「你開了窗子，我跟你說。」木婉清道：「我不開。」她一身武藝，這時候居然怕起這文弱書生來，自己也覺奇怪。段譽不明白她為甚麼不肯開窗，說道：「那麼你快出來，咱們趕緊得走。」木婉清伸指刺破窗紙，問道：「為甚麼？」段譽道：「朱四哥睡著了，別驚醒了他。我不願回家去。」

木婉清大喜，她本在為了要見段譽父母而發愁，於是輕輕推開窗子，跳了出去。段譽低聲道：「我去牽馬。」木婉清搖了搖手，伸臂托住他腰，提氣一縱，上了牆頭，隨即帶著他輕輕躍到牆外，低聲道：「馬蹄聲一響，你朱四哥便知道了。」段譽低聲笑道：「多虧你想得周到。」

兩人手攜著手，逕向東行。走出數里，沒聽到有人追來，這才放心。木婉清道：「你幹麼不願回家？」段譽道：「我這一回家，伯父和爹爹定會關著我，再也不能出來，只怕再見你一面也不容易。婉妹，今後我要天天見你，再也不分開了。」

木婉清心中甜甜的甚是歡喜，道：「我也這樣。不去你家最好，從此咱兩人浪蕩江湖，豈不逍遙快活？咱們這會兒到那裏去？」段譽道：「第一別讓朱四哥、高叔叔他們追到。第二須得躲開那南海鱷神。」木婉清點頭道：「不錯。咱們往西北方去，最好是找個鄉下人家，先避避風頭，躲他個十天半月，待我背上的傷好全，那就甚麼都不怕了。」當下兩人向西北方而行，路上也不敢逗留說話，只盼離無量山越遠越好。

行到天明，木婉清道：「姑蘇王家那批奴才定然還在找我。白天趕道，惹人眼目，咱們得找個歇宿之處。日間吃飯睡覺，晚上行路。」段譽於江湖上的事甚麼也不懂，道：「任憑你拿主意便是。」木婉清道：「待會吃過飯後，你跟我好好的說，這七日七夜到那裏去了，若有半句虛言，小心你的……」一言未畢，忽然「咦」的一聲。

只見前面柳蔭下繫著三匹馬，一人坐在石上，手中拿著一卷書，正自搖頭搖腦的吟哦，卻不是朱丹臣是誰？段譽也見到了，吃了一驚，拉著木婉清的手，急道：「快走！」

木婉清心中雪亮，知道昨晚兩人悄悄逃走，全給朱丹臣知覺了，他辨明了二人去路，便乘馬繞道，攔在前路，當下皺眉道：「傻子，給他追到了，還逃得了麼？」便迎將上去，說道：「哼！大清早便在這兒讀書，想考狀元嗎？」

朱丹臣一笑，向段譽道：「公子，你猜我是在讀甚麼詩？」跟著高聲吟道：「古木鳴寒鳥，空山啼夜猿，既傷千里目，還驚九折魂。豈不憚艱險？深懷國士恩。季布無二諾，侯嬴重一言。人生感意氣，功名誰復論？」段譽道：「這是魏徵的〈述懷〉罷？」朱丹臣笑道：「公子爺博覽羣書，佩服，佩服。」段譽明白他所以引述這首詩，意思說我半夜裏不辭艱險的追你，爲的是受了你伯父和父親以國士相待之大恩，不敢有負託付；下面幾句已在隱隱說他既已答允回家，說過了的話可不能不算。

木婉清過去解下馬匹韁繩，說道：「到大理去，不知我們走的路對不對？」朱丹臣道：「左右無事，向東行也好，向西行也好，終究會到大理。」昨日他讓段譽乘坐三匹馬中腳力最佳的一匹，這時他卻拉到自己身邊，以防段木二人如馳馬逃走，自己盡可追趕得上。

段譽上鞍後，縱馬向東。朱丹臣怕他著惱，一路上跟他說些詩詞歌賦，只可惜不熟《易經》，否則更可投其所好。但段譽已然興高采烈，大發議論。木婉清卻一句話也插不進去。不久上了大路，行到午牌時分，三人在道旁一家小店中吃麵。

忽然人影一閃，門外走進個又高又瘦的人來，一坐下，便伸掌在桌上一拍，叫道：「打兩角酒，切兩斤熟牛肉，快，快，快！」

木婉清不用看他形相，只聽他說話聲音忽尖忽粗，十分難聽，便知是「窮兇極惡」雲中鶴到了，幸好她臉向裏廂，沒跟他對面朝相，當即伸指在麵湯中一蘸，在桌上寫道：「第四惡人」。朱丹臣蘸湯寫道：「快走，不用等我。」木婉清一扯段譽衣袖，兩人走向內堂。朱丹臣閃入了屋角暗處。

雲中鶴來到店堂後，一直眼望大路，聽到身後有人走動，回過頭來，見到木婉清的背影剛在壁櫃後隱沒，喝道：「是誰？給我站住了！」離座而行，長臂伸出，便向木婉清背後抓來。

朱丹臣捧著一碗麵湯，從暗處突然搶出，叫聲：「啊喲！」假裝失手，一碗滾熱的麵湯夾臉向他潑去。兩人相距既近，朱丹臣潑得又快，小小店堂中實無迴旋餘地，雲中鶴立即轉身，一碗熱湯避開了一半，餘下一半仍潑上了臉，登時眼前模糊一片，大怒之下，伸手疾向朱丹臣抓去，準擬抓他個破胸開膛。但朱丹臣湯碗一脫手，隨手便掀起桌子，桌上碗碟杯盤，齊向雲中鶴飛去。噗的一聲響，雲中鶴五指揷入桌面，碗碟杯盤隨著一股勁風襲到。

客店中倉卒遇敵，饒是他武功高強，也鬧了個手忙腳亂，急運內勁布滿全身，碗碟之類撞將上去，一一反彈出來，但汁水淋漓，不免狼狽萬狀。只聽得門外馬蹄聲響，已有兩人乘馬向北馳去。雲中鶴伸袖抹去眼上的麵湯，猛覺風聲颯然，有物點向胸口。他吸一口氣，胸口陡然縮了半尺，左掌從空中直劈下來，反掌疾抓，四根手指已抓住了敵人點來的判官筆。朱丹臣忙運勁還奪。他內力差了一籌，這一奪原本無法奏功，一件心愛的兵刃勢要落入敵手，幸好雲中鶴滿手湯汁油膩，手指滑溜，拿揑不緊，竟讓他抽回兵刃。

數招一過，朱丹臣已知敵人應變靈活，武功了得，大叫：「使鐵桿子的，使板斧的，快快堵住了門，竹篙子逃不走啦！」他曾聽褚萬里和古篤誠說過，那晚與一個形如竹篙的人相遇，兩人合力，才勉強取勝，是以虛張聲勢的叫將起來。雲中鶴不知是計，心道：「糟糕，使鐵桿子和板斧的兩個傢伙原來埋伏在外，我以一敵三，更非落敗不可。」當下無心戀戰，衝入後院，越牆而走。朱丹臣大叫：「竹篙子逃走啦，快追，這一次可不能再讓他溜掉！」奔到門外，翻身上馬，追趕段譽去了。

段譽和木婉清馳出數里，便收韁緩行，過不多時，聽得馬蹄聲響，朱丹臣騎馬追來。兩人勒馬相候，正待詢問，木婉清忽道：「不好！那人追來了！」只見大道上一人一晃一飄，一根竹篙般冉冉而來。

朱丹臣駭然道：「這人輕功如此了得。」揚鞭在段譽的坐騎臀上抽了一記，三匹馬十二隻馬蹄上下翻飛，頃刻間將雲中鶴遠遠拋在後面。奔了數里，木婉清聽得坐騎氣喘甚急，只得收慢，但就這麼一停，雲中鶴又已追到。此人短程內的衝刺雖不如馬匹，長力卻綿綿不絕。

朱丹臣心知詭計為他識破，虛聲恫嚇已不管用，看來二十里路內，非給他追及不可。只要到得大理城去，自然天大的事也不必怕，但三匹馬越奔越慢，情勢漸急。又奔出數里，段譽的坐騎突然前腿跪倒，將他摔落。木婉清飛身下鞍，搶上前去，不等段譽著地，已一把抓住他後心，正好她坐騎奔到身旁，她左手在馬鞍上一按，帶著段譽躍上馬背。朱丹臣遙遙在後阻敵，見木婉清及時出手，脫口叫道：「好身法！」

一聲甫畢，突然腦後風響，兵器襲到，朱丹臣回過判官筆，噹的一聲格開鋼抓。雲中鶴乘勢拖落，五根鋼鑄的手指只抓得馬臀上鮮血淋漓。那馬吃痛，一聲悲嘶，奔得反更加快了，不多時便和雲中鶴相距甚遠。但這麼一來，一馬雙馱，一馬受傷，勢難持久，朱丹臣和木婉清都暗暗焦急。

段譽卻不知事情凶險，問道：「這人很厲害麼？難道朱四哥打他不過？」木婉清搖頭道：「只可惜我受了傷，使不出力氣，不能相助朱四哥跟這惡人一拚。」突然心生一計，說道：「我假裝墮馬受傷，躺在地下，冷不防射他兩箭，或許能得手。你騎了馬只管走，不用等待。」段譽大急，反轉雙臂，左手勾住她頭頸，右手抱住她腰，連叫：「使不得，使不得！我捨不得讓你冒險！」木婉清羞得滿面通紅，嗔道：「獃子，快放開我。給朱四哥瞧在眼裏，成甚麼樣子？」段譽一驚，道：「對不起！你別見怪。」木婉清道：「你是我丈夫，又有甚麼對不起了？」

說話之間，回頭又已望見雲中鶴冉冉而來，朱丹臣連連揮手，催他們快逃，跟著躍下馬來，攔在道中，雖明知鬥他不過，也要多擋他一些時刻，免得他追上段譽。不料雲中鶴一心要追上木婉清，陡然衝入道旁田野，繞過了朱丹臣，疾向段木二人追來。

木婉清出力鞭打坐騎，那馬口吐白沫，已在挨命。段譽道：「倘若咱們騎的是你那黑玫瑰，料這惡人再也追趕不上。」木婉清道：「那還用你說？唉，可惜！」

那馬轉過了一個山岡，迎面筆直一條大道，已無躲避之處，只見西首綠柳叢中，小湖旁有一角黃牆露出。段譽喜道：「好啦！咱們向那邊去。」木婉清道：「不行！那是死地，無路可走！」段譽道：「你聽我的話便不錯。」拉轉馬頭，向綠柳叢中馳去。

奔到近處，木婉清見那黃牆原來是所寺觀，匾額上寫的似乎是「玉虛觀」三字，心下飛快盤算：「這獃子逃到了這裏，前無去路。我且躲在暗處，射這竹篙子一箭。」轉眼間坐騎已奔到觀前，猛聽得身後一人哈哈大笑，正是雲中鶴的聲音，相距已不過數丈。

段譽大叫：「媽媽，媽媽，快來啊！媽！」木婉清心下惱怒，喝道：「獃子，叫媽媽有甚麼用？醜死了！」雲中鶴笑道：「便叫奶奶爺爺，也沒用了。」縱身撲上。木婉清左掌貼在段譽後心，運勁推出，叫道：「進觀去！」右臂輕揮，一箭向後射出。雲中鶴縮頭閃開，見木婉清躍離馬鞍，左手鋼抓倏地遞出，搭向她肩頭。木婉清身子急縮，鑽到馬腹之下，颼颼颼連射三箭。雲中鶴東閃西晃，後躍相避。

便在此時，觀中走出一個道姑，見段譽剛從地下哎唷連聲的爬起身來，便上前伸臂攬住了他，笑道：「又在淘甚麼氣了，這麼大呼小叫的？」

木婉清見這道姑年紀雖較段譽爲大，但容貌秀麗，對段譽竟如此親熱，而段譽伸右臂圍住了那道姑的腰，更是一臉歡喜之狀，不由得醋意大盛，顧不得強敵在後，縱身過去，發掌便向那道姑迎面劈去，喝道：「你攬著他幹麼？快放開！」段譽急叫：「婉妹，不得無禮！」木婉清聽他迴護那道姑，氣惱更甚，腳未著地，掌上更增三分內勁。那道姑拂塵揮動，帚尾在空中轉了個小圈，已捲住她手腕。木婉清給拂塵一扯，不由自主的往旁衝出幾步，這才站定，又急又怒的罵道：「你是出家人，也不怕醜！」

雲中鶴初時見那道姑出來，姿容美貌，心中一喜：「今日運道來了，一箭雙鵰，兩個美娘子一併擄了去。」待見那道姑拂塵出手，便將木婉清攻勢凌厲的一掌輕輕化開，已知這道姑武功了得，便縱身上了馬鞍，靜觀其變，心道：「兩個娘兒都美，隨便搶到一個，也就罷了。」

那道姑怒道：「小姑娘，你胡說八道些甚麼？你……你是他甚麼人？」

木婉清道：「我是段郎的媳婦，你快放開他。」

那道姑一呆，忽然眉花眼笑，拉著段譽的耳朵，笑道：「是眞是假？」段譽笑道：「也可說是眞，也可說是假。」那道姑伸手在他面頰上重重扭了一把，笑道：「沒學到你爹半分武功，卻學足了爹爹的風流胡鬧，我不打斷你狗腿才怪。」側頭向木婉清上下打量，說道：「嗯，這姑娘也眞美，就是太野，須得好好管教才成。」

木婉清怒道：「我野不野關你甚麼事？你再不放開他，我可要放箭射你了。」那道姑笑道：「你倒射射看。」段譽大叫：「婉妹，不可！你知道她是誰？」說著伸手摟住了那道姑項頸。木婉清更加惱怒欲狂，手腕一揚，颼颼兩聲，兩枝毒箭向那道姑射去。

那道姑本來滿臉笑容，驀地見到小箭，臉色立變，拂塵揮出，裹住兩枝小箭，厲聲喝道：「『修羅刀』秦紅棉是你甚麼人？」木婉清道：「甚麼『修羅刀』秦紅棉？沒聽見過。快放開我段郎。」她明明見到此刻早已是段郎摟住道姑，而非道姑摟住段郎，但仍覺是道姑不對。

段譽見那道姑氣得臉色慘白，勸道：「媽，你別生氣！」「媽，你別生氣」這五字鑽入了木婉清耳中，不由得她不大吃一驚，幾乎不信自己的耳朵，叫道：「甚麼？她……她是你媽媽？」

段譽笑道：「剛才我大叫『媽媽』，你沒聽見麼？」轉頭向那道姑道：「媽，她是木婉清木姑娘，兒子這幾日連遇凶險，很受惡人的欺侮，虧得木姑娘幾次救了兒子性命。」

忽聽得柳樹叢外有人大叫：「玉虛散人！千萬小心了，這是四大惡人之一！」跟著一人急奔而至，正是朱丹臣。他見那道姑神色有異，還道她已吃了雲中鶴的虧，顫聲道：「你……你跟他動過了手麼？」

雲中鶴朗聲笑道：「這時動手也還不遲。」一句話剛說完，雙足已站上馬鞍，便如馬背上豎了一根旗桿，突然身子向前伸出，右足勾住馬鞍，兩柄鋼抓同時向那道姑抓去。那道姑斜身欺到馬左，拂塵捲著的兩枝小箭激飛而出。雲中鶴閃身避過。那道姑搶上揮拂塵擊他左腿，雲中鶴竟不閃避，左手鋼抓勾向她背心。那道姑側身避過，拂塵迴擊。雲中鶴邁前一步，左足踏上馬頭，居高臨下，右手鋼抓橫掃而至。

朱丹臣喝道：「下來。」縱身躍上馬臀，左手判官筆點向他左腰。雲中鶴左手鋼抓擋開，以長攻短，反擊過去。玉虛散人拂塵抖處，又襲向他下盤。雲中鶴雙手鋼抓飛舞，以一敵二。木婉清見他站在馬上，不必守護胸腹，頗佔便宜，颼的一箭射出，穿入那馬左眼。那馬一聲慘嘶，便即跪倒。玉虛散人拂塵圈轉，已纏住了雲中鶴右手鋼抓的手指。朱丹臣奮身而上，連攻三招。玉虛散人和雲中鶴同時奮力回奪。

雲中鶴力道雖然強得多，但分了半力去擋架朱丹臣的兵刃，又要防備木婉清的毒箭，手臂急震，拂塵和鋼抓同時脫手，直飛上天。他知今日已討不了好去，罵道：「大理國的傢伙，專會倚多取勝。」雙足力撐馬鞍，身子如箭般飛出，左手鋼抓勾住一株大柳樹的樹枝，一個翻身，已在數丈之外。木婉清發箭射去，啪的一聲，短箭釘上了柳樹，雲中鶴卻已不知所蹤。跟著噹啷啷一聲響，拂塵和鋼抓同時落地。

朱丹臣躬身向玉虛散人拜倒，恭恭敬敬行禮，說道：「丹臣今日險些性命難保，多蒙相救。」玉虛散人微微一笑，道：「十多年沒動兵刃，功夫全擱下了。朱兄弟，這人是甚麼來歷？」朱丹臣道：「聽說四大惡人齊來大理。這人位居四大惡人之末，武功已如此了得，其餘三人可想而知。請您到王府中暫避一時，待料理了四個惡人之後再說。」

玉虛散人臉色微變，慍道：「我還去王府中幹麼？四大惡人齊來，我敵不過，死了也就是了！」朱丹臣不敢再說，向段譽連使眼色，要他出言相求。

段譽拾起拂塵交在母親手裏，把雲中鶴的鋼抓遠遠拋開，說道：「媽，這四個惡人委實兇惡得緊，你既不願回家，我陪你去伯父那裏。」玉虛散人搖頭道：「我不去！」

眼圈一紅，似乎便要掉下淚來。段譽道：「好，你不去，我就在這兒陪你。」轉頭向朱丹臣道：「朱四哥，煩你去稟報我伯父和爹爹，說我母子倆在這兒合力抵擋四大惡人！」

玉虛散人笑了出來，道：「不怕羞！你有甚麼本事，跟我合力抵擋四大惡人？」她雖給兒子引得笑了出來，但先前存在眼眶中的淚水終於流下了臉頰，她背轉了身，舉袖拭淚。

木婉清暗自詫異：「段郎的母親怎地是個出家人？眼看雲中鶴這一去，勢必會同其餘三個惡人聯手來攻，他母親如何抵敵？她為甚麼一定不肯回家躲避？啊，是了！天下男子負心薄倖的多，段郎的父親定是另有愛寵，以致他母親著惱出家。」登時對她大生同情，說道：「玉虛散人，我幫你禦敵。」

玉虛散人細細打量她相貌，突然厲聲道：「你給我說實話，到底『修羅刀』秦紅棉是你甚麼人？」木婉清也氣了，說道：「我早跟你說過了，我從來沒聽過這名字。秦紅棉是男是女，是人是畜生，我全不知情。」

玉虛散人聽她說到「是人是畜生」，登時釋然，尋思：「她若是修羅刀的後輩親人，決不會說『畜生』兩字。」雖聽她出言挺撞，臉色反溫和了，笑道：「姑娘莫怪！我適才見你射箭的手法姿式，很像我所識的一個女子，甚至你的相貌也有三分相似，以致起疑。木姑娘，令尊、令堂的名諱如何稱呼？你武功很好，想必是名門之女。」木婉清搖頭道：「我從小沒爹沒娘，是師父養大我的。我不知爹爹、媽媽叫甚麼名字。」

玉虛散人道：「那麼尊師是那一位？」木婉清道：「我師父叫作『幽谷客』。」玉虛散人沉吟道：「幽谷客？幽谷客？」向著朱丹臣，眼色中意示詢問。朱丹臣搖了搖頭，說道：「丹臣僻處南疆，孤陋寡聞，於中原前輩英俠，多有未知。這『幽谷客』前輩，想必是位隱逸山林的高士。」這幾句話，便是說從來沒聽見過「幽谷客」的名字。

說話之間，忽聽得柳林外馬蹄聲響，遠處有人呼叫：「四弟，公子爺無恙麼？」朱丹臣叫道：「公子爺在這兒，平安大吉。」片刻之間，三乘馬馳到觀前停住，褚萬里、古篤誠、傅思歸三人下馬走近，拜倒在地，向玉虛散人行禮。

木婉清自幼在山野之中長大，見這些人禮數周至，頗感厭煩，心想：「這幾個人武功都很高明，卻怎地見人便拜？」

玉虛散人見這三人情狀狼狽，傅思歸臉上受了兵刃之傷，半張臉裹在白布之中，古篤誠身上血跡斑斑，褚萬里那根長長的鐵桿子只剩下了半截，忙問：「怎麼？敵人很強麼？思歸的傷怎樣？」傅思歸聽她問起，又勾起了滿腔怒火，大聲道：「思歸學藝不精，慚愧得緊，倒勞王妃掛懷了。」玉虛散人幽幽的道：「你還叫我甚麼王妃？你記心得好一點才是。」傅思歸低下了頭，說道：「是！王妃恕罪。」他說的仍是「王妃」，當是以往叫得慣了，不易改口。

朱丹臣道：「高侯爺呢？」褚萬里道：「高侯爺受了點兒內傷，不便乘馬快跑，這就來了。」玉虛散人輕輕「啊」的一聲，道：「高侯爺也受了傷？不……不要緊麼？」褚萬里道：「高侯爺和南海鱷神對掌，正鬥到緊急處，葉二娘突然自後偷襲，侯爺分不了手，背上給那婆娘印了一掌。」玉虛散人拉著段譽的手，道：「咱們瞧高叔叔去。」娘兒倆一齊走出柳林，木婉清也跟著出去。褚萬里等將坐騎繫上柳樹，跟隨在後。

遠處一騎馬緩緩行來，馬背上伏著一人。玉虛散人等快步迎上，只見那人正是善闡侯高昇泰。段譽快步搶上，問道：「高叔叔，覺得怎樣？」高昇泰道：「還好。」抬起頭來，見到了玉虛散人，掙扎著要下馬行禮。玉虛散人道：「高侯爺，你身上有傷，不用多禮。」但高昇泰已然下馬，躬身說道：「高昇泰敬問王妃安好。」玉虛散人回禮，說道：「譽兒，你扶住高叔叔。」

木婉清滿腹疑竇：「這姓高的武功著實了得，一枝鐵笛，數招間便驚退了葉二娘，怎地見了段郎的母親卻也這般恭敬？也稱她為『王妃』？難道……段郎……段郎他……竟是甚麼王子麼？可是這書獃子作事莫名其妙，那裏像甚麼王子了？」

玉虛散人道：「侯爺請即回大理休養。」高昇泰道：「是！四大惡人同來大理，情勢兇險，請王妃暫回王府。」玉虛散人嘆了口氣，說道：「我這一生一世，是決計不回去的了。」高昇泰道：「既然如此，我們便在玉虛觀外守衛。」向傅思歸道：「思歸，你即速回去稟報。」傅思歸應道：「是！」快步奔向繫在玉虛觀外的坐騎。

玉虛散人道：「且慢！」低頭凝思。傅思歸便即停步。木婉清見玉虛散人臉色變幻，顯是心中疑難不易決斷。午後日光斜照在她面頰之上，晶瑩華彩，雖已中年，芳姿不減，心道：「段郎的媽媽美得很啊，這模樣挺像是畫中的觀音菩薩。」

過了半晌，玉虛散人抬起頭來，說道：「好，咱們一起回大理，總不成爲我一人，叫大夥兒在這裏涉險。」段譽大喜，跳了起來，摟住她頭頸，叫道：「這才是我的好媽媽呢！」傅思歸道：「屬下先去報訊。」奔回去解下坐騎，翻身上馬，向北急馳而去。褚萬里牽過馬來，讓玉虛散人、段譽、木婉清三人乘坐。

一行人首途前赴大理，玉虛散人、木婉清、段譽、高昇泰四人乘馬，褚萬里、古篤誠、朱丹臣三人步行相隨。行出數里，迎面馳來一小隊騎兵。褚萬里快步搶上，向那隊長說了幾句話。那隊長一聲號令，衆騎兵一齊躍下馬背，拜伏在地。段譽揮了揮手，笑道：「不必多禮。」那隊長下令讓出三匹馬來，給褚萬里等乘坐，自己率領騎兵，當先開路。鐵蹄錚錚，向大道上馳去。

木婉清見了這等聲勢，料知段譽必非常人，忽生憂慮：「我還道他只是個落魄江湖的書生，因此上說嫁便嫁。瞧這小子的排場不小，倘若他是甚麼皇親國戚，或是朝中大官，說不定瞧不起我這山野女子。師父言道，男人越富貴，越沒良心，娶妻子要講究甚麼門當戶對。哼哼，他好好娶我便罷，倘若三心兩意，推三阻四，我不射他幾箭才怪。我才不理他是多大的來頭呢！」一想到這事，心裏再也藏不住，縱馬馳到段譽身邊，問道：「喂，你到底是甚麼人？咱們在山頂上說過的話，算不算數？」

段譽見馬前馬後都是人，她忽然直截了當的問起婚姻大事，不禁頗爲尷尬，笑道：「到了大理城內，我慢慢跟你說。」木婉清道：「你如對我負……負心……我……我……」說了兩個「我」字，終於說不下去了。段譽見她脹紅了粉臉，眼中淚水盈盈，更增嬌媚，心中愛念大盛，低聲道：「我決不負心，你可也別負心。」木婉清道：「我怎會負心？」段譽道：「婉妹，你肯嫁我，我是求之不得。你放心，我媽媽也很喜歡你呢。」

木婉清破涕爲笑，低聲道：「你媽媽喜不喜歡我，我又理她作甚？」言下之意自是說：「只要你喜歡我，那就成了！」

段譽心中一蕩，眼光轉處，見母親正似笑非笑的望著自己兩人，不由得大窘。

申牌時分，離大理城尚有二三十里，迎面塵頭大起，成千名騎兵列隊馳來，兩面杏黃旗迎風招展，一面旗上繡著「鎮南」兩個紅字，另一面旗上繡著「保國」兩個黑字。段譽叫道：「媽，爹爹親自迎接你來啦！」玉虛散人哼了一聲，勒停了馬。高昇泰等一干人一齊下馬，讓在道旁。段譽縱馬上前，木婉清略一猶豫，也縱馬跟了上去。

片刻間雙方馳近，段譽大叫：「爹爹，媽回來啦！」兩名旗手向旁讓開，一個紫袍人騎著一匹大白馬迎面奔來，喝道：「譽兒，你當眞胡鬧，累得高叔叔身受重傷，瞧我不打斷你兩條腿！」

木婉清吃了一驚，心道：「哼，你要打斷段郎的兩腿，就算你是他父親，那也決計不成。」見這紫袍人一張國字臉，神態威猛，濃眉大眼，凜然有王者之相，見到兒子無恙歸來，三分怒色之外，倒有七分歡喜。木婉清心道：「幸好段郎的相貌像他媽媽，不像你。否則似你這般兇霸霸的模樣，我可不喜歡。」

段譽縱馬上前，笑道：「爹爹，你老人家身子安好。」那紫袍人佯怒道：「好甚麼？總算沒給你氣死。」段譽笑道：「這趟若不是兒子出去，也接不到娘回來。兒子所立的這場汗馬功勞，著實了不起。咱們就將功折罪，爹，你別生氣罷！」紫袍人哼了一聲，道：「就算我不揍你，你伯父也饒你不過。」雙腿一夾，白馬行走如飛，向玉虛散人奔去。

木婉清見那隊騎兵身披錦衣，甲胄鮮明，兵器擦得閃閃生光，前面二十人手執儀仗，一面朱漆牌上寫著「大理鎭南王段」六字，另一面虎頭牌上寫著「保國大將軍段」六字。她雖是天不怕、地不怕的性兒，見了這等威儀排場，也不禁肅然，問段譽道：「喂，這鎭南王、保國大將軍，就是你爹爹麼？」段譽笑著點頭，低聲道：「那就是你公公了！」

木婉清勒馬呆立，心中一片茫然。她呆了半晌，縱馬又向段譽身邊馳去。大道上前後左右都是人，她卻突然只覺說不出的孤單，須得靠近段譽，才稍覺平安。

鎮南王在玉虛散人馬前丈餘處勒定了馬，兩人你望我一眼，我望你一眼，誰都不開口。段譽道：「媽，爹爹親自接你來啦。」玉虛散人道：「你去跟伯母說，我到她那裏住幾天，打退了敵人之後，我便回玉虛觀去。」鎮南王陪笑道：「夫人，你的氣還沒消麼？咱們回家之後，我慢慢跟你賠禮。」玉虛散人沉著臉道：「我不回家，我要進宮去。」

段譽道：「很好，咱們先進宮去，拜見了伯父、伯母再說。媽，這次兒子溜到外面去玩，伯父一定生氣，爹爹多半是不肯給我說情的了。還是你幫兒子去說幾句好話罷！」玉虛散人道：「你越大越不成話了，須得讓伯父重重打一頓板子才成。」段譽笑道：「打在兒身上，痛在娘心裏，還是別打的好。」玉虛散人給他逗得一笑，道：「呸！打得越重越好，我才不可憐呢。」

鎮南王和玉虛散人之間本來甚是尷尬，給段譽這麼插科打諢，玉虛散人開顏一笑，僵局便打開了。段譽道：「爹，你的馬好，怎地不讓給媽騎？」玉虛散人說道：「我不騎！」向前直馳而去。段譽縱馬追上，挽住母親坐騎的轡頭。鎮南王已下了馬，牽過自己的馬去。段譽嘻嘻直笑，抱起母親，放在父親的白馬鞍上，笑道：「媽，你這麼一位絕世無雙的美人兒，騎了這匹白馬，更加好看了。可不眞是觀世音菩薩下凡嗎？」

玉虛散人笑道：「你那木姑娘才是絕世無雙的美人兒，你取笑媽這老太婆麼？」

鎭南王轉頭向木婉淸看去。段譽道：「她……她是木姑娘，是兒子結交的……結交的好朋友。」鎭南王見了兒子神色，已知其意，見木婉淸容顏秀麗，暗暗喝采：「譽兒眼光倒不錯。」見木婉淸眼光中野氣甚濃，也不過來拜見，心道：「原來是個不知禮數的鄉下女孩兒。」心中記掛著高昇泰的傷勢，快步走到他身邊，說道：「泰弟，你內傷怎樣？」伸指搭他腕脈。高昇泰道：「我督脈上受了些傷，並不礙事，你……你不用損耗功力……」一言未畢，鎭南王已伸出右手食指，在他後頸中點了三指，左掌按住他腰間。

鎭南王頭頂冒出絲絲白氣，過了一盞茶時分，才放開左掌。高昇泰道：「淳哥，大敵當前，你何苦在這時候爲我耗損內力？」鎭南王笑道：「你內傷不輕，早治一刻好一刻。待得見了大哥，他就不讓我動手，自己要出指了。」

木婉淸見高昇泰本來臉色白得怕人，但只這片刻之間，雙頰便有了紅暈，心道：「原來段郎的爹爹內功十分深厚，怎地段郎他……他卻又全然不會武功？」

褚萬里牽過一匹馬，服侍鎭南王上馬。鎭南王和高昇泰並騎徐行，低聲詢問敵情。段譽與母親有說有笑，在鐵甲衛士前後擁衛下馳向大理城，卻不免將木婉淸冷落了。

黃昏時分，一行人進了大理城南門。「鎮南」、「保國」兩面大旗所到之處，衆百姓大聲歡呼：「鎮南王爺千歲！」「大將軍千歲！」鎮南王揮手作答。

木婉清見大理城內人煙稠密，大街上青石平鋪，市肆繁華。過得幾條街道，眼前筆直一條大石路，大路盡頭聳立著無數黃瓦宮殿，夕陽照在琉璃瓦上，金碧輝煌，令人目爲之眩。一行人來到一座牌坊前，一齊下馬。木婉清見牌坊上寫著四個大金字：「聖道廣慈」，心想：「這是座大廟呢，還是大理國的皇宮？段郎的伯父倘若竟住在宮裏，想必是做大官的，也是個甚麼王爺、大將軍之流。」

一行人走過牌坊，木婉清見宮門上的匾額寫著「聖慈宮」三個金字。一名太監快步走將出來，說道：「啓稟王爺：皇上與娘娘在王爺府中相候，請王爺、王妃回鎮南王府見駕。」鎮南王道：「是了！」段譽笑道：「妙極，妙極！」玉虛散人橫他一眼，嗔道：「妙甚麼？我在皇宮中等候娘娘便是。」那太監道：「娘娘吩咐，務請王妃即時朝見，娘娘有要緊事和王妃商量。」玉虛散人低聲道：「有甚麼要緊事了？詭計多端！」段譽知道這是皇后故意安排，料到他母親不肯回自己王府，是以先到鎮南王府中去相候，實是撮合他父母和好的一番美意，心下甚喜。

一行人出牌坊後上馬，折而向東，行了約莫兩里路，來到一座大府第前。府門前兩面大旗，旗上分別繡的是「鎮南」、「保國」兩字，府額上四個金字寫的是「鎮南王府」。門口站滿了親兵衛士，躬身行禮，恭迎王爺、王妃回府。

鎭南王首先進了府門，玉虛散人踏上第一級石階，忽然停步，眼眶一紅，怔怔的掉下淚來。段譽半拉半推，將母親擁進大門，說道：「爹，兒子請得媽回來，立下大功，爹爹有甚麼獎賞？」鎭南王心中歡喜，道：「你向娘討賞，娘說賞甚麼，我便照賞。」玉虛散人破涕爲笑，道：「我說賞一頓板子！」段譽伸了伸舌頭。

高昇泰等到了大廳上，分站兩旁，鎭南王道：「泰弟，你身上有傷，快坐下。」段譽向木婉清道：「你在此稍坐片刻，我見過皇上、皇后，便來陪你。」

木婉清不願他離去，但也沒法阻止，只得委委屈屈的點了點頭，逕在首座第一張椅上坐了下來。其餘諸人一直站著，直等鎭南王夫婦和段譽進了內堂，高昇泰這才坐下，但褚萬里、古篤誠、朱丹臣等人仍垂手站立。

木婉清也不理會，放眼看那大廳，見正中一塊横匾，寫著「邦國柱石」四個大字，下首署著「乙丑御筆」四個小字，楹柱中堂懸滿了字畫，一時也看不了許多，何況好多字根本不識。侍僕送上清茶，恭恭敬敬的舉盤過頂。木婉清心想：「這些人的古怪眞多。」又見只她自己與高昇泰兩人有茶。朱丹臣等一干人迎敵之時威風八面，到了鎭南王府，卻恭謹肅立，大氣也不敢透一口，那裏像甚麼身負上乘武功的英雄好漢？

過得半個時辰，木婉清等得不耐煩起來，大聲叫道：「段譽，段譽！幹麼還不出來？」大廳上雖站滿了人，人人屏息凝氣，隻聲不出，木婉清突然大叫，誰都嚇了一跳。高昇泰微笑道：「姑娘請稍待，小王爺這就出來。」

木婉清奇道：「甚麼小王爺？」高昇泰道：「段公子是鎮南王世子，那就是小王爺了。」木婉清自言自語：「小王爺，小王爺！這書獃子像甚麼王爺？」

這時內堂走出一名太監，說道：「皇上有旨：著善闡侯、木婉清進見。」高昇泰見那太監出來，早已恭恭敬敬的站立。木婉清卻仍大剌剌的坐著，聽那太監直呼己名，心中不喜，低聲道：「姑娘也不稱一聲，我的名字是你隨便叫得的麼？」高昇泰道：「木姑娘，咱們去叩見皇上。」

木婉清雖然天不怕、地不怕，聽說要去見皇帝，心頭也有些發毛，只得跟在高昇泰之後，穿長廊，過庭院，只覺走不完的一間間屋子，終於來到一座花廳之外。

那太監報道：「善闡侯、木婉清朝見皇上、娘娘。」揭開了簾子。

高昇泰向木婉清使個眼色，走進花廳，向正中坐著的一男一女跪了下去。

木婉清卻不下跪，見那男人長鬚黃袍，相貌清俊，問道：「你就是皇帝麼？」

這居中而坐的男子，正是大理國當今皇帝段正明，帝號稱為保定帝。大理國於五代後晉天福二年建國，比之趙匡胤陳橋兵變、黃袍加身還早了廿三年。大理段氏其先為涼州武威郡人，始祖段儉魏，佐南詔大蒙國蒙氏為清平官，六傳至段思平，官通海節度使，丁酉年得國，稱太祖神聖文武帝。十四傳而到段正明，已歷一百五十餘年。大理國僻處南疆，歷代皇帝崇奉佛法，雖自建帝號，對大宋一向忍讓恭順，從不以兵戎相見。其時大理國四境寧靜，國泰民安。

保定帝見木婉清不向自己跪拜，開口便問自己是否皇帝，不禁失笑，說道：「我便是皇帝了。你說大理城裏好玩麼？」木婉清道：「我一進城便來見你了，還沒玩過。」保定帝微笑道：「明兒讓譽兒帶你到處走走，瞧瞧我們大理的風光。」木婉清道：「很好，你陪我們一起去嗎？」她此言一出，衆人都忍不住微笑。

保定帝回視坐在身旁的皇后，笑道：「皇后，這娃兒要咱們陪她，你說陪不陪？」皇后微笑未答。木婉清向她打量了幾眼，道：「你是皇后娘娘嗎？果然挺美麗的！」保定帝呵呵大笑，說道：「譽兒，木姑娘天真誠樸，有趣得緊。」

木婉清問道：「你叫他譽兒？他嘴裏常說的伯父，就是你了，是不是？他這次私逃出外，很怕你生氣，你別打他了，好不好？」保定帝微笑道：「我本要重重打他五十記板子，既是姑娘說情，那就饒過好了。譽兒，你還不謝謝木姑娘！」

段譽見木婉清逗得皇上高興，心下甚喜，素知伯父性子隨和，便向木婉清深深一揖，說道：「謝過木姑娘說情之德。」木婉清還了一禮，低聲道：「你伯父答允不打你，我就放心了，謝倒是不用謝的。」轉頭向保定帝道：「我只道皇帝總是個很兇很可怕的人，那知道你……你很好！」

保定帝除了幼年時曾得父皇、母后如此稱讚之外，十餘年來人人見他恭敬畏懼，從沒有人讚過他「你很好」三字，但見木婉清猶如渾金璞玉，全不通人情世故，更增三分喜歡，向皇后道：「你有甚麼東西賞她？」皇后從左腕上褪下一隻玉鐲，遞了過去，道：「賞了你罷。」木婉清上前接過，戴上自己手腕，嫣然一笑，道：「謝謝你啦。下次我也去找一件好看的東西送給你。」皇后微微一笑，道：「那我先謝謝你啦！」

忽聽得西首數間屋外屋頂上閣的一聲響，跟著鄰室的屋上又是閣的一響。

木婉清一驚，知有敵人來襲，那人來得好快。但聽得颼颼數聲，幾個人上了屋頂，褚萬里的聲音喝道：「閣下深夜來到王府，意欲何爲？」

一個嘶啞的嗓音粗聲道：「我找徒兒來啦！快叫我乖徒兒來見我。」正是南海鱷神。

木婉清吃驚更甚，雖知王府中戒備森嚴，衛士如雲，鎮南王、高昇泰、玉虛散人、褚古傳朱諸人均武功高強，但南海鱷神實在太厲害，如再得葉二娘、雲中鶴，以及那個未曾露過面的「天下第一惡人」相助，四惡聯手，倘要強擄段譽，只怕不易阻擋。

只聽褚萬里喝道：「閣下高徒是誰？鎮南王府之中，那有閣下的徒兒？快快退去！」

突然間嗤的一聲響，半空中伸下一張大手，將廳門上懸著的簾子撕爲兩半，人影一晃，南海鱷神已站在廳中。他豆眼骨溜溜的一轉，已見到段譽，哈哈大笑，叫道：「老四說得不錯，乖徒兒果然在此。快快求我收你爲徒，跟我去學功夫！」說著伸出鷄爪般的手來，抓向段譽肩頭。

鎭南王見他這一抓來勢勁急，著實厲害，生怕他傷了愛子，當即揮掌拍去。兩人手掌相碰，砰的一聲，均感內力受震。南海鱷神心下暗驚，問道：「你是誰？我來帶領我徒兒，關你甚麼事？」鎭南王微笑道：「在下段正淳。這孩子是我兒子，幾時拜你爲師了？」段譽笑道：「他硬要收我爲徒，我說早拜過師父了，可是他偏偏不信。」

南海鱷神瞧瞧段譽，又瞧瞧鎭南王段正淳，說道：「老的武功倒很強，小的卻是一點不會，我就不信你們是爺兒倆。段正淳，咱們馬馬虎虎，就算他是你的兒子好了。可是你教武功的法子不對，你兒子太過膿包。可惜，嘿嘿，可惜！」段正淳道：「可惜甚麼？」南海鱷神道：「你兒子很像我，是塊極難得的學武材料，只須跟我學得十年，包他成爲武林中一個了不起的高手。」

段正淳又好氣，又好笑，但適才跟他對掌，已知此人武功好生了得，正待回答，段譽已搶著說道：「岳老三，你武功不行，不配做我師父！你回南海去再練二十年，再來跟人談論武學。」南海鱷神大怒，喝道：「憑你這小子，也配說我武功不行？」

段譽道：「我問你：『風雷、益。君子以見善則遷，有過則改』，那是甚麼意思？」

南海鱷神一呆，怒道：「那有甚麼意思？胡說八道。」段譽道：「你連這幾句最淺近的話也不懂，還談甚麼武學？我再問你：『損上益下，民說無疆。自上下下，其道大光。』那又是甚麼意思？」

保定帝、鎮南王、高昇泰等聽他引《易經》中的話來戲弄此人，都不禁好笑。木婉清雖不懂他說些甚麼，但猜到多半是酸秀才在掉書包。

南海鱷神一怔之間，見各人臉上均有嘲笑之意，料想段譽說的多半不是好話，大吼一聲，便要出掌相擊。段正淳踏上半步，攔在他與兒子之間。南海鱷神道：「你兒子半點也不像你，多半不是你生的。他只像我，不像你！」

段譽笑道：「岳老三，你說像我，你是我生的嗎？」南海鱷神搔搔頭，搖頭道：「你不是我老子！」段譽道：「我剛才說的武功秘訣，奧妙無窮，料你也不懂。我拜的師父有的是玉洞神仙，有的是飽學宿儒，有的是大德高僧。你啊，再學十年，也未必能拜我爲師。」南海鱷神大吼：「你拜的師父是誰？叫他出來，露幾手給我瞧瞧。」

段正淳見來者只是四惡之一，武功雖然不弱，比自己可還差了一籌，不妨拿這渾人來戲耍一番，以博皇上、皇后與夫人一粲，當下由得兒子信口胡說，也不出言阻止。

段譽見伯父臉上笑嘻嘻地，父親又對己縱容，更加得意了，向南海鱷神道：「好，你有膽子便留在這裏，我去請我師父來，你可別嚇得逃走。」南海鱷神怒道：「我岳老二一生縱橫江湖，怕過誰來？快去，快去！」段譽轉身出房。

南海鱷神向各人臉上逐一瞧去，見人人均臉露微笑，心想：「我這徒兒武功這等差勁，狗屁不如，他師父會有甚麼能耐？老子半點也不用怕他！」

只聽得靴聲橐橐，兩個人走近房來。段譽在門外說道：「岳老三這傢伙逃走了麼？爹，你別讓他逃走，我師父來啦。」南海鱷神吼道：「我逃甚麼？他媽的，快叫你師父進來。你不肯改投明師，想是你的暗師不答允。我先把你狗屁師父的脖子扭斷，你沒了師父，就非拜我爲師不可。哈哈，這主意高明之極！」

他自稱自讚聲中，段譽帶了一人進來，衆人一見，忍不住哈哈大笑。

這人小帽長袍，兩撇焦黃鼠鬚，瞇著一雙紅眼睛，縮頭聳肩，形貌猥瑣，玉虛散人等認得乃王府中管帳師爺的手下霍先生。這人整日價似睡非睡，似醒非醒，專愛和府中僕役賭博。這時帶著七分酒意，給段譽拖著手臂，畏畏縮縮的不敢進來。一進花廳，便向保定帝和皇后叩下頭去。保定帝不認得他是誰，說道：「罷了！」

段譽挽著霍先生的手臂，向南海鱷神道：「岳老三，我諸位師尊之中，以這位師父武功最淺，你須先勝得了他，方能跟我另外的師父比武。」南海鱷神哇哇大叫，說道：「三招之內，我岳老二若不將他摔個稀巴爛，我拜你爲師。」

段譽眼光一亮，說道：「你這話是眞是假？男子漢大丈夫，說過的話倘若不作數，便是烏龜兒子王八蛋！」南海鱷神叫道：「來，來，來！」段譽道：「倘若只比三招，那就不用我師父動手，我自己來接你三招也成。」

南海鱷神聽到雲中鶴的傳言，匆匆忙忙趕來大理鎮南王府，一心只想擒去段譽，要他作南海一派的傳人，待得和段正淳對了一掌，始有懼意，覺得要在這許多高手環繞之下擒走段譽，多半挺不容易，單是徒兒的老子，恐怕就打他不過，聽得段譽願和自己動手，當眞再好不過，一出手就可將他扣住，段正淳等武功再強，也就不敢動彈，只有眼睜睜的讓自己將徒兒帶走，便道：「好，你來接我三招，我不出眞力，決不傷你便是。」

段譽道：「咱們話說在先，三招之內你如打我不倒，那便如何？」

南海鱷神哈哈大笑，他知段譽是個手無縛鷄之力的文弱書生，別說三招，便半招也接不住，便道：「三招之內如打你不倒，我就拜你爲師。」段譽笑道：「這裏大家都聽見了，你賴不賴？」南海鱷神怒道：「岳老二說話，素來說一是一，說二是二。」段譽道：「岳老三！」南海鱷神道：「岳老二！」段譽道：「一、二、三！岳老三！」南海鱷神道：「快來動手，囉裏囉唆幹麼？」段譽走上兩步，和他相對而立。

廳中衆人自保定帝、皇后而下，除木婉清外，人人都是看著段譽長大的，均知他好文厭武，從來沒學過武功，這次保定帝和段正淳逼著他練武，他竟離家出走，別說和一流高手過招，就是尋常的衛士兵卒，他也決非對手。初時衆人均知他是故意戲弄這渾人，但到後來話說僵了，竟逼得眞要和他放對。雖然南海鱷神一心想收他爲徒，不致傷他性命，但這人性子兇野，說不定突然間狂性大發，段譽以金枝玉葉之體，如何可輕易冒險？玉虛散人首先出言攔阻：「譽兒莫胡鬧！這等山野匹夫，不必多加理會。」

皇后也道：「善闡侯，你下令擒了這個狂徒。」善闡侯高昇泰躬身道：「臣高昇泰接旨。」轉身喝道：「褚萬里、古篤誠、傅思歸、朱丹臣四人聽令：娘娘有旨，擒了這個犯駕狂徒。」褚萬里等四人一齊躬身道：「臣接旨。」

南海鱷神眼見衆人要羣起而攻，喝道：「你們大夥兒都來好了，老子也不怕。你兩個是皇帝、皇后嗎？你兩個也上罷！」

段譽雙手急搖，道：「慢來，慢來，讓我跟他比了三招再說。」

保定帝素知這姪兒行事往往出人意表，說不定他暗中另有機謀，好在南海鱷神不會傷他性命，又有兄弟和善闡侯在旁照料，決無大礙，便道：「衆人且住，讓這狂徒領教一下大理國小王子的高招，也無不可。」

褚萬里等四人本要一擁而上，聽得皇上有旨，當即站定。

段譽道：「岳老三，咱們把話說明在先，你在三招中打我不倒，就拜我爲師。我雖做你師父，但你資質太笨，武功我是不能教你的。你答不答允？」南海鱷神怒道：「誰要你教武功？你又會甚麼狗屁武功了？」段譽道：「好，那你答允了。拜師之後，師尊之命，便不可違逆，我要你做甚麼，你便須遵命而行，否則欺師滅祖，不合武林規矩。你答不答允？」南海鱷神不怒反笑，說道：「這個自然。你拜我為師之後，也是這樣。」

段譽將所學的凌波微步默想了十幾步，覺得要逃過他三招，似乎也並不難，但一生從未和人動過手，這南海鱷神武功又太高，畢竟全無把握，還是預留後步的為妙，說道：「就是這樣。不過你要收我為徒，須得將我幾位師父一一打敗，顯明你武功確比我各位師父都高，我才拜你為師。」心想：「要是給他三招之內一把抓住，我就將這裏武功高強之人一個個說成是我師父，讓他一個個打去便了。」南海鱷神道：「好罷！好罷！你儘說不練，那可不像我了。咱們南海派說打就打，不能含糊。」

段譽指著他身後，微笑道：「我一位師父早已站在你的背後……」南海鱷神不覺背後有人，回頭一看。段譽陡然間斜上一步，有若飄風，毛手毛腳的抓住了他胸口「膻中穴」，大拇指對準了穴道正中。這一下手法笨拙之極，但段譽身上蘊藏了無量劍七名弟子的內力，雖不會運用，一抓之下，勁道卻也不小。南海鱷神只感胸口一窒，段譽左手又已抓住他肚臍上的「神闕穴」。「北冥神功」卷軸上所繪經脈穴道甚多，段譽只練過手太陰肺經和任脈兩圖，這「膻中」、「神闕」兩穴，正是任脈中的兩大要穴。

南海鱷神大驚之下，急運內力掙扎，突覺內力自膻中穴急瀉而出，全身似欲脫力，更加驚惶無已。段譽已將他身子倒舉，頭下腳上的樁落，騰的一聲，他一個光禿禿的大腦袋撞向地面。幸好花廳中鋪著地毯，並不受傷，他急怒之下，一個「鯉魚打挺」，跳起身來，左手便向段譽抓去。

廳上衆人見此變故，無不驚詫萬分。段正淳見南海鱷神出抓凌厲，正要出手阻格，卻見段譽向左斜走，步法古怪，只跨出一步，便避開了對方奔雷閃電般的一抓。段正淳喝采：「妙極！」南海鱷神第二掌跟著劈到。段譽並不還手，斜走兩步，又已閃開。

南海鱷神兩招不中，又驚又怒，見段譽站在自己面前，相距不過三尺，突然間大聲狂吼，雙手齊出，向他胸腹間急抓過去，臂上、手上、指上全都使上了全力，狂怒之下，已顧不得雙爪倘若抓得實了，這個「南海派未來傳人」便遭破胸開膛之禍。

保定帝、段正淳、玉虛散人、高昇泰四人齊聲喝道：「小心！」卻見段譽左踏一步，右跨一步，輕飄飄的已轉到了南海鱷神背後，伸手在他禿頂上拍了一掌。

南海鱷神驚覺對方手掌居然神出鬼沒的拍到了自己頭頂，暗叫：「我命休矣！」但頭皮和他掌心甫觸，立知這一掌中全無內力，左掌翻上，嗤的一下，將段譽手背上抓破了五條血痕。段譽急忙縮手，南海鱷神這一抓餘力未衰，五根手指滑將下來，竟在自己額頭上也抓出了五條血痕。

段譽連避三招，本來已然得勝，但童心大起，在南海鱷神腦門上拍了一掌，他既不知自己內力已頗爲不弱，自也絲毫不會使用，險些反遭擒住，腳步連錯，忙躲到了父親身後，已嚇得臉上全無血色。玉虛散人向兒子白了一眼，心道：「好啊！你向伯父和爹爹學了這等奇妙功夫，竟一直瞞著我。」

木婉清大聲道：「岳老三，你三招打他不倒，自己反給他摔了一交，快磕頭拜師啊！」南海鱷神抓了抓耳根，紅著臉道：「他又不是眞的跟我動手，這個不算！」木婉清伸手指括臉，道：「羞不羞？你不拜師，那便是烏龜兒子王八蛋了。你願意拜師呢，還是想做烏龜兒子王八蛋？」南海鱷神怒道：「都不願。我要跟他打過！」

段正淳見兒子的步法巧妙異常，瞧不出其中端倪，低聲在他耳邊道：「你別伸手打他，只乘機拿他穴道。」段譽低聲道：「兒子害怕起來了，只怕不成。」段正淳低聲道：「不用怕，我在旁邊照料便是。」段譽得父親撐腰，膽氣一壯，從段正淳背後轉身出來，說道：「你三招打不倒我，便該拜我爲師了。」南海鱷神縱聲大吼，發掌向他擊去。

段譽向東北角踏出一步，輕輕易易的便即避開，喀喇一聲，南海鱷神這掌擊爛了一張茶几。段譽凝神專志，輕輕唸道：「觀我生，進退。艮其背，不獲其人；行其庭，不見其人。鼎耳革，其行塞。剝，不利有攸往。」口中唸著《易傳》，竟不看南海鱷神的掌勢來路，自管自的左上右下，斜進直退，走著「凌波微步」。南海鱷神雙掌加快，勁力增強，花廳中砰嘭、喀喇、嗆啷、乒乓之聲不絕，椅子、桌子、茶壺、茶杯紛紛隨著他掌力而壞，但始終打不到段譽身上。

轉眼間三十餘招已過，保定帝和鎮南王兄弟早瞧出段譽腳步虛浮，確然不會半點武功，只不知他如何得了高人傳授，學會一套神奇步法，踏著伏羲六十四卦方位，每一步都是匪夷所思。他若當眞和南海鱷神對敵，只一招便已斃於敵人掌底，但他只管自走自的，南海鱷神掌力再強，始終打他不著。再看一會，兩兄弟互視一眼，臉上都閃過一絲憂色，同時想到：「這南海鱷神假如閉起眼睛，壓根兒不去瞧譽兒到了何處，隨手使一套拳法掌法，數招間便打到他了。」但見南海鱷神的臉色越轉越黃，眼睛越睜越大，卻沒想到這個法子，掌法變幻，總是和段譽的身子相差了一尺兩尺。

然而這麼纏鬥下去，段譽縱然不受損傷，卻也不能打倒對方。保定帝又看了半晌，說道：「譽兒，走慢一半，迎面過去，拿他胸口穴道。」

段譽應道：「是！」放慢腳步，迎面向南海鱷神走去，目光和他那張兇狠焦黃的臉一對，怯意登生，腳下微一窒滯，已偏了方位。南海鱷神一抓，從段譽腦袋左側直插下去，插得他左耳鮮血淋漓。段譽耳上疼痛，怯意更甚，加快腳步的橫轉直退，躲到了段正淳背後，苦笑道：「伯父，我不成！」

段正淳怒道：「我大理段氏子孫，焉有與人對敵而臨陣退縮的？快去打過，伯父教的不錯！」玉虛散人疼惜兒子，插口道：「譽兒已跟他對了六十餘招，段氏門中有此佳兒，你還嫌不足麼？譽兒，你早勝啦，不用打了！」段正淳道：「不用躭心！我擔保他沒事。」玉虛散人心中氣苦，淚水盈盈，便欲奪眶而出。

段譽見了母親這等情景，心下不忍，鼓起勇氣，大步而出，喝道：「我再跟你鬥過。」這次橫了心，左穿右插的迴旋而行，越走越慢，待得與南海鱷神相對，眼光不和他相接，伸出雙手，便往他胸口拿去。

南海鱷神見他出手虛軟無力，哈哈大笑，斜身反手，來抓他肩頭，不料段譽腳下變化無方，兩人同時移身變位，兩下裏一靠，南海鱷神的胸口剛好湊到段譽手指上。段譽看準穴道方位，右手抓住了他「膻中穴」，左手抓住了「神闕穴」。他內力全然不會運使，雖已抓住了兩處要穴，但若南海鱷神置之不理，不運內力而緩緩擺脫，段譽原也絲毫奈何他不得。可是南海鱷神要害受制，心中驚了，雙手急伸，突襲對方面門。這一招以攻爲守，攻的是段譽眼目要害，武學中所謂「攻敵之不得不救」，敵人再強，也非迴手自救不可，那就擺脫了自己的危難，原是極高明的打法。不料段譽於臨敵應變之道一竅不通，對方手指抓到，他全沒想到急速退避，雙手仍抓住南海鱷神的穴道。

這一下可就錯有錯著，南海鱷神正全力攻敵，體內氣血翻滾，內力湧到兩個穴道處忽遇阻礙，同時「膻中穴」中內力又洶湧而出，雙手伸到與段譽雙眼相距半尺之處，手臂便不聽使喚，再也伸不過去。他吸一口眞氣，再運內力。

段譽右手大拇指的「少商穴」中只覺一股大力急速湧入。南海鱷神內力之強，與無量劍七名弟子自不可相提並論，段譽登時身子搖晃，立足不定。他知局勢危急，只須雙手一離對方穴道，自己立時便有性命之憂，是以身上雖說不出的難受，仍勉力支撐。

段正淳和段譽相距不過數尺，見他臉如塗丹，越來越紅，當即伸出食指抵在他後心「大椎穴」上。大理段氏「一陽指」神功馳名天下，非同小可，一股融和的暖氣透將過去，激發段譽體內原有的內力。南海鱷神全身劇震，慢慢軟倒。段正淳伸手扶住兒子。段譽內息回順，將南海鱷神送入自己手太陰肺經的內力緩緩貯向氣海，一時卻也說不出話來。

段正淳以「一陽指」暗助兒子，合父子二人之力方將南海鱷神制服，廳上眾人均了然於心，雖是如此，南海鱷神折服在段譽手下，卻也無可抵賴。

此人也真了得，段譽雙手既離穴道，他略一運氣，便即躍起，瞇著一對豆眼凝視段譽，臉上神情古怪之極，既詫異，又傷心，更氣憤。

木婉清叫道：「岳老三，我瞧你定然甘心做烏龜兒子王八蛋，拜師是不肯拜的了。」

南海鱷神怒道：「我偏叫你料想不到，拜師便拜師，這烏龜兒子王八蛋，岳老二是決計不做的。」說著突然跪倒在地，咚咚咚咚，咚咚咚咚，向段譽連磕了八個響頭，大聲叫道：「師父，弟子岳老二今日拜師了。」

段譽一呆，尚未回答，南海鱷神已縱身躍起，出廳上了屋頂。屋上「啊」的一聲慘呼，跟著砰的一響，一個人給擲進廳來，卻是一名王府衛士，胸口鮮血淋漓，心臟已遭他伸指挖去，手足亂動，未即便死，神情甚是可怖。這衛士的武功雖不及褚萬里等，卻也並非泛泛，居然給他舉手間便將心挖去，四大護衛近在身旁，竟不及相救。

衆人見了無不變色。木婉清怒道：「段郎，你收的徒兒太也豈有此理。下次遇到，非叫他吃點苦頭不可。」段譽一顆心兀自怦怦大跳，顫聲道：「我僥倖得勝，全仗爹爹相助。下次若再遇到，只怕我的心也教他挖了去，有甚麼本事叫他吃點苦頭？」

古篤誠和傅思歸將那衛士的屍體抬出，段正淳吩咐厚加撫卹，妥爲安葬。

那七分醉、三分醒的霍先生只嚇得簌簌發抖，退了出去。

保定帝道：「譽兒，你這套步法，當是從伏羲六十四卦方位中化將出來的，卻是何人所授？當眞高明。」段譽道：「孩兒是從一個山洞中胡亂學來的，卻不知對也不對，請伯父指點。」保定帝問道：「如何從山洞中學來？」

段譽於是略敘如何跌入無量山深谷，闖進山洞，發見一個繪有步法的卷軸。至於玉像、裸女等等，自然略而不提，這些身子裸露的神仙姊姊圖像，如何能給伯父、伯母、爹爹、媽媽見到？而木婉清如得知自己爲神仙姊姊發顛發痴，更非大發脾氣不可。敘述簡略，那也是夫子筆削春秋，只重史事要略，不及其餘、述而不作的遺意了。

段譽說罷，保定帝道：「這六十四卦的步法之中，顯然隱伏有一門上乘內功，你倒從頭至尾的走一遍看。」段譽應道：「是！」微一凝思，一步步的走將起來。保定帝、段正淳、高昇泰等都是內功深厚之人，但於這步法的奧妙，卻也只能看出了二三成。段譽六十四卦走完，剛好繞了一個大圈，回歸原地。

保定帝喜道：「好極！這步法天下無雙，吾兒實是遇上了極難得的福緣。你母親今日回府，吾兒陪娘多喝一杯罷。」轉頭向皇后道：「咱們回去了罷！」皇后站起身來，應道：「是！」段正淳等恭送皇帝、皇后起駕回宮，直送回鎮南王府的牌樓之外。

注：本回回目為〈少年遊〉中一句：「誰家子弟誰家院」，「子弟」兩字，在古文及詩詞中頗為尋常，意指少年人，與「父兄」相對。《史記・項羽本紀》：「（項）籍與江東子弟八千人渡江而西。」後來項羽打了敗仗，八千子弟盡喪，項羽說「無面目見江東父兄」，就此自刎烏江。《晉書・謝玄傳》：「子弟亦何豫人事，而正欲使其佳。」意思說少年人未必能做大事，但使他們有機會多經歷練，便能成材。此回「誰家子弟誰家院」一句，意指木婉清隨段譽歸大理王府，不知他是皇家子弟，不知去的是王府內院，以致滿心迷惘。有評者著專書批評拙作，卓見甚多，本書作者甚為拜嘉，不少已據之修改，殊感，但這位先生根據元曲而堅認「子弟」為「嫖客」之意，未免過求「甚解」。元曲後出，不宜將其俗用移之於宋人，

以致將此回目解爲不倫不類之「嫖客嫖院」。若評者之説成立，則杜牧名詩〈題烏江亭〉：「勝敗兵家事不期，包羞忍恥是男兒，江東子弟多才俊，卷土重來未可知。」是否該解作：「江東嫖客有很多人聰明能幹，只要項羽帶了他們再來戰鬥一番，也有可能打敗劉邦」呢？今日通用語常稱「高幹子弟」，意謂「高級幹部的兒子或弟弟」，總不是説「高級幹部做嫖客」吧？又，「子弟兵」一詞，今日仍常用，指以關係密切的青年組成的隊伍，決非指「嫖客部隊」。

木婉清好奇心起，快步走近去察看。見這青袍人長鬚根根漆黑，一雙眼睜得大大的，望著江心，竟一眨也不眨。

七　無計悔多情

段正淳等恭送御駕後，高昇泰告辭，褚萬里等四大護衛不負責在王府守夜，也告辭自回。段正淳以高昇泰身上有傷，也不留宴，回入內堂暖閣張宴。一桌筵席除段正淳夫婦和段譽外，便只木婉清一人，在旁侍候的婢僕倒有十七八人。木婉清一生之中，又怎見過如此榮華富貴的氣象？每一道菜都是聞所未聞，從所未嘗。她見鎮南王夫婦將自己視作家人，儼然是兩代夫婦同席歡叙，芳心竊喜。

段譽見母親對父親的神色仍冷冷的，既不喝酒，也不吃葷，只夾些素菜來吃，便斟了一杯酒，雙手捧著站起，說道：「媽，兒子敬你一杯。恭賀你跟爹爹團聚，咱三人得享天倫之樂。」玉虛散人道：「我不喝酒。」段譽又斟了一杯，向木婉清使個眼色，道：「木姑娘也敬你一杯。」木婉清捧著酒杯站起來。

玉虛散人心想對木婉清不便太過冷淡，便微微一笑，說道：「姑娘，我這個孩兒淘氣得緊，爹娘管他不住，以後你得幫我管管他才是。」木婉清道：「他不聽話，我便老大耳括子打他！」玉虛散人嗤的一笑，斜眼向丈夫瞧去。段正淳笑道：「正該如此！」

玉虛散人伸左手去接木婉清手中的酒杯。燭光之下，木婉清見她素手纖纖，晶瑩如玉，手背上近腕處有一塊殷紅如血的紅記，不由得全身一震，顫聲道：「你……你的名字……可叫作刀白鳳？」玉虛散人笑道：「我這姓氏很怪，你怎知道？」木婉清顫聲問：「你……你便是刀白鳳？你是擺夷女子，從前是使軟鞭的，是不是？」玉虛散人見她神情有異，但仍不疑有他，微笑道：「譽兒待你眞好，連我的閨名也跟你說了。你的郎君便有一半是擺夷人（按：「擺夷」舊名不佳，今已改稱「白族」），難怪他也這麼野。」木婉清道：「你當眞是刀白鳳？」玉虛散人微笑道：「是啊！」

木婉清叫道：「師恩深重，師命難違！」右手急揚，兩枝毒箭向刀白鳳當胸射去。

筵席之間，四人言笑晏晏，親如家人，那料到木婉清竟會突然發難？刀白鳳的武功本較木婉清略強，但這時兩人相距極近，又是變起俄頃，猝不及防，眼見這兩枝毒箭勢非射中不可。段正淳坐在對席，是在木婉清背後，「啊喲」一聲叫，伸指急點，但這一指只能制住木婉清，卻不能救得妻子。

段譽曾數次見木婉清言談間便飛箭殺人，她箭上餵的毒藥厲害非常，端的是見血封喉，一見她揮動衣袖，便知不妙，他站在母親身旁，苦於不會武功，沒法代爲擋格，當即腳下使出「凌波微步」，斜刺裏穿到，擋在母親身前，卜卜兩聲，兩枝毒箭正中他胸口。木婉清同時背心一麻，伏在桌上，再也不能動彈。

段正淳應變奇速，飛指而出，連點段譽中箭處周圍八處穴道，使得毒血暫時不能歸心，反手勾出，喀的一聲，已卸脫木婉清右臂關節，令她不能再發毒箭，然後拍開她穴道，厲聲道：「取解藥來！」

木婉清顫聲道：「我……我只要殺刀白鳳，不是要害段郎。」忍住右臂劇痛，左手忙從懷中取出三隻小木盒，急道：「黃色的內服，白色的外敷，快，快！遲了便來不及啦！啊喲……眞的糟了！」

刀白鳳見她對段譽的關切確出眞心，已約略猜到其中原由，夾手奪過小木盒打開，不理紅色的胭脂膏，取一撮黃色粉末餵入兒子口中，再餵幾口清水讓他吞服，然後抓住箭尾，輕輕拔出兩枝短箭，在傷處敷上白色藥粉。木婉清十分驚惶，說道：「謝天謝地，他……他性命無礙，不然我……我……」

三人焦急萬狀，卻不知段譽自吞了萬毒之王的「莽牯朱蛤」後，血液變質，已諸毒不侵，木婉清箭上劇毒對他絲毫無損，就算不服解藥，也仍無礙。不過他中箭後胸口劇痛，這毒箭中者立斃，他見得多了，只道自己這一次非死不可，驚嚇之下，昏倒在母親懷中。

段正淳夫婦目不轉瞬的瞧著傷口，見流出來的血頃刻間便自黑轉紫，自紫轉紅，這才同時吁了口氣，知道兒子的性命已然保住。

刀白鳳抱起兒子，送入他臥室，給他蓋上了被，再搭他脈息，只覺脈搏均勻有力，殊無半分虛弱跡象，心下喜慰，卻又不禁詫異，回到暖閣來。

段正淳問道：「不礙吧？」刀白鳳不答，向木婉清道：「你去跟修羅刀秦紅棉說……」段正淳聽到「修羅刀秦紅棉」六字，臉色一變，道：「你……你……」刀白鳳不理丈夫，仍向著木婉清道：「你跟她說，要我性命，儘管光明正大的來要。這等鬼蜮伎倆，豈不教人笑歪了嘴？」木婉清道：「我不知修羅刀秦紅棉是誰？」刀白鳳奇道：「那麼是誰叫你來殺我的？」

木婉清道：「是我師父。我師父叫我來殺兩個人。第一個便是你，她說你手上有一塊紅記，名叫刀白鳳，是擺夷女子，相貌很美，以軟鞭作兵刃。她沒……沒說你是道姑打扮。我見你使的兵刃是拂塵，又叫作玉虛散人，全沒想到便是師父要殺……要殺之人，更沒想到你是段郎的媽媽……」說到這裏，珠淚滾滾而下。

刀白鳳道：「你師父叫你去殺的第二個人，是『俏藥叉』甘寶寶？」木婉清道：「不，不！『俏藥叉』甘寶寶是我師叔。她叫人送信給我師父，說是兩個女子害苦了我師父一生，這大仇非報不可……」刀白鳳道：「啊，是了。那另一個女子姓王，住在蘇州，是不是？」木婉清奇道：「是啊！你怎知道？我和師父先去蘇州殺她，這壞女人手下奴才眞多，住的地方又怪，我沒見到她面，反給她手下的奴才一直追到大理來。」

段正淳低頭聽著，臉上青一陣，紅一陣。

刀白鳳腮邊忽然滾下眼淚，向段正淳道：「盼你好好管教譽兒。我……我去了。」段正淳道：「鳳凰兒，那都是過去的事了，你何必放在心上？」刀白鳳幽幽的道：「你不放在心上，我卻放在心上，人家也都放在心上！」突然間飛身而起，從窗口躍了出去。

段正淳伸手拉她衣袖，刀白鳳回手揮掌，向他臉上擊去。段正淳側頭避開，嗤的一聲，已將她衣袖拉下了半截。刀白鳳轉過頭來，怒道：「你眞要動武麼？」段正淳道：「鳳凰兒，你……」刀白鳳雙足一登，躍到了對面屋上，幾個起伏，已在十餘丈外。

遠遠聽得褚萬里的聲音喝道：「是誰？」刀白鳳道：「是我。」褚萬里道：「啊，是王妃……」原來高昇泰、褚萬里等辭別後，回歸途中發覺敵蹤，似是來偷襲鎮南王府，於是重行折回，暗中守禦。

段正淳悄立半晌，嘆了口氣，回入暖閣，見木婉清臉色慘白，卻並不逃走。段正淳走近身去，雙手抓住她右臂，喀的一聲，給她接上了關節。木婉清心想：「我發毒箭射他妻子，不知他要如何折磨我？」卻見他頹然坐入椅中，慢慢斟了一杯酒，咕的一聲，便喝乾了，望著妻子躍出去的窗口，呆呆出神，過了半晌，又慢慢斟了一杯酒，咕的一下又喝乾了。這麼自斟自飲，一連喝了十二三杯，一壺乾了，便從另一壺裏斟酒，斟得極慢，但飲得極快。

木婉清不耐煩了，叫道：「你要用甚麼古怪的法子整治我，快快下手！」

段正淳抬起頭來，目不轉瞬的向她凝視，隔了良久，緩緩搖頭，嘆道：「眞像，眞像！我早該便瞧了出來，這般的模樣，這般的脾氣……」

木婉清聽得沒頭沒腦，問道：「你說甚麼？胡說八道。」

段正淳不答，站起身來，忽地左掌向後斜劈，颼的一聲輕響，身後一枝紅燭隨掌風而熄，跟著右掌向後斜劈，又一枝紅燭陡然熄滅，如此連出五掌，劈熄了五枝紅燭，眼光始終向前，出掌卻如行雲流水，瀟洒之極。

木婉清驚道：「這……這是『五羅輕煙掌』，你怎麼也會？」段正淳苦笑道：「你師父教過你罷？」木婉清道：「我師父說，這套掌法她決不傳人，日後要帶進棺材裏去。」段正淳道：「嗯，她說過決不傳人，日後要帶入土中？」木婉清道：「是啊！不過師父當我不在面前之時，時常獨個兒練，我暗中卻瞧得多了。」段正淳道：「她獨自常常使這掌法？」木婉清點頭道：「是。師父每次練了這套掌法，便要流眼淚，又胡亂發脾氣罵我。你……你怎麼也會？好像你使得比我師父還好。」

段正淳嘆了口氣，道：「這『五羅輕煙掌』，是我教你師父的。」

木婉清吃了一驚，卻又不得不信，她見師父掌劈紅燭之時，往往一掌不熄，要劈到第二三掌方始奏功，決不能如段正淳這般隨心所欲，揮洒自如，結結巴巴的道：「那麼你是我師父的師父，是我的太師父？」段正淳搖頭道：「不是！」以手支頤，輕輕自言自語：「她每次練了掌法，便要流眼淚，發脾氣，她說這掌法決不傳人，要帶進棺材裏去……」木婉清又問：「那麼你……」段正淳搖搖手，叫她別多問，隔了一會，忽然問道：「你今年十八歲，是九月間的生日，是不是？」木婉清跳起身來，奇道：「我的事你甚麼都知道，你到底是我師父甚麼人？」

段正淳臉上滿是痛苦之色，嘶啞著聲音道：「我……我對不起你師父。婉兒，你……」木婉清道：「為甚麼？我瞧你這個人挺和氣、挺好的啊！」段正淳道：「你師父的名字，她沒跟你說麼？」木婉清道：「我師父說她叫作『幽谷客』，到底姓甚麼，叫甚麼，我便不知道了。」段正淳喃喃的道：「幽谷客，幽谷客……」驀地裏記起了杜甫那首〈佳人〉詩來，詩句的一個個字似乎都在刺痛他心：「絕代有佳人，幽居在空谷。自云良家子，零落依草木……夫婿輕薄兒，新人美如玉……但見新人笑，那聞舊人哭……」不由得眼眶紅了。

過了半晌，又問：「這些年來，你師父怎生過日子？你們住在那裏？」木婉清道：

「我和師父住在一座高山背後的一個山谷裏，師父說那便叫作幽谷，直到這次，我們倆才一起出來。」段正淳道：「你爹娘是誰？你師父沒跟你說過麼？」木婉清道：「我師父說，我是個給爹娘遺棄了的孤兒，我師父將我從路邊撿回來養大的。」段正淳道：「你恨你爹娘不恨？」木婉清側著頭，輕輕咬著左手小指頭。

段正淳見著這等情景，心中酸楚不禁。木婉清見他兩滴清淚從臉頰上流了下來，不由得大是奇怪，問道：「你爲甚麼哭了？」段正淳背轉臉去，擦乾了淚水，強笑道：「我那裏哭了？多喝了幾杯，酒氣上湧。」木婉清不信，道：「我明明見到你哭。女人才哭，男人也會哭麼？我從來沒見男人哭過，除非是小孩兒。」

段正淳見她不明世事，更加難過，說道：「婉兒，日後我要好好待你，方能補我一些過失。你有甚麼心願，說給我聽，我一定盡力給你辦到。」

木婉清箭射段夫人後，正自十分擔憂，聽他這般說，喜道：「我用箭射你夫人，你不怪我麼？幸好沒傷到她。」段正淳道：「正如你說：『師恩深重，師命難違』，上代的事，跟你可不相干。我並不怪你。只是你以後卻不可再對我夫人無禮。」木婉清道：「日後師父問起來，那怎麼辦？」

段正淳道：「你帶我去見你師父，我親自跟她說。」木婉清拍手道：「好，好！」隨即皺眉道：「我師父常說，天下男子都負心薄倖，他從來不見男人。」

段正淳臉上閃過一絲奇異的神色，問道：「你師父從來不見男子？」木婉清道：「是啊，師父買米買鹽，都叫梁阿婆去買。有一次梁阿婆病了，叫她兒子代買了送來。師父很生氣，叫他遠遠放在門外，不許他提進屋來。」

段正淳嘆道：「紅棉，紅棉，你又何必如此自苦？」

木婉清問道：「你又說『紅棉』了，到底『紅棉』是誰？」段正淳微一躊躇，道：「這件事不能永遠瞞著你，你師父的眞名字，叫作秦紅棉，她外號叫作修羅刀。」木婉清點頭道：「嗯，怪不得你夫人一見我發射短箭的手法，便惡狠狠的問我，『修羅刀秦紅棉』是我甚麼人。那時我可眞的不知道，倒不是有意撒謊。原來我師父叫作秦紅棉，這名字挺美啊，不知她幹麼不跟我說。」

段正淳道：「我適才弄痛了你手臂，這時候還痛嗎？」木婉清見他神色溫和慈祥，微笑道：「好得多了。咱們去瞧瞧……瞧瞧你兒子，好不好？我怕箭上的毒性一時去不淨。」段正淳道：「好！」站起身來，又道：「你有甚麼心願，說給我聽吧！」

木婉清突然滿臉紅暈，臉色頗爲忸怩，低下了頭道：「只怕……只怕我射過你夫人，她……她惱了我。」段正淳道：「咱們慢慢求她，盼望她將來就不惱了。」木婉清道：「我本來是不求人的，不過爲了段郎，求求她也不打緊。」突然鼓起了勇氣，道：「鎭南王，我說了我的心願，你眞的……眞的一定給我辦到嗎？」

段正淳道：「只須我力之所及，定要教你心願得償。」木婉清道：「你說過的話，可不能賴。」段正淳臉現微笑，走到她身邊，伸手輕輕撫摸她頭髮，眼光中愛憐橫溢，說道：「我自然不賴。」木婉清道：「我和他的婚事，你要給我們作主，不許他負心薄倖！」說了這幾句話，臉上神采煥發。

段正淳臉色大變，慢慢退開，坐倒在椅中，良久良久，一言不發。木婉清感到情形不對，顫聲道：「你……你不答允麼？」段正淳說道：「你決計不能嫁給譽兒。」他喉音澀滯，語氣卻十分肯定。木婉清心中冰冷，淒然道：「爲甚麼？他……親口答應了我的。」段正淳只說：「冤孽，冤孽！」木婉清道：「他如不要我，我……我便殺了他，然後自殺。我……我在師父面前立過誓的。」段正淳緩緩搖頭，說道：「不能夠的！」

木婉清急道：「我這就去問他，爲甚麼不能？」段正淳道：「譽兒……他自己……也不知道。」他見木婉清神色淒苦，便如十八年前秦紅棉陡聞噩耗時一般，心中酸苦，再也無法忍耐，衝口說道：「你不能和譽兒成婚，也不能殺他。」木婉清道：「爲甚麼？」段正淳道：「因爲……因爲……因爲段譽是你的親哥哥！」

木婉清一對眼睛睜得大大地，幾乎不信自己的耳朵，顫聲道：「甚……甚麼？你說段郎是我哥哥？」段正淳道：「婉兒，你可知你師父是你甚麼人？她是你親娘。我……我是你的爹爹。」木婉清又驚恐，又傷心，臉上已無半分血色，頓足叫道：「我不信！

我不信！我……我不要！」

突然間窗外幽幽一聲長嘆，一個女子聲音說道：「婉兒，咱們回家去罷！」木婉清驀地回身，叫道：「師父！」窗子呀的一聲開了，窗外站著個中年女子，尖尖的臉蛋，雙眉修長，相貌甚美，眼光中帶著三分倔強，三分兇狠。

段正淳見到昔日的情人秦紅棉突然現身，又驚詫，又歡喜，叫道：「紅棉，紅棉，這幾年來，我……我想得你好苦！」

秦紅棉叫道：「婉兒出來！這負心薄倖之人的家裏，片刻也停留不得。」

木婉清見了師父和段正淳的神情，心底更加涼了，道：「師父，他……他騙我，說你是我媽媽，說他是我……是我爹爹。」秦紅棉道：「你媽早死了，你爹爹也早死了。」

段正淳搶到窗口，柔聲道：「紅棉，你進來，讓我多瞧你一會兒。你從此別走了，咱倆永遠廝守在一塊。」秦紅棉眼光突然明亮，喜道：「你說咱倆永遠廝守在一塊，這話可是眞的？」段正淳道：「當眞！紅棉，我沒一天不在想念你。」秦紅棉道：「你捨得刀白鳳麼？」段正淳躊躇不答，臉上露出爲難的神色。秦紅棉道：「你要是可憐咱倆這女兒，那你就跟我走，永遠不再想起刀白鳳，永遠不再回來。」

木婉清聽著他二人對答，一顆心不住的向下沉，向下沉，雙眼淚水盈眶，望出來師父和段正淳的面目都已模糊一片。她已知這兩人眞是自己親生父母，硬要不信，也是不成。這幾日來情深愛重、魂牽夢縈的段郎，原來是自己同父異母的哥哥，甚麼鴛鴦比翼、白頭偕老的心願，霎時間化為雲煙。

只聽段正淳柔聲道：「只不過我是大理國鎮南王，總攬文武機要，公務繁重，一天也走不開……」秦紅棉厲聲道：「十八年前你這麼說，十八年後的今天，你仍這麼說。段正淳啊段正淳，你這負心薄倖的漢子，我……我好恨你……」

突然間東邊屋頂上啪啪啪三聲擊掌，西邊屋頂也有人擊掌相應。跟著褚萬里和古篤誠的聲音同時叫了起來：「有刺客！衆兄弟各守原位，不得妄動。」

秦紅棉喝道：「婉兒，你還不出來？」

木婉清應道：「是！」飛身躍出窗外，撲在這慈母兼為恩師的懷中。

段正淳道：「紅棉，你眞的就此捨我而去嗎？」說得甚是淒苦。

秦紅棉語音突轉柔和，說道：「淳哥，你做了幾十年王爺，也該做夠了。你隨我去罷！從今而後，我對你千依百順，決不敢再罵你半句，打你半下。這樣可愛的女兒，難道你不疼惜嗎？」段正淳心中一動，衝口而出，道：「好，我隨你去！」秦紅棉大喜，伸出右手，等他來握。

背後一個女子聲音冷冷的道：「師姊，你……你又上他當了。他哄得你幾天，還不是又回來做他的王爺。」段正淳心頭一震，叫道：「寶寶，是你！你也來了。」

木婉清側過頭來，見說話的女子一身綠色綢衫，便是萬劫谷鍾夫人、自己的師叔「俏藥叉」甘寶寶。她身後站著四人，一是葉二娘，一是雲中鶴，第三個是去而復來的南海鱷神，更令她大吃一驚的是第四人，赫然便是段譽，而南海鱷神的一隻大手卻扣在他脖子裏，似乎隨時便可喀喇一響，扭斷他脖子。木婉清叫道：「段郎，你怎麼啦？」

段譽在床上養傷，迷迷糊糊中給南海鱷神跳進房來抱了出去。他本來就沒中毒，木婉清毒箭的厲害處在毒不在箭，小小箭傷，無足輕重，他一驚之下，神智便即清醒，在暖閣窗外聽到了父親與木婉清、秦紅棉三人的說話，雖然沒聽得全，卻也揣摸了個十之八九。他聽木婉清仍叫自己爲「段郎」，心中一酸，說道：「妹子，以後咱兄妹倆相親相愛，那……那也是一樣。」

木婉清怒道：「不，不一樣。你是第一個見了我臉的男人。」但想到自己和他同是段正淳所生，兄妹終究不能成親，倘若世間有人阻撓她的婚事，儘可一箭射殺，現下攔在這中間的卻是冥冥中的天意，任你多高的武功，多大的權勢，都不可挽回，霎時之間但覺萬念俱灰，雙足一頓，向外疾奔。

秦紅棉急叫：「婉兒，你去那裏？」木婉清連師父也不睬了，說道：「你害了我，我不理你。」奔得更加快了。

王府中一名衛士伸開雙手相攔，喝問：「是誰？」木婉清毒箭射出，正中那衛士咽喉。她腳下絲毫不停，頃刻間沒入了黑暗之中。

段正淳見兒子爲南海鱷神所擄，顧不得女兒到了何處，伸指便向南海鱷神點去。葉二娘揮掌上拂，切他腕脈，段正淳反手勾打，葉二娘格格嬌笑，中指彈向他手背。剎那之間，兩人交了三招，段正淳心頭暗驚：「這婆娘恁地了得！」

秦紅棉伸掌按住段譽頭頂，叫道：「你要不要兒子性命？」段正淳一驚住手，知她向來脾氣暴躁，對自己元配夫人刀白鳳又一直恨之入骨，說不定掌力吐出，便傷了段譽性命，急道：「紅棉，我孩兒中了你女兒的毒箭，受傷不輕！」秦紅棉道：「他已服解藥，死不了，我暫且帶去。瞧你是願做王爺呢，還是要兒子。」南海鱷神哈哈大笑，說道：「這小子終究非拜我爲師不可。」

段正淳道：「紅棉，我甚麼都答允，你……你放了我孩兒！」秦紅棉對段正淳的情意，並不因隔得十八年而絲毫淡了，今日重逢，只有更加情濃，聽他說得如此情急，登時心軟，道：「你眞的……眞的甚麼都答允？」段正淳道：「是，是！」鍾夫人插口道：「師姊，這負心漢子的話，你又信得過？岳二先生，咱們走吧！」

南海鱷神縱起身來，抱著段譽在半空中一個轉身，已落在對面屋上。跟著砰砰兩聲，葉二娘和雲中鶴分別將兩名王府衛士擊下地去。

鍾夫人叫道：「段正淳，咱們今晚要不要打上一架？」

段正淳雖知集王府中人力，拚力一戰，未必不能截下這些人來，但兒子落入對方手中，有了顧忌，難憑武力決勝，何況眼前這對師姊妹均是自己衷心所疼愛，自己曾愛得她們神魂顛倒，死去活來，柔聲道：「寶寶，你……你也來跟我爲難麼？」鍾夫人道：「我是鍾萬仇的妻子，你胡說八道的亂叫甚麼？」段正淳道：「寶寶，這些日子來，我不斷的在想念你！」鍾夫人眼眶一紅，道：「那日知道段公子是你的孩兒之後，我心裏……心裏好生難過……」聲音也柔和起來。

秦紅棉叫道：「師妹，你也又要上他當嗎？」鍾夫人挽了秦紅棉的手，硬起心腸，叫道：「好，咱們走。」回頭道：「你提了刀白鳳那賤人的首級，一步一步拜上萬劫谷來，我們或許便還了你兒子。」

段正淳道：「萬劫谷？」見南海鱷神抱著段譽已越奔越遠。高昇泰和褚萬里等正四面攔截。段正淳嘆了口氣，叫道：「高賢弟，放他們去罷。」高昇泰叫道：「小王爺……」段正淳道：「慢慢再想法子。」一面說，一面飛身縱到高昇泰身前，叫道：「刺客已退，各歸原位。」身形一晃，欺到鍾夫人身旁，柔聲道：「寶寶，你這幾年可好？」

鍾夫人道：「有甚麼不好？」段正淳反手出指，無聲無息，點中了她腰間「章門穴」。鍾夫人猝不及防，便即軟倒。段正淳伸左手攬住了她，假作驚惶，叫道：「啊喲！寶寶，你怎……怎麼啦？」秦紅棉不虞有詐，奔過來問道：「師妹，甚麼事？」段正淳「一陽指」點出，點中的同樣是她腰間「章門穴」。

秦紅棉和鍾夫人要穴遭點，給段正淳一手一個摟住，二人不約而同的向他恨恨瞪了一眼，均想：「又上了他當。我怎地如此胡塗？這一生中上了他這般大當，今日事到臨頭，心裏又胡塗了，仍不知提防。」

段正淳道：「高賢弟，你內傷未愈，快進去休息！萬里，你率領人衆，四下守衛。」高昇泰和褚萬里躬身答應。

段正淳乍與兩個舊情人重聚，而妻子又湊巧不在，眞是得其所哉之至，挾著二女回入暖閣，命廚子、侍婢重開筵席，再整杯盤。

待衆人退下，段正淳點了二女腿上「環跳」、「曲泉」兩穴，令她們沒法走動，然後笑吟吟的拍開二女腰間「章門穴」。秦紅棉大叫：「段正淳，你……你還來欺侮人……」段正淳轉過身來，向兩人一揖到地，說道：「多多得罪，我這裏先賠禮了！」秦紅棉怒道：「誰要你賠禮？快放開我們。」

段正淳道：「咱三人十多年不見了，難得今日重會，正有千言萬語要說。紅棉，你還是這麼急性子。寶寶，你越長越秀氣啦，倒似比咱們當年在一起時還年輕了些。」鍾夫人尚未答話，秦紅棉怒道：「快放我走！我師妹越長越秀氣，我便越長越醜怪，你瞧著我這醜老太婆有甚麼好？」段正淳嘆道：「紅棉，你倒照照鏡子看，倘若你是醜老太婆，那些寫文章的人形容一個絕世美人之時，都要說：『沉魚落雁之容，醜老太婆之貌』了。」

秦紅棉忍不住嗤的一笑，正要頓足，卻腿足麻痺，動彈不得，嗔道：「這當兒誰來跟你說笑？嘻皮笑臉的猢猻兒，像甚麼王爺？」燭光之下，段正淳見到她輕顰薄怒的神情，回憶昔日定情之夕，不由得怦然心動，走上前去在她頰上香了一下。秦紅棉上身卻能動彈，左手啪的一聲，清脆響亮的給他一記耳光。段正淳若要閃避擋架，原非難事，卻故意挨了她這一掌，在她耳邊低聲道：「修羅刀下死，做鬼也風流！」

秦紅棉全身一顫，淚水撲簌簌而下，放聲大哭，哭道：「你……你又來說這些風話。」原來當年秦紅棉以一對修羅刀縱橫江湖，外號便叫作「修羅刀」，失身給段正淳那天晚上，便是給他親了一下面頰，打了他一記耳光，段正淳當年所說的便正是那兩句話。十八年來，這「修羅刀下死，做鬼也風流」十個字，在她心頭耳邊，不知縈迴了幾千幾萬遍。此刻陡然聽得他又親口說了出來，當眞又喜又怒，又甜又苦，百感俱至。

鍾夫人低聲道：「師姊，這傢伙就會甜言蜜語，討人歡喜，你別再信他的話！」秦紅棉道：「不錯，不錯！我再也不信你的鬼話！」這句話卻是對著段正淳說的。

段正淳走到鍾夫人身邊，笑道：「寶寶，我也香香你的臉，許不許？」鍾夫人莊言道：「我是有夫之婦，決不能壞了我丈夫的名聲。你只要碰我一下，我立時咬斷舌頭，死在你面前。」

段正淳見她神色凜然，說得斬釘截鐵，倒也不敢褻瀆，問道：「寶寶，你嫁了怎樣個丈夫啊？」鍾夫人道：「我丈夫樣子醜陋，脾氣古怪，武功不如你，人才不如你，更沒你的富貴榮華。可是他一心一意的待我，決沒第二個女人。我也一心一意的待他。我如有半分對不起他，教我甘寶寶天誅地滅，萬劫不得超生。我跟你說，我跟他住的地方叫作『萬劫谷』，那名字便因我這毒誓而來。」

段正淳不由得肅然起敬，不敢再提舊日情意，嘴裏雖不提，但見到甘寶寶白嫩的臉龐俊俏如昔，微微撅起的嘴唇櫻紅如昔，又怎忘得了昔日的情意？聽她言語中對丈夫這麼好，不由得劇烈心酸，淚水在眼眶中滾來滾去，長長嘆了口氣，說道：「寶寶，我沒福氣，不能讓你這般待我。本來……本來是我先識得你，唉，都是我自己不好！」

鍾夫人聽他語氣淒涼，情意深摯，確不是空言說來騙人的，不禁眼眶也紅了。

三人默然相對，都憶起了舊事，眉間心上，時喜時愁。

過了良久，段正淳輕輕的道：「你們擄了我孩兒去，卻爲了甚麼？寶寶，你那萬劫谷在那裏？」

忽然窗外一個澀啞的嗓子說道：「千萬別跟他說！」段正淳吃了一驚，心想：「外邊有褚萬里等一干人把守，怎地有人悄沒聲的欺了過來？」鍾夫人臉色一沉，道：「你傷沒好，也來幹甚麼了？」跟著一個女子的聲音說道：「鍾先生，請進罷！」段正淳更吃一驚，不由得面紅過耳。

暖閣的帷子掀起，刀白鳳走了進來，滿面怒色，後面跟著個容貌極醜的漢子，好長一張馬臉。

原來秦紅棉赴姑蘇行刺不成，反與愛女失散，便依照約定，南來大理，到師妹處相會。姑蘇王家派出的瑞婆婆、平婆婆等全力追擊木婉清，秦紅棉落後了八九日路程，一路倒平安無事。來到萬劫谷，問知情由，便與鍾夫人一齊出來探訪，途中遇到葉二娘、南海鱷神和雲中鶴「三惡」。這「三惡」是鍾萬仇請來向段正淳為難的幫手，便向鍾夫人說起經過。南海鱷神投入段譽門下的醜事，自然是不說的。秦紅棉聽得木婉清失陷在大理鎮南王府中，當即偕同前來。

鍾萬仇對妻子愛逾性命，醋性又是奇重，自她走後，坐立不安，心緒難寧，顧不得創傷未愈，半夜中跟蹤而來。在鎮南王府之外，正好遇到刀白鳳忿忿而出，一肚子怨氣沒處發洩，兩人一言不合，便即動手。鬥到酣處，刀白鳳漸感不支，突然一個黑衣人影從身旁掠過，掩面嗚咽，卻是木婉清。兩人齊聲招呼，木婉清不理而去。

鍾萬仇叫道：「我去尋老婆要緊，沒功夫跟你纏鬥。」刀白鳳道：「你到那裏去尋老婆？」鍾萬仇道：「到段正淳那狗賊家中。我老婆一見段正淳，大事不妙。」刀白鳳問道：「爲甚麼大事不妙？」鍾萬仇道：「段正淳花言巧語，是個最會誘騙女子的小白臉，老子非殺了他不可。」刀白鳳心想：「正淳四十多歲年紀，鬍子一大把，還是甚麼『小白臉』了？但他風流成性，這馬臉漢子的話倒不可不防。」問起他夫婦的姓名來歷，原來他夫人便是甘寶寶。她早知「俏藥叉」甘寶寶是丈夫昔日的情人之一，這醋勁可就更加大了，當即陪同鍾萬仇來到王府。

鎮南王府四下裏雖守衛森嚴，但衆衛士見是王妃，自不加阻攔，是以兩人欺到暖閣之旁，無人出聲示警。段正淳對秦紅棉、甘寶寶師姊妹倆這番風言風語、打情罵俏，窗外兩人一一聽入耳中，只惱得刀白鳳沒的氣炸了胸膛。鍾萬仇聽妻子以禮自防，卻大喜過望。

鍾萬仇奔到妻子身旁，又疼惜，又高興，繞著她轉來轉去，不住說道：「寶寶，多謝你，你待我眞好。他如敢欺侮你，我跟他拚命。」過得好半晌，才想到妻子穴道受點，轉頭向段正淳道：「快，快解開我老婆的穴道。」段正淳道：「我兒子給你們擄了去，你回去放還我兒子，我自然解救尊夫人。」

鍾萬仇伸手在妻子腰間脅下又捏又拍，雖然他內功甚強，但段家「一陽指」手法天下獨一無二，旁人無所措手，只累得他滿額青筋暴起，鍾夫人給他拍捏得又痛又癢，腿上穴道卻未解開半分。鍾夫人嗔道：「傻瓜，別獻醜啦！」鍾萬仇訕訕的住手，一口氣無處可出，大聲喝道：「段正淳，來跟我鬥他媽的三百回合！」摩拳擦掌，便要上前廝拚。

鍾夫人冷冷的道：「段王爺，你公子給南海鱷神他們擄了去，拙夫要他們放，這幾個惡人未必肯聽。我和師姊回去，俟機解救，或有指望。至少也不讓他們難爲了公子。」

段正淳搖頭道：「我信不過。鍾先生，你請回罷，領了我孩兒來，換你夫人回去。」

鍾萬仇大怒，厲聲道：「你這鎭南王府是荒淫無恥之地，我老婆留在這兒危險萬分。」段正淳臉上一紅，喝道：「你再口出無禮之言，莫怪我姓段的不客氣了。」

刀白鳳進屋之後，一直一言不發，這時突然插口道：「你要留這兩個女子在此，端的是何用意？是爲譽兒呢，還是爲你自己？」語氣冷冰冰地甚是嚴厲。

段正淳嘆了口氣道：「連你也不信我！」反手出指，點在秦紅棉腰間，解開了她穴道，走上一步，伸指便要往鍾夫人腰間點去。

鍾萬仇閃身攔在妻子之前，雙手急搖，大叫：「你這傢伙鬼鬼祟祟，最會佔女人家的便宜。我老婆的身子你碰也碰不得。」段正淳苦笑道：「在下這點穴功夫雖然粗淺，旁人卻也解救不得。時刻久了，只怕尊夫人一雙腿會有殘疾。」鍾萬仇怒道：「我好端端一個如花似玉的老婆，要是變了跛子，我把你的狗雜種兒子碎屍萬段。」段正淳笑道：「你要我替尊夫人解穴，卻又不許我碰她身子，到底要我怎地？」

鍾萬仇無言可答，忽地勃然大怒，喝道：「誰叫你當初點了她穴道？啊喲！不好！你點我老婆穴道之時，她身子已給你碰過了。我要在你老婆身上也點上一指，才不吃虧。」鍾夫人白了他一眼，嗔道：「又來胡說八道了，也不怕人家笑話。」鍾萬仇道：「甚麼好笑話的？我可不能吃這個大虧。」

正鬧得不可開交，門帷掀起，緩步走進一人，黃緞長袍，三綹長鬚，眉清目秀，正是大理國皇帝段正明。

段正淳叫道：「皇兄！」保定帝點了點頭，身子微側，憑空出指，往鍾夫人胸腹之間點去。鍾夫人只覺丹田上首一熱，兩道暖流通向雙腿，登時血脈暢通，站起身來。

鍾萬仇見他露了這手「隔空解穴」的神技，滿臉驚異之色，張大了口，一句話也說不出來，實不信世間居然有這等不可思議的能耐。

段正淳道：「皇兄，譽兒給他們擄了去啦。」保定帝點了點頭，說道：「善闡侯已跟我說了。淳弟，咱段氏子孫既落入人手，自有他父母伯父前去搭救，咱們不能扣人為質。」段正淳臉上一紅，應道：「是！」保定帝這幾句話光明磊落，極具身分，言下之意是說：「你扣人作質，意圖交換，豈非自墮大理段氏的名聲？咱們堂堂皇室子弟，怎能跟幾個草莽女子相提並論？」他頓了一頓，向鍾萬仇道：「三位請便罷。三日之內，段家自有人到萬劫谷來要人。」

鍾萬仇道：「我萬劫谷甚是隱秘，你未必找得到，要不要我跟你說說路程方向？」他盼望保定帝出口相詢，自己卻偏又不說，刁難他一下。

那知保定帝竟不理會，衣袖一揮，說道：「送客！」

鍾萬仇性子暴躁，可是在這不怒自威的保定帝之前，卻不由得手足無措，一聽他說「送客」，便道：「好，咱們走！老子生平最恨的是姓段之人。世上姓段的沒一個好人！」挽了妻子的手，怒氣沖沖的大踏步出房。

鍾夫人一扯秦紅棉的衣袖，道：「師姊，咱們走罷。」秦紅棉向段正淳望了一眼，見他木然不語，並沒示意挽留，不禁心中酸苦，狠狠的向刀白鳳瞪了一眼，低頭而出。三人一出房，便即縱躍上屋。

高昇泰站在屋簷角上微微躬身，道：「送客！」鍾萬仇在屋頂上吐了一口唾沫，忿然道：「假惺惺，裝模作樣，沒個好人！」提氣飛身，一間屋、一間屋的躍去，眼見將到圍牆，他提氣躍起，伸左足踏向牆頭。突然之間，眼前多了一人，站在他本擬落足處的牆上，寬袍緩帶，正是送客的高昇泰。此人本在鍾萬仇身後，不知如何，竟神不知、鬼不覺的搶到了前面，看準了他的落足點搶先佔住。

鍾萬仇人在半空，退固不能，轉向亦已不得，喝道：「讓開！」雙掌齊出，向高昇泰擊去。他想我這雙掌之力足可開碑裂石，對方倘若硬接，定須將他震下牆去，就算對方和自己功力相若，也可借他之力，轉向站上他身旁牆頭。眼見雙掌便要擊上對方胸口，高昇泰身子突向後仰，凌空使個「鐵板橋」，兩足仍牢牢釘在牆頭，卻已讓開了雙掌的撲擊。鍾萬仇一擊不中，暗叫：「不好！」已從高昇泰橫臥的身上越過，這一著失了先機，胸腹下肢，盡皆門戶大開，成了聽由敵人任意宰割的局面。幸喜高昇泰並不乘機襲擊，鍾萬仇雙足落地，暗叫：「還好！」跟著鍾夫人和秦紅棉越牆而出。

高昇泰站直身子，轉身一揖，說道：「不送了！」鍾萬仇哼了一聲，突覺褲子向下直墮，急忙伸手抓住，才算沒出醜，一摸之下，褲帶已斷，才知適才從高昇泰身上橫越而過時，給人家伸指捏斷了褲帶。若非對方手下留情，這一指運力戳中丹田要穴，此刻已然屍橫就地了，心下又驚又怒，咳嗽一聲，回頭對準圍牆吐一口濃痰。啪的一聲響，這口濃痰倒吐得既準且勁。

木婉清迷迷惘惘的從鎮南王府中出來，段王妃刀白鳳和鍾萬仇向她招呼，她聽而不聞，逕自掩面疾奔。只覺莽莽大地，再無一處安身之所。在荒山野嶺中亂闖亂奔，直到黎明，只累得兩腿酸軟，這才停步，倚在一株大樹之上，頓足叫道：「我寧可死了！不要活了！」

雖有滿腹怨憤，卻不知去恨誰惱誰才好：「段郎並非對我負心薄倖，只因陰差陽錯，偏偏是我同父的哥哥。師父原來便是我親娘。這十多年來，母親含辛茹苦的將我撫養成人，恩重如山，如何能怪她……鎭南王卻是我爹爹，雖然他對我媽不起，但說不定其中有許多不得已的苦衷。他對我和顏悅色，極爲慈愛，說道我有甚麼心願，必當盡力使我如願以償。偏偏這心願他無能爲力。媽不能跟爹做夫妻，定是刀白鳳從中作梗，因此媽叫我殺她……但將心比心，我若嫁了段郎，也決不肯讓他再有第二個女人，連他要想想鍾靈那小鬼頭也不行。何況刀白鳳出家作了道姑，當然哪，爹爹也對她不起，他娶了她做老婆，生了兒子，又去跟我媽勾勾搭搭，令她一生傷心。我在玉虛觀外射她兩箭，她並不生氣，在王府中又射她兩箭，傷了她的獨生愛兒，她仍沒跟我爲難，看來……看來她也不是個兇狠惡毒的女子……」

左思右想，只是傷心，說道：「我要忘了段譽，從此不再想他！」但口中說說容易，便要有片刻不想，也沒法做到，每當段譽俊美的臉龐、修長的身軀在腦海中湧現，胸口就如給人狠狠打了一拳。過了一會，自解自慰：「我以後當他是哥哥，也就是了。我本來是個無父無母的孤兒，現下爹也有了，媽也有了，還多了一個好哥哥，正該快活才是。傻丫頭，你又傷甚麼心了？」

然而情網既陷，柔絲愈纏愈緊，她在無量山高峯上苦候七日七夜，於那望穿秋水之際，已然情根深種，再也沒法自拔了。

只聽轟隆、轟隆，奔騰澎湃的水聲不斷傳來，木婉清萬念俱絕，忽萌死志，順步循聲走去，翻過一個山頭，但見瀾滄江浩浩蕩蕩的從山腳下湧過，她嘆了一口長氣，尋思：「我只須踴身一跳，就再沒甚麼煩惱了。」沿著山坡走到江邊，朝陽初升，照得碧玉般的江面上猶如鑲了一層黃金一般，只要跳了下去，這般壯麗無比的景色，還有別的許許多多好看東西，就都再也看不見了。

悄立江邊，思湧如江水奔騰，突然眼角瞥處，見數十丈外一塊巖石上坐得有人。這人始終一動不動，身上又穿著青袍，與青巖同色，是以她雖在江邊良久，一直沒發覺。木婉清看了他幾眼，心道：「多半是個死屍。死屍怎麼坐著？嗯，是個坐著的死屍。」

她舉手便即殺人，自也不怕甚麼死人，好奇心起，快步走近去察看。見這青袍人是個老者，長鬚垂胸，根根漆黑，臉上一個長長的刀疤，自額頭至下頦，直斬下來，色作殷紅，甚為可怖，一雙眼睜得大大的，望著江心，一眨也不眨。

木婉清道：「原來不是死屍！」但仔細再瞧幾眼，見他全身紋絲不動，連眼珠竟也絕不稍轉，顯然又非活人，便道：「原來是個死屍！死屍當然不眨眼，半點也不奇。死屍如果眨眼，可就奇了！」

仔細又看了一會，見這死屍雙眼湛湛有神，臉上又有血色，木婉清伸出手去，到他鼻子底下一探，只覺氣息若有若無，再摸他臉頰，卻忽冷忽熱，索性到他胸口去摸時，只覺他一顆心似停似跳，不禁大奇，自言自語：「這人眞怪，說他是死人，卻像是活人。說他是活人罷，卻又像是死人。」

忽然有個聲音說道：「我是活人！」

木婉清大吃一驚，急忙回頭，卻不見背後有人。江邊盡是鵝卵大的亂石，放眼望去，沒處可以隱藏，而她明明一直瞧著那個怪人，聲音入耳之時，並未見到他動唇說話。她大聲叫道：「是誰戲弄姑娘？你活得不耐煩了麼？」退後兩步，背向大江，眼望三方。

只聽得有聲音說道：「我確是活得不耐煩了。」木婉清一驚非小，眼前就只這個怪人，然而淸淸楚楚的見到他嘴唇緊閉，決不是他在說話。她大聲喝問：「誰在說話？」那聲音道：「你自己在說話啊！」木婉清道：「跟我說話的人是誰？」那聲音道：「沒人跟你說話。」木婉清急速轉身三次，除了自己的影子外，甚麼也看不到。

這時已料定是這靑袍客作怪，走近身去，大著膽子，伸手按住他嘴唇，問道：「是你跟我說話嗎？」那聲音道：「不是！」木婉清手掌中絲毫不覺顫動，又問：「明明有人跟我說話，爲甚麼說沒人？」那聲音道：「我不是人，我也不是我，這世界上沒有我了。」木婉淸陡然間毛骨悚然，心想：「難道眞的有鬼？」問道：「你……你是鬼麼？」那聲音道：「你自己說不想活了，你要去變鬼，又爲甚麼這般怕鬼？」木婉淸強道：

「誰說我怕鬼？我天不怕，地不怕！」

那聲音道：「你就怕一件事。」木婉清道：「哼，我甚麼也不怕。」那聲音道：「你怕的，你怕的。你就怕好好一個丈夫，忽然變成了親哥哥！」

這句話便如當頭一記悶棍，木婉清雙腿酸軟，坐倒在地，呆了半晌，喃喃的道：「你是鬼，你是鬼！」那聲音道：「我有個法子，能叫段譽變成不是你的親哥哥，又成爲你的好丈夫。」木婉清顫聲道：「你……你騙我。這是老天爺注定了的，變……變不來的。」那聲音道：「老天爺該死，是混蛋，咱們不用理他。我有法子，能叫你哥哥變成你丈夫，你要不要？」

木婉清本已心灰意懶，萬念俱絕，這句話當眞是天降綸音，雖然將信將疑，仍急忙應道：「我要的，我要的！」那聲音便不再響。

過了一會，木婉清道：「你是誰啊？讓我見見你的相貌，成不成？」那聲音道：「你已瞧了我很久啦，還看不夠麼？」自始至終，語音平平板板，並沒高低起伏。木婉清道：「你……你就是……這個你麼？」那聲音道：「我也不知道我是不是我。唉！」直到最後這聲長嘆，才流露了他心中充滿著鬱悶悲苦之情。

木婉清更無懷疑，情知聲音便是眼前青袍老者所發，問道：「你口唇不動，怎麼會說話？」那聲音道：「我是活死人，嘴唇動不來的，聲音從肚子裏發出來。」

木婉清年紀尚小，童心未脫，片刻之前還滿腹哀愁，這時聽他說居然能口唇不動而說話，不由得大感有趣，說道：「用肚子也會說話，可當眞奇了。」青袍客道：「你伸手摸摸我肚皮，就知道了。」木婉清伸手按在他肚上。那青袍客道：「我肚子在震動，你覺到了麼？」木婉清掌心之中，果然覺到他肚子隨著聲音而波動起伏，笑道：「哈哈，眞古怪！」她不知這青袍客所練乃一門腹語術，世上玩傀儡戲的會者甚多，但要說得如他這般清楚明白，那就著實不易，非有深湛內功者莫辦。

木婉清繞著他身子轉了幾個圈子，細細察看，問道：「你嘴唇不會動，怎麼吃飯？」青袍客伸出雙手，一手拉上唇，一手拉下唇，將自己的嘴巴拉開，隨即以左手兩根手指撐住，右手投了一塊東西進口，骨嘟一聲，吞了下去，說道：「便是這樣。」木婉清嘆道：「唉！眞可憐，那不是甚麼滋味都辨不出來麼？」這時發覺他面部肌肉僵硬，眼皮似乎也沒法閉上，臉上自更無喜怒哀樂之情，初見面時只道他是個死屍，便是因此。

她恐懼之情雖消，但隨即想到，此人自身有極大困難，無法解除，又如何能逆天行事，將自己的親哥哥變作丈夫？看來先前的一番說話不過是胡說八道罷了，但覺他可憐，說道：「你有甚麼事我能幫得上嗎？」那人道：「多謝了，沒有！」

木婉清沉吟半晌，嘆了口氣，轉過身來，緩緩邁步走開。只聽那聲音道：「我要叫段譽做你丈夫，你不能離開我。」木婉清淡淡一笑，向西走了幾步，忽然停步，轉身問道：「你我素不相識，你怎知道我的心事？你……你識得段郎麼？」

青袍客道：「你的心事，我自然知道。」雙手衣袖中分別伸出一根細細的黑鐵杖，說道：「走罷！」左手鐵杖在巖石上一點，已縱身而起，輕飄飄的落在丈許之外。木婉清見他雙足凌空，雖只一根鐵杖支地，身子卻平穩之極，奇道：「你的兩隻腳……」青袍客道：「我雙足殘廢已久。好啦，從今以後，我的事你不可再問一句。」

木婉清道：「我要是再問呢？」幾個字剛出口，突然雙腿酸軟，摔倒在地，原來青袍客快若飄風般欺近，右手鐵杖在她膝彎連點兩下，跟著舉杖擊下，只打得她雙腿痛入骨髓，「啊」的一聲，大叫出來。青袍客接著鐵杖連點，解開了她穴道，手法奇快。木婉清急躍而起，怒道：「你這人好生無禮！」扣住袖中短箭，便欲發射。

那青袍客道：「你射我一箭，我打你一記屁股。你射我十箭，我便打你十記。不信就試試。」木婉清心想：「我一箭若射得中，當場便要了他性命，怎麼還能打我？這人也不太壞，又很可憐，何必殺他？而且這人武功似乎比南海鱷神還高，多半射他不中。當眞打我屁股，那可糟糕。」只聽他道：「你不敢射我，就乖乖的聽我吩咐，不得有違。」木婉清道：「我見你可憐，不想殺你，不是不敢射。我才不乖乖的聽你吩咐呢！」這麼說著，右手手指卻離開了發箭的機括。

青袍客兩根細鐵杖代替雙足，向前行去。木婉清跟在他身後，只見他每根鐵杖都有七八尺長，跨出一步，比平常人步子長了一倍有餘。木婉清提氣疾追，勉強方能跟上。青袍客上山過嶺，如行平地，卻不走山間已有的道路，不論是何亂石荊棘，鐵杖一點便邁步而前，這一來可苦了木婉清，衣衫下襬給荊刺撕成一片一片，卻也不抱怨示弱。

翻過幾個山頭，遠遠望見一座黑壓壓的大樹林。木婉清心道：「到了萬劫谷來啦！」問道：「咱們到萬劫谷去幹麼？」青袍客轉過身來，突然鐵杖飛出，颼的一下，在她右腿上叩了一記，說道：「你再囉唆不囉唆？」依著木婉清向來的性兒，雖明知不敵，也決不肯受人如此欺侮，但此刻心底隱隱覺得，這青袍客本領如此高強，或許眞能助自己達成心願，便道：「姑娘可不怕你，暫且讓你一讓。」

青袍客道：「走罷！」他卻不鑽樹洞，繞道山谷旁斜坡，走向谷後。他對谷中途徑竟十分熟識，只見他左轉右轉，越走越遠，深入谷後。木婉清到萬劫谷來見師叔甘寶寶時，在谷中曾住了數日，此時青袍客帶著她所到之處，她卻從未來過，沒料想萬劫谷中居然還有這等荒涼幽僻的所在。

行了半晌，進入一座大樹林中，四週都是參天古木，其時陽光燦爛，林中卻黑沉沉地宛若黃昏，越走樹林越密，到後來須得側身而行。再行出數十丈，前面一株株古樹互相擠在一起，便如一堵大牆相似，再也走不過去。青袍客左手鐵杖伸出，靠在她背上一揮，木婉清身不由主的騰空而起，落在一株大樹的樹幹上。卻見青袍客已輕飄飄的躍在半空，鐵杖在一株大樹上一揷，身子飛起，越過了樹牆。木婉清無此能耐，老老實實的鑽過大樹枝葉，在樹牆彼側跳下地來。

只見眼前一大片空地，中間孤零零的一間石屋。那石屋模樣奇怪，乃以無數塊大石砌成，凹凹凸凸，宛然是座小山，前有一個山洞般的門口。青袍客喝道：「進去！」木婉清向石屋內望去，黑黝黝的不知裏面藏著甚麼怪物，如何敢貿然走進？突覺一隻手掌按到了背心，急待閃避，青袍客掌心勁力已吐，將她推進屋去。

她左掌護身，使招「曉風拂柳」，護住面門，只怕黑暗中有甚怪物來襲，只聽得轟隆一聲，屋門已爲甚麼重物封住。她大吃一驚，搶到門口伸手去推時，著手處粗糙異常，原來是塊花崗巨巖。

她雙臂運勁，盡力推出，巨巖紋絲不動。木婉清奮力又推，當眞便如蜻蜓撼石柱，那裏動搖得了，她大聲急叫：「喂，你關我在這裏幹甚麼？」只聽那青袍客道：「你求我的事，自己也忘了嗎？」聲音從巨巖邊上的洞孔中透進來，倒聽得十分清楚。木婉清定了定神，見巨巖堵住屋門，巖邊到處露出空隙，有的只兩三寸寬，有的約有半尺，但身子萬萬鑽不出去。

木婉清大叫：「放我出來，放我出來！」外面再無聲息，湊眼從孔穴中望將出去，遙見青袍客正躍在高空，有如一頭青色大鳥般越過了樹牆。

她回過身來，睜大眼睛，見屋角中有桌有床，床上坐著一人，她又是一驚，叫道：「你……你……」

那人站起身來，走上兩步，叫道：「婉妹，你也來了？」語音中充滿著驚喜，原來竟是段譽。

木婉淸在絕望中乍見情郎，歡喜得幾乎一顆心停了跳動，撲將上去，投在他懷裏。石屋中光亮微弱，段譽隱約見她臉色慘白，兩滴淚水奪眶而出，甚是憐惜，緊緊摟住了她，見她兩片櫻唇微顫，忍不住低頭便吻了下去。兩人四唇甫接，同時想起：「咱倆是兄妹，決不可這樣。」身子都是一震，立即放開纏接著的雙臂，各自退後。兩人背靠石室一壁，怔怔對視。木婉淸「哇」的一聲，哭了出來。

段譽柔聲安慰：「婉妹，這是上天命中注定，你也不必難過。我有你這樣一個妹子，很是歡喜。」木婉淸連連頓足，哭道：「我偏要難過，我偏不歡喜！你心中歡喜，你就好沒良心。」段譽嘆道：「那有甚麼法子？當初我沒遇到你，那就好了。」

木婉淸頓足道：「又不是我想見你的。誰叫你來找我？我沒你報訊，也不見得就死在人家手裏。你害死了我的黑玫瑰，害得我心中老大不痛快，害得我師父變成了我媽媽，害得你爹爹成爲我爹爹，害得你自己變成我哥哥！我不要，我通統不要。你害得我關在這裏，我要出去，我要出去！」

段譽道：「婉妹，都是我不好。你別生氣，咱們慢慢想法子逃出去。」木婉清道：「我不逃出去，我死在這裏也好，死在外邊也好，都是一樣。我不出去！我不出去！」她剛才還在大叫「我要出去」，可是一會兒便又大叫「我不出去」。段譽知她心情激動，一時無可理喻，便不再說話。

木婉清發了一陣脾氣，見他不理，問道：「你幹麼不說話？」段譽道：「你要我說甚麼？」木婉清道：「你說你在這兒幹甚麼？」段譽道：「我徒兒捉了我來……」木婉清奇道：「你的徒兒？」但隨即記起，不由得破涕爲笑，笑道：「不錯，是南海鱷神。他捉了你來，關在這裏？」段譽說道：「正是。」木婉清笑道：「你就該擺起師父架子，叫他放你啊。」段譽道：「我說過何止一次，架子也擺得著實不小，但他說只有我反過來拜他爲師，方能放我。」木婉清道：「嘿，多半是你的架子擺得不像。」段譽嘆道：「或許便是如此。婉妹，你又是給誰捉了來的？」

木婉清於是將那青袍客的事簡略一說，但自己要他「將哥哥變成丈夫」這一節，卻省了不提。段譽聽說這人嘴唇不會動，卻會腹中說話，雙足殘廢而奔行如飛，不禁大感有趣，不住追問詳情，嘖嘖稱異。

兩人說了良久，忽聽得屋外喀的一響，洞孔中塞進一隻碗來，有人說道：「吃飯罷！」段譽伸手接過，碗中是熱烘烘、香噴噴的一碗紅燒肉，跟著又遞進十個饅頭。段譽將肉碗饅頭放在桌上，低聲問道：「你說食物裏有沒毒藥？」木婉清道：「他們要殺咱倆，再也容易不過，不送飯便是了，不必下毒。」

段譽心想不錯，肚子也實在餓了，說道：「吃罷！」將紅燒肉夾入饅頭，先遞給木婉清，然後自己吃了起來。外邊那人道：「吃完後將碗兒拋出來，自會有人收取。」說罷逕自去了。木婉清從洞中望出去，見那人攀援上樹，從樹牆的另一面跳了下去，心想：「這送飯的身手尋常。」走到段譽身邊，和他同吃夾著紅燒肉的饅頭。

段譽一面吃，一面說道：「你不用耽心，伯父和爹爹定會來救咱們。南海鱷神、葉二娘他們武功雖高，未必是我爹爹的敵手。我伯父倘若親自出馬，那更如風掃落葉，定然殺得他們望風披靡。」木婉清道：「哼，他不過是大理國的皇帝而已，武功又有甚麼了不起？我不信他能敵得過那青袍怪人。他多半是帶領幾千鐵甲騎兵，攻打進來。」段譽連連搖頭，道：「不然，不然！我段氏先祖原是中原武林人士，雖在大理得國稱帝，決不敢忘了中原武林的規矩。倘然仗勢欺人，倚多爲勝，大理段氏豈不教天下英雄恥笑？」

木婉清道：「嗯，原來你家中的人做皇帝、王爺，卻不肯失了江湖好漢的身分。」段譽道：「我伯父和爹爹時常言道，這叫作爲人不可忘本。」木婉清哼了一聲，道：「呸！嘴上說得仁義道德，做起事來就卑鄙無恥。你爹爹既有了你媽媽，爲甚麼又……又對我師父不起？」段譽一怔，道：「咦！你怎可罵我爹爹！我爹爹不就是你的爹爹麼？再說，普天下的王公貴冑，那一個不是有幾位夫人？便有十個八個夫人，也不打緊啊。」

其時方當北宋年間，北為契丹、中為大宋、西北西夏、西南吐蕃、南為大理。大宋皇帝三宮六院，後宮三千，那不必說了，其餘四國王公，除正妻外無不廣有姬妾，多則數百人，少則數十人，就算次一等的公侯貴官，也必有姬人侍妾。自古以來，歷朝如此，世人早已視作理所當然。

木婉清一聽，心頭升起一股怒火，重重揮掌打去，正中他右頰，啪的一聲，清脆響亮，只打得他目瞪口呆，手中咬去了一半的饅頭也掉在地下，只道：「你……你……」木婉清怒道：「我不叫他爹爹！男子多娶妻室，就是沒良心。一個人三心兩意，便是無情無義。」段譽撫摸著腫起的面頰，苦笑道：「我是你兄長，你做妹子的，不可對我這般無禮。」木婉清胸中鬱怒難宣，提掌又打了過去。

這一次段譽有了防備，腳下一錯，使出「凌波微步」，已閃到了她身後。木婉清反手一掌，段譽又已躲開。石室不過丈許見方，但「凌波微步」委實神妙之極，木婉清出掌越來越快，卻再也打他不到。木婉清越加氣惱，突然「哎喲」一聲，假意摔倒，段譽驚道：「怎麼了？」俯身伸手去扶。木婉清軟洋洋的靠在他身上，左臂勾住他脖子，驀地裏手臂一緊，笑道：「你還逃得了麼？」右掌啪的一下，清脆之極的在他左頰上打了一掌。

段譽吃痛，大叫一聲「啊唷」，突覺丹田中一股熱氣急速上升，霎時間血脈賁張，情欲如潮，不可遏止，但覺摟在懷裏的姑娘嬌喘細細，幽香陣陣，心情大亂，便往她唇上吻去。

這一吻之下，木婉清登時全身酸軟。段譽抱起她身子，往床上放落，伸手解開了她的一個衣扣。木婉清低聲道：「你……你是我親哥哥啊！」段譽神智雖亂，這句話卻如晴天一個霹靂，一呆之下，急速放開了她，倒退三步，雙手左右開弓，啪啪啪啪，重重的連打自己四個嘴巴，罵道：「該死，該死！」

木婉清見他雙目如血，放出異光，臉上肌肉扭動，鼻孔不住一張一縮，驚道：「啊喲！段郎，食物裏有毒，咱倆著了人家道兒！」

段譽這時全身發滾，猶如在蒸籠中爲人蒸焙相似，聽得木婉清說食物中有毒，反而一喜：「原來是毒藥迷亂了我本性，致想對婉妹作亂倫之行，倒不是我枉讀了聖賢書，突然喪心病狂，如禽獸一般。」

但身上委實熱得難忍，將衣服一件件的脫落，脫到只剩一身單衣單褲，便不再脫，盤膝坐下，眼觀鼻，鼻觀心，強自克制心猿意馬。他自服食了「莽牯朱蛤」，本已萬毒不侵，但紅燒肉中所混的並非傷人性命的毒藥，而是激發情欲的春藥。男女大欲，人之天性，這春藥只是激發人人有生俱來的情欲，使之變本加厲，難以自制。「莽牯朱蛤」能除萬毒，這春藥卻非毒物，「莽牯朱蛤」對之便無能為力了。

木婉清亦是一般的煩躁熾熱，到後來忍無可忍，也除下外裳。

段譽叫道：「你不可再脫，背脊靠著石壁，便可清涼些。」

兩人都將背心靠住石壁，背心雖然涼了，但胸腹四肢、頭臉項頸，卻沒一處不是熱得火滾。段譽見木婉清雙頰如火，說不出的嬌艷可愛，一雙眼水汪汪地，顯然只想撲到自己懷中來，他想：「此刻咱倆決心與藥性相抗，但人力有時而盡，倘若做出亂倫的行逕來，當眞丟盡了段家顏面，百死不足以贖此大罪。」說道：「你給我一枝毒箭。」

木婉清道：「幹甚麼？」段譽道：「我……我如抵擋不住藥力，便一箭戳死自己，免得害你。」木婉清道：「我不給你。」兩人卻均不知箭上的毒質其實已害他不死。段譽道：「你答允我一件事。」木婉清道：「甚麼？」段譽道：「我只要伸手碰到你身子，你便一箭射死我。」木婉清道：「我不答允。」段譽道：「求求你，答允了罷。我大理段氏數百年清譽，不能在我手裏壞了。否則我死之後，如何對得起列祖列宗？」

忽聽得石室外有聲音說道：「大理段氏本來是了不起的，可是到了段正明手中，嘴上仁義道德，實則狼心狗肺，早已全無清譽之可言。」

段譽怒道：「你是誰？胡說八道！」木婉清低聲道：「他便是那個青袍怪人。」

只聽那青袍客道：「木姑娘，我答允了你，叫你哥哥變作你丈夫，這件事包在我身上，必定做到。」木婉清怒道：「你這是下毒害人，跟我求你的事有何相干？」青袍客道：「那碗紅燒肉之中，我下了好大份量的『陰陽和合散』，服食之後，若不是陰陽調和，男女成爲夫妻，那便肌膚寸裂、七孔流血而死。這和合散的藥性，一天厲害過一天，到得第八天上，憑你是大羅金仙，也難抵擋。」

段譽怒道：「我跟你無怨無仇，何以使這毒計害我？你要我此後再無面目做人，叫我伯父和父母終身蒙羞，我……寧可死一百次，也決不幹那無恥亂倫之行。」

那青袍客道：「我跟你無冤無仇，你伯父卻和我仇深似海。段正明、段正淳這兩個小子終身蒙羞，沒面目見人，那就再好不過，妙極，妙極！嘿嘿，嘿嘿！」他嘴不能動，笑聲從喉頭發出，更加古怪難聽。

段譽欲再辯說，一斜眼間，見到木婉清海棠春睡般的臉龐、芙蓉初放般的身子，一顆心怦怦猛跳，幾乎連自己心跳的聲音也聽見了，腦中一陣胡塗，便想：「婉妹和我本有婚姻之約，若不是兩人同回大理，又有誰知道她和我是同胞兄妹？這是上代陰差陽錯造成的冤孽，跟咱兩個又有甚相干？」想到此處，顫巍巍的便站起身來，只見木婉清手扶牆壁，也正慢慢站起，突然間心中如電光石火般的一閃：「不可，不可！段譽啊段譽，人獸關頭，原只一念之差，你今日倘若失足，不但自己身敗名裂，連伯父和父親也給你害了！」當即大聲喝道：「婉妹，我是你親哥哥，你是我親妹子，知道麼？你懂不懂《易經》？」

木婉清在迷迷糊糊中，聽他突作此問，便道：「甚麼《易經》？我不懂。」段譽道：「好！我來教你，這《易經》之學，甚爲艱深，你好好聽著。」木婉清奇道：「我學來幹甚麼？」段譽道：「你學了之後，大有用處。說不定咱二人便可憑此而脫困境。」

他自覺慾念如狂，當此人獸關頭，千鈞一髮，要是木婉清撲過身來稍加引誘，堤防非崩潰不可，是以想到要教她《易經》。只盼一個教，一個學，兩人心有專注，便不去想那男女之事，說道：「《易經》的基本，在於太極。太極生兩儀，兩儀生四象，四象生八卦。你知道八卦的圖形麼？」木婉清道：「不知道，煩死啦！段郎，你過來，我有話跟你說。」

段譽道：「我是你哥哥，別叫我段郎，該叫我大哥。我把八卦圖形的歌訣說給你聽，你要用心記住。乾三連，坤六斷；震仰盂，艮覆碗；離中虛，坎中滿；兌上缺，巽下斷。」木婉清依聲念了一遍，問道：「水盂飯碗的，幹甚麼？」段譽道：「這說的是八卦形狀。要知八卦的含義，天地萬物，無所不包，就一家人來說罷，乾爲父，坤爲母，震是長子，巽是長女……咱倆是兄妹，我是『震』卦，你就是『巽』卦了。」

木婉清懶洋洋的道：「不，你是乾卦，我是坤卦，兩人結成夫妻，日後生兒育女，再生下震卦、巽卦來……」段譽聽她言語滯澀嬌媚，不由得怦然心動，驚道：「你別胡思亂想，再聽我說。」木婉清道：「你……你坐到我身邊來，我就聽你說。」

只聽那青袍客在屋外說道：「很好，很好！你二人成了夫妻，生下兒女，我就放你們出來。我不但不殺你們，還傳你二人一身武功，教你夫妻橫行天下。」段譽怒道：「到得最後關頭，我自會在石壁上一頭撞死，我大理段氏子孫，寧死不辱，你想在我身上報仇，再也休想。」青袍客道：「你死也好，活也好，我才不理呢。你們倘若自尋死路，我將你二人的屍體剝得赤條條地，身上一絲不掛，寫明是大理段正明的姪兒姪女，段正淳的兒子女兒，私下通姦，遭人撞見，以致羞憤自殺。我將你二人的屍身用鹽醃了，先在大理市上懸掛三日，然後再到汴梁、洛陽、臨安、廣州到處去示眾。」

段譽怒極，大聲喝道：「我段家到底怎麼得罪了你，你要如此惡毒報復？」青袍客道：「我自己的事，何必跟你這小子說？」說了這兩句話，從此再無聲息。

段譽情知和木婉清多說一句話，便多一分危險，面壁而坐，思索「凌波微步」中一步步複雜的步法，昏昏沉沉的過了良久，忽想：「那石洞中的神仙姊姊比婉妹美麗十倍，我若要娶妻，只有娶得那位神仙姊姊，這才不枉了。」迷糊中轉過頭來，只見木婉清活色生香，嬌媚萬狀，委實比那冷冰冰的神仙姊姊可愛得多，忍不住想：「人死之後，一了百了，身後是非，如何能管得？」轉念又想：「爹娘和伯父對我何等疼愛，如何能令段門貽笑天下？」

忽聽木婉淸道：「段郎，我要用毒箭自殺了，免得害你。」段譽叫道：「且慢！咱兄妹便是死了，這萬惡之徒也不肯放過咱們。此人陰險毒辣，比之玩弄小兒的葉二娘、挖人心臟的南海鱷神更加惡毒！不知他到底是誰？」

只聽得那靑袍客的聲音說道：「小子倒也有點見識。老夫位居四大惡人之首，『惡貫滿盈』便是我！」

黃眉僧右手小鐵槌在青石上刻個小圈。青袍客更不思索，右手又下了一子。這麼一來，兩人左手比拚內力，固絲毫鬆懈不得，而右手下棋，步步緊逼，亦著著針鋒相對。

八　虎嘯龍吟

鎮南王府內堂之中，善闡侯高昇泰還報，鍾萬仇夫婦及秦紅棉已離府遠去。鎮南王妃刀白鳳掛念愛子，說道：「皇上，那萬劫谷的所在，皇上可知道麼？」保定帝段正明道：「萬劫谷這名字，今日首次聽見，但想來離大理不遠。」刀白鳳急道：「聽那鍾萬仇之言，似乎這地方甚為隱秘，只怕不易尋找。譽兒要是在敵人手中久了……」保定帝微笑道：「譽兒嬌生慣養，不知人間險惡，讓他多經歷一些艱難，磨練磨練，也未始沒有益處。」刀白鳳甚是焦急，卻已不敢多說。

保定帝向段正淳道：「淳弟，拿些酒菜出來，犒勞犒勞咱們。」段正淳道：「是！」吩咐下去，片刻間便滿席山珍海味。保定帝命各人同席共飲。

大理是南鄙小邦，國中百族雜處，擺夷族人數最多，鎮南王妃刀白鳳便是擺夷人。

國人受中原教化未深，諸般朝儀禮法，本就遠較大宋寬簡。保定帝更爲人慈和，只消不是在朝廷廟堂之間，一向不喜拘禮，因此段正淳夫婦與高昇泰三人便入座下首相陪。

飲食之間，保定帝絕口不提適才事情。刀白鳳雙眉深蹙，食而不知其味。黎明時分，門外侍衛稟道：「巴司空參見皇上。」段正明道：「進來！」門帷掀起，一個又瘦又矮的黑漢子走了進來，躬身向保定帝行禮，說道：「啓奏皇上：那萬劫谷過善人渡後，經鐵索橋便到了，須得自一株大樹的樹洞中進谷。」

刀白鳳拍手笑道：「早知有巴司空出馬，那有尋不到敵人巢穴之理？我也不用躭這半天心啦。」那黑漢子微微躬身，道：「王妃過獎。巴天石愧不敢當。」

這黑瘦漢子巴天石雖形貌不揚，卻是個十分精明能幹的人物，曾爲朝廷立下不少功勞，目下在大理國位居司空。司徒、司馬、司空三公之位，在朝中極爲尊榮。巴天石武功卓絕，尤其擅長輕功，這次奉保定帝之命探查敵人的駐足之地，他暗中跟蹤鍾萬仇一行，果然查到了萬劫谷的所在。

保定帝微笑道：「天石，你坐下吃個飽，咱們這便出發。」巴天石深知皇上不喜人對他跪拜，對臣子愛以兄弟朋友稱呼，倘若臣下過份恭謹，他反要著惱，當下答應一聲，捧起飯碗便吃。他身材瘦瘦小小，滴酒不飲，飯量卻大得驚人，片刻間便連吃了七大碗飯。段氏兄弟、高昇泰和他相交日久，自不以爲異。

巴天石一吃完，站起身來，伸衣袖一抹嘴上油膩，說道：「臣巴天石引路。」當先走出。保定帝、段正淳夫婦、高昇泰隨後魚貫而出。出得鎮南王府，見褚古傅朱四大護衛已牽了馬匹在門外侍候，另有數十名從人捧了保定帝等的兵刃站在其後。

段氏祖先是涼州人氏，以中原武林世家在大理得國，數百年來不失祖宗遺風。段正明、正淳兄弟雖富貴無極，仍時時微服出遊，遇到武林中人前來探訪或尋仇，也必按照武林規矩對待，從不擺皇室架子。保定帝這日御駕親征，衆隨從見得多了，人人均已換上常服，在不識者眼中，只道是縉紳大戶帶了從人出遊而已。

刀白鳳見巴天石的從人之中，有二十幾名帶著大斧長鋸，笑問：「巴司空，咱們去做木匠起大屋嗎？」巴天石道：「鋸樹拆屋。」

一行人所乘都是駿馬，奔行如風，未到日中，已抵萬劫谷外的樹林。巴天石指揮從人，將擋路的大樹砍倒鋸開。來到谷口，保定帝指著那株漆著「姓段者入此谷殺無赦」的大樹，笑道：「這萬劫谷主人，跟咱家好大的怨仇哪！」段正淳卻知鍾萬仇是怕自己進谷去探訪甘寶寶，向妻子斜目瞧去，見她只是冷笑。

四名漢子提著大斧搶上，片刻間便將那株數人合抱的大樹砍倒了。

巴天石命衆人牽馬在谷口相候。

褚、古、傅、朱四大護衛當先而行，其後是巴天石與高昇泰，又其後是鎮南王夫婦，保定帝走在最後。進得萬劫谷後，四下靜悄悄地，無人出迎。巴天石按照江湖規矩，手持段正明、段正淳兩兄弟的名帖，大踏步來到正屋之前，朗聲說道：「大理國段氏兄弟，前來拜會鍾谷主。」

話聲甫畢，左側樹叢中突然竄出一條長長人影，迅捷無倫的撲到，伸手向巴天石手中的名帖抓來。巴天石向右錯出三步，喝道：「尊駕是誰？」那人正是「窮兇極惡」雲中鶴，一抓不中，更不停步，又向巴天石撲去。巴天石見他輕功了得，有心要跟他較量較量，當下又向前搶出三步。雲中鶴跟著追了三步。巴天石發足便奔，雲中鶴隨後追去。一個矮，一個高，霎時間在屋外繞了三個圈子。雲中鶴步幅奇大，但巴天石一跳一躍，腳步起落卻比他快得多，兩人之間始終相距數尺。雲中鶴固然追他不到，巴天石卻也避他不脫。兩人一向都自負輕功天下無匹，此刻陡然間遇上勁敵，均是心下暗驚。兩人越奔越快，衣襟帶風，發出呼呼聲響，雖只兩人追逐，旁人看來，便如五六人繞圈而行一般。到得後來，兩人相距漸遠，變成了繞屋奔跑，已不知是雲中鶴在追巴天石，還是巴天石在追雲中鶴。倘若巴天石追到了雲中鶴背後，這場輕功比試自然是他勝了，但雲中鶴猛地發勁，又將巴天石拋落數丈。

只聽得呀的一聲，正屋大門打開，鍾萬仇走了出來。巴天石足下不停，暗運內勁，右手送出，名帖平平向鍾萬仇飛了過去。

鍾萬仇伸手接住，怒道：「姓段的，你既按江湖規矩前來拜山，幹麼毀我谷門？」

褚萬里喝道：「皇上至尊，豈能鑽你這樹洞地道？」

刀白鳳懸念愛子，忍不住問道：「我的孩兒呢？你們將他藏在那裏？」

屋中忽又躍出一名女子，尖聲道：「你來遲了！這姓段的小子，我們已將他開膛破肚，餵了狗啦！」她雙手各持一刀，刀身細如柳葉，發出藍印印的光芒，正是見血即斃的修羅刀。

這兩個女子十八九年之前便因妒生恨，結下極深的怨仇。刀白鳳明知秦紅棉所言非實，但聽她將自己獨生愛子說得如此慘酷，舊恨新怒齊迸，冷冷的道：「我是問鍾谷主，誰來跟下賤女人說話？」驀地裏噹噹兩聲響，秦紅棉雙刀齊出，快如飄風般近前，向她急砍兩刀。這「十字斫」是她成名絕技，不知有多少江湖好漢曾喪在她修羅雙刀這毒招之下。刀白鳳抽出拂塵，及時格開，身形轉處，帚尾點向她後心。

段正淳好生尷尬，一個是結髮愛妻，一個是昔日情侶。他對刀白鳳鍾情固深，對秦紅棉卻也舊恩難忘，但見兩女一動上手便生死相搏，不論是誰受傷，自己都是終生之恨，喝道：「且慢動手！」斜身欺近，拔出長劍，要格開兩人兵刃。

鍾萬仇一見到段正淳便滿肚子怒火，嗆啷啷大環刀出手，向他迎頭砍去。褚萬里道：「不勞王爺動手，待小人料理他！」鐵桿揮出，戳向鍾萬仇頭頸。他原來的鐵桿給葉二娘拗斷了，此時所使是趕著新鑄的。鍾萬仇罵道：「我早知姓段的就只仗著人多勢衆。」

段正淳笑道：「萬里退下，我正要見識見識鍾谷主的武功。」長劍挺出，彈開褚萬里的鐵桿，順勢從鍾萬仇大環刀的刀背上掠下，直削他手指。這一招彈、掠、削三式一氣呵成，中間沒半分變招痕跡。鍾萬仇一驚：「這段賊劍法好生凌厲。」收起怒火，橫刀守住門戶，強敵當前，已不敢浮躁輕忽。

段正淳挺劍疾刺，鍾萬仇見來勢凌厲，難以硬擋，向後躍開三步。段正淳只求他不過來糾纏，閃身搶近刀白鳳和秦紅棉，只見秦紅棉刀法已微見散亂，刀白鳳步步進逼。驀地裏嗤嗤嗤連響，秦紅棉接連射出三枝毒箭。她這短箭形狀和木婉清所發的相同，手法卻高明得多，三枝箭分射左右中，教對方難以閃避。刀白鳳縱身高躍，三枝短箭都從她腳底飛過，不料她身子尚在半空，又有三枝箭射來，第一枝射她小腹，第二枝射她雙足之間，第三枝卻是對準了她足底。其時刀白鳳無法再向上躍，身子落下來時，三枝箭正好射中她頭、胸、腹三處，委實毒辣之極。

刀白鳳心下驚惶，拂塵急掠，捲開了第一枝毒箭，身子急速落下，眼見第二枝、第三枝對準胸膛、小腹射到，已萬難閃避擋格，突然眼前白光急閃，一柄長劍自下而上的在她面前掠過，將這兩枝短箭斬爲四截，同時有人晃身擋在她身前，正是段正淳搶過來救了她性命。倘若他出劍稍有不準，斬不到短箭，這兩枝短箭勢必都釘在他身上。

這一下刀白鳳和秦紅棉都嚇得臉色慘白，心中怦怦亂跳。刀白鳳叫道：「我不領你的情！」閃身繞過丈夫，揮拂塵向秦紅棉抽去。她恨極秦紅棉手段陰毒，拂塵斜掃直擊，教對方緩不出手來發射毒箭。秦紅棉適才這兩箭險些射中段正淳，又見他不顧性命的相救妻子，偏心已極，驚慌再加氣苦，登時擋不住拂塵的急攻。刀白鳳拂塵一招「鳳棲於梧」，向她頭頂擊落，秦紅棉急向右閃，刀白鳳左掌正好同時擊出，眼見便可正中秦紅棉胸口，立時便要打得她狂吐鮮血。手掌離她胸口尚有半尺，忽然旁邊一隻男子手掌伸將過來，將她這一掌掠開了，正是段正淳出手相救，說道：「鳳凰兒，別這麼狠！」

秦紅棉一怔，怒道：「甚麼鳳凰兒、孔雀兒，叫得這般親熱！」左手刀向段正淳肩頭砍落。刀白鳳也正惱丈夫相救情婦，掠開自己勢必中敵的一招，揮拂塵向他臉上掃去。

二女同時出手，同時見到對方向段正淳攻擊，齊叫：「啊喲！」同時要迴護郎君。刀白鳳拂塵轉向，去擋格修羅刀；秦紅棉飛足向刀白鳳踢去，要她收轉拂塵。

段正淳斜身閃開，砰的一聲，秦紅棉這一腳重重踢中在他臀上。刀白鳳怒道：「你幹麼踢我丈夫？」秦紅棉道：「段郎，我不是故意的，你……你很疼嗎？」段正淳故意讓秦紅棉踢中，好讓她消氣，裝腔作勢大叫：「哎唷！痛死我啦！」蹲下身來。

鍾萬仇瞧出便宜，舉刀摟頭向段正淳劈落。刀白鳳叫道：「住手！」秦紅棉叫道：

「打他！」拂塵與修羅刀齊向鍾萬仇攻去。鍾萬仇只得迴刀招架，大叫：「姓段的臭賊，你這老白臉，靠女人救你性命，算甚麼好漢？」段正淳哈哈大笑，倏地躍起，唰唰唰三劍，只逼得鍾萬仇踉蹌倒退。秦紅棉一怔，怒道：「你沒受傷，裝假！」刀白鳳也道：「這傢伙最會騙人，怎能信他？」秦紅棉叫道：「看刀！」刀白鳳叫道：「打他！」這一次二女卻是聯手向段正淳進攻。

保定帝見兄弟跟兩個女人糾纏不清，搖頭暗笑，向褚萬里道：「你們進去搜搜！」褚萬里應道：「是！」

褚、古、傅、朱四人奔進屋門。古篤誠左足剛跨過門檻，突覺頭頂冷風颯然。他左足未曾踏實，右足跟疾撐，已倒退躍出，只見一片極薄極闊的刀刃從面前直削下去，相距不過數寸，只要慢得頃刻，就算腦袋幸而不致一分爲二，至少鼻子也得削去了。古篤誠背上冷汗直流，看清楚忽施暗襲的是個面貌俊秀的中年女子，正是「無惡不作」葉二娘。她這薄刀作長方形，薄薄的一片，四周全都鋒利無比，她抓著短短的刀柄，略加揮舞，便捲成一圈圓光。古篤誠起初這一驚著實厲害，略一定神，大聲呼喝，揮起板斧，便往她薄刀上砍去。

葉二娘的薄刀不住旋轉，不敢和板斧這等沉重的兵刃相碰。古篤誠使出七十二路亂披風斧法，雙斧直上直下的砍去。葉二娘陰陽怪氣，說幾句調侃的言語。朱丹臣見她好整以暇，刀法卻詭異莫測，生怕時候一長，古篤誠抵敵不住，挺判官雙筆上前夾擊。

其時巴天石和雲中鶴二人兀自在大兜圈子，兩人輕功相若，均知非一時三刻能分勝敗，這時所較量者已是內力高下。巴天石奔了這百餘個圈子，已知雲中鶴的下盤功夫飄逸有餘，沉凝不足，不如自己一彈一躍之際行有餘力，只消陡然停住，擊他三掌，他勢必抵受不住。但巴天石一心要在輕功上考較他下去，不願以拳腳功夫取勝，仍一股勁兒的奔跑。

忽聽得一人粗聲罵道：「媽巴羔子的，吵得老子睡不著覺，是那兒來的兔崽子？」只見南海鱷神手持鱷嘴剪，一跳一跳的躍近。

傅思歸喝道：「是你師父的爹爹來啦！」南海鱷神喝道：「甚麼我師父的爹爹？」傅思歸指著段正淳道：「鎮南王是段公子的爹爹，段公子是你的師父，你想賴麼？」南海鱷神雖惡事多為，卻有一樁好處，說過了的話向來算數，一聞此言，氣得臉色焦黃，可不公然否認，喝道：「我拜我的師父，跟你龜兒子有甚相干？」傅思歸笑道：「我又不是你兒子，為甚麼叫我龜兒子？」

南海鱷神一怔，想了半天，才知他是繞著彎兒罵自己為烏龜，一想通此點，哇哇大叫，鱷嘴剪啪啪的向他夾去。此人頭腦遲鈍，手腳可著實快速，鱷嘴剪中一口森森白牙，便如狼牙棒上的尖刺相似。傅思歸一根熟銅棍接得三招，便覺雙臂酸麻。褚萬里長桿揚動，桿上連著的鋼絲軟鞭盪出，向南海鱷神臉上抽去，南海鱷神掏出鱷尾鞭擋開。

保定帝眼看戰局，己方各人均無危險，對高昇泰道：「你在這兒掠陣。」

高昇泰道：「是！」負手站在一旁。

保定帝走進屋中，叫道：「譽兒，你在這裏麼？」不聽有人回答。他推開左邊廂房門，又叫道：「譽兒，譽兒！」只見一個十五六歲的小姑娘從門背後轉了出來，臉色驚惶，問道：「你……你是誰？」保定帝道：「段公子在那裏？」那少女道：「你找段公子幹麼？」保定帝道：「我要救他出去！」

那少女搖頭道：「你救他不出的。他給人用大石堵在石屋之中，門口又有人看守。」保定帝道：「你帶我去。我打倒看守之人，推開大石，就救他出來了。」那少女搖頭道：「不成！我如帶了你去，我爹爹要殺我的。」保定帝問道：「你爹爹是誰？」那少女道：「我姓鍾，我爹爹就是這裏的谷主。」這少女便是從無量山逃回來的鍾靈。

保定帝點了點頭，心想對付這樣一個少女，不論用言語套問，或以武力脅逼，均不免有失身分，段譽既在此谷中，總不難尋到，於是從屋中回出，要另行覓人帶路。

段譽和木婉清在石屋之中，聽說門外那青袍客竟是天下第一惡人「惡貫滿盈」，大驚之下，撲向對方，摟在一起。段譽低聲道：「咱們原來落在『天下第一惡人』手中，那眞糟之極矣！」木婉清「唔」的一聲，將頭鑽在他懷中。

段譽輕撫她頭髮，安慰道：「別怕。」兩人上下衣衫均已汗濕，便如剛從水中爬起來而肌膚密貼一般。兩人全身火熱，體氣蒸薰，聞在對方鼻中，更增誘惑。一個是血氣方剛的青年，一個是情苗深種的少女，就算沒受春藥激動，也已把持不定，何況「陰陽和合散」霸道異常，能令端士成爲淫徒，貞女化作蕩婦，只教心神一迷，聖賢也成禽獸。此時全仗段譽一靈不昧，念念不忘於段氏的淸譽令德，這才勉力克制。

靑袍客得意之極，怪聲大笑，說道：「你兄妹二人快些成其好事，早一日生下孩兒，早一日得脫牢籠。我去也！」說罷，越過樹牆而去。

段譽大叫：「岳老三，岳老二！你師父有難，快快前來相救。」叫了半天，卻那裏有人答應？尋思：「當此危急之際，便是拜他爲師，也說不得了。拜錯惡人爲師，不過是我一人之事，須不致連累伯父和爹爹。」又縱聲大叫：「南海鱷神，我情願拜你爲師了，願意做南海派的傳人，你快來救你徒兒啊。我死之後，你可沒徒兒了。」亂叫亂喊了一陣，始終不聞南海鱷神的聲息，突然想到：「啊喲不好！南海鱷神最怕的便是他這個老大『惡貫滿盈』，就算聽到我叫喚，也不敢來救。」心中不住叫苦。

木婉淸忽道：「段郎，我和你成婚之後，咱們第一個孩兒，你喜歡男的還是女的？」段譽迷迷糊糊的答道：「男的！」

忽然石屋外一個少女的聲音接口道：「段大哥，你是她哥哥，決不能跟她成婚。」段譽一楞，道：「你……你是鍾姑娘麼？」那少女正是鍾靈，說道：「是我啊。我偷聽到了這青袍惡人的話，我定要想法子救你和木姊姊。」段譽大喜，道：「那好極了，你快去偷毒藥的解藥給我。」木婉清怒道：「鍾靈你這小鬼快走開，誰要你救？」鍾靈道：「我還是想法子推開這大石頭，先救你們出來的好。」段譽道：「不，不！你去偷解藥。我……我抵受不住，快……快要死了。」鍾靈驚道：「甚麼抵受不住？你肚子痛嗎？」段譽道：「不是肚子痛。」鍾靈又問：「你是頭痛麼？」段譽道：「也不是頭痛。」鍾靈道：「那你甚麼地方不舒服？」

段譽情欲難遏之事，如何能對這小姑娘說得出口？只得道：「我全身不舒服，你只想法子去盜來解藥便了。」鍾靈皺眉道：「你不說病狀，我就不知要尋甚麼解藥。我爹爹解藥很多，但須得先知你是肚痛、頭痛，還是心痛。」段譽嘆了口氣道：「我甚麼也不痛。我是……我是服了一種叫做『陰陽和合散』的毒藥。」鍾靈拍手道：「你知道毒藥的名字，那就好辦了。段大哥，我這就去跟爹爹要解藥。」

她匆匆爬過樹牆，便去纏著父親拿那「陰陽和合散」的解藥。那「陰陽和合散」是青袍客的藥物，但鍾萬仇一聽名字，就知是甚麼玩意兒，馬臉一沉，斥道：「小女娃娃，東問西問這些不打緊的東西幹麼？你再胡說八道，我老大耳括子打你。」鍾靈急道：「不是胡說八道……」

便在此時，保定帝等一干人攻進萬劫谷來，鍾萬仇忙出去應敵，將鍾靈一人留在屋內。她聽得屋外兵刃交作，鬥得厲害，也不去理會，自在父親的藏藥之所東翻西找。鍾萬仇的數百個藥瓶之上都貼有藥名，但偏偏就不見「陰陽和合散」的解藥。正不知如何是好，聽得有人進來，出去一看，便遇到了保定帝。

保定帝想尋人帶路，一時卻不見有人，忽聽得身後腳步聲響，回頭見是鍾靈奔來，當即停步等候。鍾靈奔近，說道：「我找不到解藥，還是帶你去罷！不知你能不能推開那塊大石頭。」保定帝莫名其妙，問道：「甚麼解藥？」鍾靈道：「你跟我來便知道了。」

萬劫谷中道路曲折，但在鍾靈帶領之下，片刻即至，保定帝托著鍾靈手臂，也不見他縱身跳躍，突然間凌空而起，平平穩穩的越過樹牆。鍾靈拍手讚道：「妙極，妙極！你好像會飛！啊喲，不好！」

但見石屋之前端坐著一人，正是那青袍怪客！

鍾靈對這個半死半活之人最是害怕，低聲道：「咱們快走，等這人走了再來。」保定帝見了這青袍怪人也極感詫異，安慰她道：「有我在這裏，你不用怕。段譽便是在這石屋之中，是不是？」鍾靈點了點頭，縮在他身後。

保定帝緩步上前，說道：「尊駕請讓一步！」青袍客便如不聞不見，凝坐不動。

保定帝道：「尊駕不肯讓道，在下無禮莫怪。」側身從青袍客左側閃過，右掌斜起，按住巨石，正要運勁推動，只見青袍客從腋下伸出一根細細的鐵杖，點向自己「缺盆穴」。鐵杖伸到離他身子尺許之處便即停住，不住顫動，只待保定帝勁力一發，胸腹間門戶大開，鐵杖點將過來，便無可閃避。保定帝一凜：「這人點穴功夫高明之極，卻是何人？」右掌微揚，劈向鐵杖，左掌從右掌底穿出，又已按在石上。青袍客鐵杖移位，指向他「天池穴」。保定帝掌勢如風，連變七次方位，青袍客跟著移動鐵杖，每一次均虛點穴道，制住形勢，令他雖手按大石，卻不敢發勁。

兩人接連變招，青袍客總使得保定帝沒法運勁推石，認穴功夫之準，保定帝自覺與己不相伯仲，猶在兄弟段正淳之上。他左掌斜削，突然間變掌爲指，嗤的一聲響，使出一陽指力，疾點鐵杖，這一指倘若點實了，鐵杖非彎曲不可。不料那鐵杖也是嗤的一聲點來，兩股力道在空中一碰，保定帝退了一步，青袍客也身子一晃。保定帝臉上紅光微閃，青袍客臉上隱隱透出一層青氣，均是一現即逝。

保定帝大奇，心想：「這人武功不但奇高，而且與我顯然頗有淵源。他這杖法明明跟一陽指有關。」當即拱手道：「前輩尊姓大名，盼能見示。」只聽一個聲音響道：「你是段正明罷？這些年來倒沒老了。」保定帝見他口唇絲毫不動，居然能夠說話，更加詫異，說道：「在下段正明。」青袍客道：「哼，你便是大理國當今保定帝？」保定帝道：「正是。」青袍客道：「你的武功和我相較，誰高誰下？」

保定帝沉吟半晌，說道：「武功是你稍勝半籌，但若當眞動手，我能勝你。」青袍客道：「不錯，我終究是吃了身子殘廢的虧。唉，想不到你坐上了這位子，這些年來竟絲毫沒擱下練功。」他腹中發出的聲音雖怪，仍聽得出語音中充滿了悵恨之情。

保定帝猜不透他來歷，心中霎時間轉過了無數疑問。忽聽得石屋內傳出一聲聲急躁的嘶叫，正是段譽的聲音，保定帝叫道：「譽兒，你怎麼了？不必驚慌，我就來救你。」鍾靈驚叫：「段大哥，段大哥！」

原來段譽和木婉清受猛烈春藥催激，越來越難與情欲相抗拒。到後來木婉清神智迷糊，早忘了段譽是親哥哥，只叫：「段郎，抱我，抱住我！」她是處女之身，於男女之事一知半解，但覺燥熱難當，非要段譽抱住了不可，便向段譽撲去。段譽叫道：「使不得！」一閃身避開，腳下自然而然的使出了凌波微步。木婉清一撲不中，斜身摔在床上，便暈了過去。

段譽接連走了幾步，內息自然而然的順著經脈運行，愈走愈快，胸口鬱悶無比，似乎透不過氣來，忍不住大叫一聲。這一聲叫，鬱悶竟然略減，當下他走幾步，呼叫一聲，情欲之念倒是淡了，保定帝和青袍客在屋外的對答，以及保定帝叫他不必驚慌的言語，卻都已聽而不聞。

青袍客道：「這小子定力不錯，服了我的『陰陽和合散』，居然還能支撐到這時候。」保定帝吃了一驚，問道：「那是甚麼毒藥？」青袍客道：「不是毒藥，只不過是一種猛烈的春藥而已。」保定帝道：「你給他服食這等藥物，其意何居？」青袍客道：「這石屋之中，另有一個女子，名叫木婉清，是段正淳的私生女兒，段譽的胞妹。」

保定帝一聽之下，不由得一驚，他修養再好，也禁不住勃然大怒，長袖揮處，嗤的一指向他點去。青袍客橫杖擋開，保定帝第二指又已點出，這一指直趨他喉下七突穴，那是致命要穴，料想他定要全力反擊。

那知青袍客「嘿嘿」兩聲，既不閃避，也不招架。保定帝見他不避不架，心中大疑，立時收指，問道：「你爲何甘願受死？」青袍客道：「我死在你手下，那就再好不過，你的罪孽，又深了一層。」保定帝問道：「你到底是誰？」青袍客低聲說了一句話。

保定帝一聽，臉色立變，道：「我不信！」青袍客將右手中的鐵杖交於左手，右手食指嗤的一聲，向保定帝點去，保定帝斜身閃開，還了一指。青袍客以中指直戳，保定帝臉色凝重，以中指相還。青袍客第三招以無名指橫掃，第四招以小指輕挑，保定帝一一照式還報。到得第五招時，青袍客以大拇指捺將過來，五指中大拇指最短，因而也最爲遲鈍不靈，然而指上力道卻是最強，保定帝不敢怠慢，大拇指一翹，也捺了過去。

鍾靈在一旁看得好生奇怪，忘了對青袍客的畏懼之意，笑道：「你們兩個在猜拳麼？你伸一指，我伸一指的，卻是誰贏了？」一面說，一面走近身去。驀地裏一股勁風無聲無息的襲到，鍾靈一怔之際，左肩劇痛，幾欲暈倒。保定帝反手揮掌，將她身子平平推出，跟著向後縱躍，將她扶住，說道：「站著別動。」鍾靈怔怔的道：「他……他要殺我？」保定帝搖頭道：「不是。我跟他在比試武功，旁人不能走近。」伸掌在她背心上輕撫數下。

那青袍客道：「你信了沒有？」保定帝搶上數步，躬身道：「正明參見前輩！」青袍客道：「你只叫我前輩，是不肯認我呢，還是意下猶有未信？」保定帝道：「正明身爲一國之主，言行自當鄭重。正明無子，這段譽身負宗廟社稷的重寄，請前輩釋放。」青袍客道：「我正要大理段氏亂倫敗德，斷子絕孫。我好容易等到今日，豈能輕易放手？」保定帝厲聲道：「段正明萬萬不許！」

青袍客道：「嘿嘿！你自稱是大理國皇帝，我卻只當你是謀朝篡位的亂臣賊子。你有膽子，儘管去調神策軍、御林軍來好了。我跟你說，我勢力固遠不如你，可是要先殺段譽這小賊卻易如反掌。你此刻跟我動手，數百招後或能勝得了我，但想殺我，卻也千難萬難。我只教不死，你便救不了段譽性命。」

保定帝臉上一陣青，一陣白，知他這話不假，別說去調神策軍、御林軍來，自己只須再多一個幫手，這青袍客抵敵不住，便會立時加害段譽，何況以此人身分，也決不能殺了他，說道：「你要如何，方能放人？」青袍客道：「不難！你只須答允去天龍寺出家為僧，將大位讓我，我便解了段譽體內藥性，還你一個鮮龍活跳、德行無虧的好姪兒。」保定帝道：「祖宗基業，豈能隨便拱手送人？」

青袍客道：「嘿嘿，這是你的基業，還是我的基業？物歸原主，豈是隨便送人？我不追究你謀朝篡位的大罪，已算寬洪大量之極了。你若執意不肯，不妨耐心等候，等段譽和他胞妹生下一男半女，我便放他。」保定帝道：「那你還是乘早殺了他的好。」

青袍客道：「除此之外，還有兩條路。」保定帝問道：「甚麼？」青袍客道：「第一條路，你突施暗算，猝不及防的將我殺了，那你自可放他出來。」保定帝道：「我不能暗算於你。」青袍客道：「你就想暗算，也未必能成。第二條路，你叫段譽自己用一陽指功夫跟我較量，只須勝得了我，他自己不就走了嗎？嘿嘿，嘿嘿！」

保定帝怒氣上衝，忍不住便要發作，終於強自抑制，說道：「段譽不會絲毫武功，更沒學過一陽指功夫。」青袍客道：「大理段正明的姪兒不會一陽指，有誰能信？」保定帝道：「段譽幼讀詩書佛經，心地慈悲，堅決不肯學武。」青袍客道：「又是一個假仁假義、沽名釣譽的偽君子！這樣的人若做大理國君，實非蒼生之福，早一日殺了倒好。」

保定帝厲聲道：「前輩，是否另有其他道路可行？」青袍客道：「當年我若有其他道路可行，也不至落到這般死不活、活不活的田地。別人不給我路走，我為甚麼要給你路走？」

保定帝低頭沉吟半晌，猛地抬起頭來，一臉剛毅肅穆之色，叫道：「譽兒，我便設法來救你。你可別忘了自己是段家子孫！」

只聽石屋內段譽叫道：「伯父，你進來一指……一指將我處死了罷。」這時他已停步，靠在封門大石上稍息，已聽清楚了保定帝與青袍客後半段的對答。保定帝厲聲道：「甚麼？你做了敗壞我段氏門風的行逕嗎？」段譽道：「不！不是，姪兒……姪兒燥熱難當，活……活不成了！」

保定帝朗聲道：「生死有命，任其自然。」托住鍾靈手臂，奔過空地，躍過樹牆，說道：「小姑娘，多謝你帶路，日後當有報答。」循著原路，來到正屋之前。

只見褚萬里和傅思歸雙戰南海鱷神，仍然勝敗難分。朱丹臣和古篤誠那一對卻給葉二娘的方刀逼得漸漸支持不住。那邊廂雲中鶴腳下雖仍絲毫不緩，但大聲喘氣，有若疲牛，巴天石卻一縱一躍，輕鬆自在。高昇泰負著雙手踱來踱去，對身旁的激鬥似乎漠不關心，其實眼觀六路、耳聽八方，精神籠罩全局，己方只要無人遇險，就用不著出手相援。段正淳夫婦與秦紅棉、鍾萬仇四人卻已不見。

保定帝問道：「淳弟呢？」高昇泰道：「鎮南王逐開了鍾谷主，和王妃一起找尋段公子去了。」保定帝縱聲叫道：「此間諸事另有計較，各人且退！」

巴天石陡然住足，雲中鶴直撲過來，巴天石砰的一掌，擊將出去。雲中鶴雙掌一擋，只感胸中氣血翻湧，險些噴出血來。他強自忍住，雙眼望出來模糊一片，已看不清對手拳腳來路。巴天石卻並不乘勝追擊，嘿嘿冷笑，說道：「領教了。」

只聽左首樹叢後段正淳的聲音說道：「這裏也沒有，咱們再到後面去找。」刀白鳳道：「找個人來問問就好了，谷中怎地一個下人也沒有？」秦紅棉道：「我師妹叫他們都躲起來啦。」保定帝和高昇泰、巴天石三人相視一笑，均覺鎮南王神通廣大，不知使上了甚麼巧妙法兒，竟教這兩個適才還在性命相撲的女子聯手同去找尋段譽。只聽段正淳道：「那麼咱們去問你師妹，她一定知道譽兒關在甚麼地方。」刀白鳳怒道：「不許你去見甘寶寶。不懷好意！」秦紅棉道：「我師妹說過了，從此永遠不再見你面。」

三人說著從樹叢中出來。段正淳見到兄長，問道：「大哥，救出……找到譽兒了麼？」他本想說「救出譽兒」，但不見兒子在側，便即改口。保定帝點頭道：「找到了，咱們回去再說。」

褚萬里、朱丹臣等聽得皇上下旨停戰，均欲住手，但葉二娘和南海鱷神殺得興起，纏住了惡戰不休。保定帝眉頭微蹙，說道：「咱們走罷！」

高昇泰道：「是！」懷中取出鐵笛，挺笛指向南海鱷神咽喉，跟著揚臂反手，橫笛掃向葉二娘。這兩記笛招都是攻向敵人極要緊的空隙。南海鱷神一個觔斗避過，啪的一聲，鐵笛重重擊中葉二娘左臂。葉二娘大叫一聲，忙飄身逃開。

高昇泰的武功其實並不比這兩人強了多少，但他旁觀已久，心中早已擬就了對付這兩人的絕招。這招似乎純在對付南海鱷神，其實卻是佯攻，突然出其不意的給葉二娘來一下狠的，以報前日背上那一掌之仇。看來似乎輕描淡寫，隨意揮洒，實則這一招在他心中已盤算了無數遍，實爲畢生功力之所聚，已然出盡全力。

南海鱷神圓睜豆眼，又驚又佩，說道：「媽巴羔子，好傢伙，瞧你不出……」下面的話沒再說下去，意思自然是說：「瞧你不出，居然勝了我三妹，老子只怕還不是你這小子的對手。」

刀白鳳問保定帝：「皇上，譽兒怎樣？」保定帝心下擔憂，但絲毫不動聲色，淡然道：「沒甚麼。眼前是個讓他磨練的大好機會，過得幾天自會出來，一切回宮再說。」說著轉身便走。

巴天石搶前開路。段正淳夫婦跟在兄長之後，其後是褚、古、傅、朱四護衛，最後是高昇泰。他適才這凌厲絕倫的一招鎭懾了敵人，南海鱷神雖然兇悍，卻也不敢上前挑釁。

段正淳走出十餘丈，忍不住回頭向秦紅棉望去，秦紅棉也怔怔的正瞧著他背影，四目相對，不由得都痴了。

只見鍾萬仇手執大環刀，氣急敗壞的從屋後奔出來，叫道：「段正淳，你這次沒見到我夫人，算你運氣好，我就不來難爲你。我夫人已發了誓，以後決不再見你。不過……不過那也靠不住，她要是見到你這傢伙，說不定他媽的又……總而言之，你不能再來！」他和段正淳拚鬥，數招不勝，便即回去守住夫人，以防段正淳前來勾引，聽得夫人立誓決不再見段正淳之面，心下大慰，忙奔將出來，將這句要緊之極的言語說了。

段正淳心下黯然，暗道：「爲甚麼？爲甚麼再也不見我面？你已是有夫之婦，我豈能再敗壞你的名節？大理段二雖然風流好色，卻非卑鄙無恥之徒。讓我再瞧瞧你，就算咱兩人離得遠遠地，一句話也不說，那也好啊。」回過頭來，見妻子正冷冷的瞧著自己，心頭一凜，當即加快腳步，出谷而去。

一行人回到大理。保定帝道：「大夥到宮中商議。」來到皇宮內書房，保定帝坐在中間一張鋪著豹皮的大椅上，段正淳夫婦坐在下首，高昇泰一干人均垂手侍立。保定帝吩咐內侍取過櫈子，命各人坐下，揮退內侍，將段譽如何落入敵手的情形說了。

段正淳不由得一陣羞慚，低聲稟告保定帝：「皇兄，那木姑娘確是臣弟的私生女兒，這青袍客將他兄妹二人囚於一處，用心惡毒……」保定帝點點頭，心下了然。

衆人均知關鍵是在那青袍客身上，聽保定帝說此人不僅會一陽指，且功力猶在他之上，誰都不敢多口，各自低頭沉吟，均知一陽指是段家世代相傳的功夫，傳子不傳女，更加不傳外人，青袍客既會這門功夫，自是段氏的嫡系子孫了。（按：直到段氏後世子孫段智興一燈大師手中，爲了要制住大敵西毒歐陽鋒，才破了不傳外人的祖規，將這門神功先傳王重陽，再傳於漁樵耕讀四大弟子。詳見《射鵰英雄傳》。）

保定帝向段正淳道：「淳弟，你猜此人是誰？」段正淳搖頭道：「我猜不出，難道是天龍寺中有人還俗改裝？」保定帝搖頭道：「不是，是延慶太子！」

此言一出，衆人都大吃一驚。段正淳道：「延慶太子早已不在人世，此人多半是冒名招搖。」保定帝嘆道：「名字可以亂冒，一陽指的功夫卻假冒不得。偷師學招之事，武林中原亦尋常，然而這等內功心法，又如何能偷？此人是延慶太子，決無可疑。」

段正淳沉思半晌，問道：「那麼他是我段家佼佼的人物，何以反而要敗壞我家的門風清譽？」保定帝嘆道：「此人周身殘疾，自是性情大異，一切不可以常理度之。何況大理國皇位既由我居之，他自必滿心懷憤，要害得我兄弟倆身敗名裂而後快。」

段正淳道：「大哥登位已久，臣民擁戴，四境昇平，別說只延慶太子出世，就算上德帝復生，也不能再居此位。」高昇泰站起身來，說道：「鎭南王此言甚是。延慶太子好好將段公子交出便罷，否則咱們也不認他甚麼太子不太子，只當他是天下四大惡人之首，人人得而誅之。他武功雖高，終究好漢敵不過人多。」

原來十多年前的上德五年，大理國上德帝段廉義在位，朝中忽生大變，上德帝為奸臣楊義貞所弒，其後上德帝的姪子段壽輝得天龍寺中諸高僧及忠臣高智昇之助，平滅楊義貞。段壽輝接登帝位，稱為上明帝。上明帝不樂為帝，只在位一年，便赴天龍寺出家為僧，將帝位傳給堂弟段正明，是為保定帝。上德帝本有一個親子，當時朝中稱為延慶太子，當奸臣楊義貞謀朝篡位之際，舉國大亂，延慶太子不知去向，人人都以為是給楊義貞殺了，沒想到事隔多年，竟會突然出現。

保定帝聽了高昇泰的話，搖頭道：「皇位本是延慶太子的。當日只因找他不著，上明帝這才接位，後來又傳位給我。延慶太子既然復出，我這皇位便該當還他。」轉頭向高昇泰道：「令尊倘若在世，想來也有此意。」高昇泰是大功臣高智昇之子，當年鋤奸除逆，全仗高智昇出了大力。

高昇泰走上一步，伏地稟道：「先父忠君愛民。這青袍怪客號稱是四惡之首，若在大理國君臨萬民，眾百姓不知要吃多少苦頭。皇上讓位之議，臣昇泰萬死不敢奉詔。」巴天石也伏地奏道：「適才天石聽得那南海鱷神怪聲大叫，說他們四惡之首叫作甚麼『惡貫滿盈』。這惡人若不是延慶太子，自不能覬覦大寶。就算他是延慶太子，如此兇惡奸險之徒，怎能讓他秉掌大理國政？倘若不幸如此，勢必國家傾覆，社稷淪喪，千萬百姓受苦無窮。」

保定帝揮手道：「兩位請起，你們所說的也言之成理。但譽兒落入了他手中，除了我避位相讓，更有甚麼法子能讓譽兒歸來？」

段正淳道：「大哥，自來只有君父有難，爲臣子的才當捨身赴難。譽兒雖爲大哥所愛，怎能爲了他而甘捨大位？否則譽兒縱然脫險，卻也成了大理國的千古罪人。」

保定帝站起身來，左手摸著頦下長鬚，右手兩指在額上輕輕彈擊，在書房中緩緩而行。衆人均知他每逢有大事難決，便如此出神思索，誰也不敢作聲擾他思路。保定帝踱來踱去，過得良久，說道：「這延慶太子手段毒辣，給譽兒所服的『陰陽和合散』藥性厲害，常人極難抵擋。只怕……只怕他這時已爲藥性所迷，也未可知。唉，這是旁人以奸計擺布，下毒嫁禍，須怪譽兒不得。」

段正淳低下了頭，羞愧無地，心想歸根結底，都是由自己風流成性起禍。

保定帝走回坐入椅中，說道：「巴司空，傳下旨意，命翰林學士草制，册封我弟正淳爲皇太弟。」

段正淳吃了一驚，忙跪下道：「大哥春秋正盛，功德在民，皇天必定保祐，子孫綿綿。這皇太弟一事儘可緩議。」保定帝伸手扶起，說道：「你我兄弟一體，這大理國江山原是你我兄弟同掌，別說我並無子嗣，就是有子有孫，也要傳位於你。淳弟，我立你爲嗣，此心早決，通國皆知。今日早定名份，也好令延慶太子息了此念。」

段正淳數次推辭，均不獲准，只得叩首謝恩。高昇泰等上前道賀。保定帝並無子息，皇位日後勢必傳於段正淳，原是意料中事，誰也不以為奇。

保定帝道：「大家去歇歇罷。延慶太子之事，只可告知華司徒、范司馬兩人，此外不得洩漏。」眾人齊聲接旨，躬身告退。巴天石去向翰林學士宣詔，草制冊封。

保定帝用過御膳，小睡片刻，醒來時隱隱聽得宮外鼓樂聲喧，爆竹連天。內監進來服侍更衣，稟道：「陛下冊封鎮南王為皇太弟，眾百姓歡呼慶祝，甚是熱鬧。」大理國近年來兵革不興，朝政清明，庶民安居樂業，眾百姓對皇帝及鎮南王、善闡侯等當國君臣均甚愛戴。保定帝道：「傳我旨意，明日大放花燈，大理城金吾不禁，犒賞三軍，以酒肉賞賜耆老孤兒。」旨意傳了下去，大理全城百姓更歡忭如沸。

到得傍晚，保定帝換了便裝，獨自出宮。他將大帽壓住眉簷，遮住面目。一路上見眾百姓拍手謳歌，青年男女，載歌載舞。大理國種族繁多，當時中原人士視大理國為蠻夷之地，禮儀與中土頗不相同，大街上青年男女攜手同行，調情嬉笑，旁若無人，誰也不以為異。保定帝心下暗祝：「但願我大理眾百姓世世代代，皆能如此歡樂。」

他出城後快步前行，行得二十餘里後上山，越走越荒僻，轉過四個山坳，來到一座小小古廟前，廟門上寫著「拈花寺」三字。佛教是大理國教，大理京城內外，大寺數十，小廟以百計。這座「拈花寺」地處偏僻，無甚香火，大理人多數不知。

保定帝站在寺前，默祝片刻，然後上前在寺門上輕叩三下。過得半晌，寺門推開，走出一名小沙彌來，合什問道：「尊客光降，有何貴幹？」保定帝道：「相煩通報黃眉大師，便道故人段正明求見。」小沙彌道：「請進。」轉身肅客。保定帝舉步入寺，只聽得叮叮兩聲清磬，悠悠從後院傳出，霎時之間，只感遍體清涼，意靜神閒。

他踏著寺院中落葉，走向後院。小沙彌道：「尊客請在此稍候，我去稟報師父。」保定帝道：「是。」負手站在庭中，見庭中一株公孫樹上一片黃葉緩緩飛落。他一生極少如此站在門外等候別人，但一到這拈花寺中，俗念盡消，渾忘了自己天南爲帝。

忽聽得一個蒼老的聲音笑道：「段賢弟，你心中有何難題？」保定帝回過頭來，只見一個滿臉皺紋、身形高大的老僧從小舍中推門出來。這老僧兩道焦黃長眉，眉尾下垂，正是黃眉和尚。

保定帝雙手拱了拱，道：「打擾大師清修了。」黃眉和尚微笑道：「請進。」保定帝跨步走進小舍，見兩個中年和尚躬身行禮。保定帝知是黃眉和尚的弟子，舉手還禮，在西首一個蒲團上盤膝坐下，待黃眉和尚在東首的蒲團坐定，便道：「我有個姪兒段譽，他七歲之時，我曾抱來聽師兄講經。」黃眉僧微笑道：「此子頗有悟性，好孩子，好孩子！」保定帝道：「他受了佛法點化，生性慈悲，不肯學武，以免殺生。」黃眉僧道：「不會武功，也能殺人。會了武功，也未必殺人。」

保定帝道：「是！」於是將段譽如何堅決不肯學武、私逃出門，如何結識了木婉清，如何給號稱「天下第一惡人」的延慶太子囚入石室、誘服春藥等情，源源本本的說了。黃眉僧凝神傾聽，不插一言。兩名弟子在他身後垂手侍立，更連臉上的肌肉也不牽動半點。

待保定帝說完，黃眉僧緩緩道：「這位延慶太子既是你堂兄，你自己固不便和他動手，便派遣下屬前去強行救人，恐也不妥。」保定帝道：「師兄明鑒。」黃眉僧道：「天龍寺中的高僧大德，武功固有高於賢弟的，但他們皆系出段氏，不便參與本族內爭，偏袒賢弟。因此也不能向天龍寺求助。」保定帝道：「正是。」

黃眉僧點點頭，緩緩伸出中指，向保定帝胸前點去。保定帝微微一笑，伸出食指，對準他的中指一戳，兩人都身形一晃，便即收指。黃眉僧道：「段賢弟，我的金剛指力，可勝不過你的一陽指啊。」保定帝道：「師兄大智大慧，不必純以指力取勝。」黃眉僧低頭不語。

保定帝站起來，說道：「五年之前，師兄命我免了大理百姓的鹽稅，一來國用未足，二來小弟意欲待吾弟正淳接位，再行此項仁政，使庶民歸德吾弟，以致未遵師兄吩咐。明天一早，小弟就頒令廢除鹽稅。」

黃眉僧站起身來，躬身下拜，恭恭敬敬的道：「賢弟造福萬民，老僧感德不盡。」保定帝下拜還禮，不再說話，飄然出寺。

保定帝回到宮中，即命內監宣巴司空前來，告以廢除鹽稅之事。巴天石躬身謝恩，說道：「皇上鴻恩，實為庶民之福。」保定帝道：「宮中用度，儘量裁減撙節。你去跟華司徒、范司馬二人商議，瞧政費國用有甚麼可省的。」巴天石答應了。

巴天石辭出宮後，即去約了司徒華赫艮，一齊來到司馬范驊府中，告以廢除鹽稅。至於段譽被擄一節，巴天石已先行對華范二人說過。

范驊沉吟道：「鎮南世子落入奸人之手，皇上下旨免除鹽稅，想必是意欲邀天之憐，令鎮南世子得以無恙歸來。咱們不能分君父之憂，有何臉面立身朝堂之上？」

巴天石道：「正是。二哥有何妙計，可以救得世子？」范驊道：「對手既是延慶太子，皇上萬不願跟他正面為敵。我倒有一條計策，只不過要偏勞大哥了。」華司徒忙道：「那有甚麼偏勞的？二弟快說。」范驊道：「皇上言道，那延慶太子的武功尚勝皇上半籌。咱們硬碰硬的去救人，自然不能。大哥，你二十年前的舊營生，不妨再幹他一次。」華司徒紫膛色的臉上微微一紅，笑道：「二弟又來取笑了。」

這華司徒華赫艮本名阿根，出身貧賤，現今在大理國位列三公，未發跡時，幹的卻是盜墓掘墳的勾當，最擅長的本領是偷盜王公巨賈的墳墓。這些富貴人物死後，必有珍異寶物殉葬，華阿根從極遠處挖掘地道，通入墳墓，然後盜取寶物。所花的工程雖巨，卻由此而從未爲人發覺。有一次他掘入一墳，在棺木中得到了一本殉葬的武功秘訣，依法修習，練成了一身卓絕的外門功夫，便捨棄了這下賤營生，輔佐保定帝，累立奇功，終於升到司徒之職。他居官後嫌舊時的名字太俗，改名赫艮，除了范驊和巴天石這兩個生死之交，極少有人知道他的出身。

范驊道：「小弟何敢取笑大哥？我是想咱們混進萬劫谷中，挖掘一條地道，通入鎮南世子的石室，然後神不知、鬼不覺的救他出來。」

華赫艮一拍大腿，歡叫：「妙極，妙極！」他於盜墓一事，實有天生嗜好，二十年來雖不再幹此營生，偶爾想起，仍禁不住手癢，只盼有機會重作馮婦，但身居高官，富貴已極，再去盜墳掘墓，成何體統？這時聽范驊一提，不禁大喜。

范驊笑道：「大哥且慢歡喜，這中間著實有些難處。四大惡人都在萬劫谷中，鍾萬仇夫婦和修羅刀也均是厲害人物，要避過他們耳目委實不易。再說，那延慶太子坐鎮石屋之前，地道在他身底通過，如何方能令他不會察覺？」

華赫艮沉吟半晌，說道：「地道當從石屋之後通過去，避開延慶太子的所在。」巴天石道：「鎮南世子時時刻刻都有危險，咱們挖掘地道，只怕工程不小，可來得及麼？

地底倘若多有堅石，就更難了。」華赫艮道：「那就咱哥兒三人一起幹，委屈你們兩位，跟我學一學做盜墓的小賊。」巴天石笑道：「既位居大理三公，大哥以身作則，小弟等自當追隨，義不容辭。」三人拊掌大笑。

華赫艮道：「事不宜遲，說幹便幹。」當下巴天石繪出萬劫谷中的圖形，華赫艮擬訂地道的入口路線，至於如何避人耳目，如何運出地道中所挖的泥土等等，原是他的無雙絕技。華赫艮又去傳了一批昔日熟手的下屬前來相助。

這一日一晚之間，段譽每覺炎熱煩躁，便展開「凌波微步」身法，在斗室中快步行走，只須走得一兩個圈子，內功增進，心頭便感清涼。木婉清卻身發高熱，神智迷糊，大半時刻都是昏昏沉沉的倚壁而睡。

次日午間，段譽又在室中疾行，忽聽得石屋外一個蒼老的聲音說道：「縱橫十九道，迷煞多少人。居士可有清興，與老僧手談一局麼？」段譽心下奇怪，當即放緩腳步，又走出十幾步，這才停住，湊眼到送飯進來的洞孔向外張望。

只見一個滿臉皺紋、眉毛焦黃的老僧，左手拿著一個飯碗大小的鐵木魚，右手舉起一根黑黝黝的木魚槌，在鐵木魚上錚錚錚的敲擊數下，聽所發聲音，這根木魚槌也是鋼鐵所製。他口宣佛號：「阿彌陀佛，阿彌陀佛！」俯身將木魚槌往石屋前的一塊大青石上劃去，嗤嗤聲響，石屑紛飛，登時刻了一條直線。段譽暗暗奇怪，這老僧的面貌依稀似乎見過，他手上勁道好大，隨手劃去，石上便現深痕，就同石匠以鐵鑿、鐵鎚慢慢打鑿出來一般，而這條線筆直無曲，石匠要鑿這樣一條直線，更非先用墨斗彈線不可。

石屋前一個鬱悶的聲音說道：「金剛指力，好功夫！」正是那青袍客「惡貫滿盈」。他右手鐵杖伸出，在青石上劃了一條橫線，和黃眉僧所刻直線相交，一般的也深入石面，毫無歪斜。黃眉僧笑道：「施主肯予賜教，好極，好極！」又用鐵槌在青石上刻了一道直線。青袍客跟著刻了一道橫線。如此你刻一道，我刻一道，兩人凝聚功力，槌杖越劃越慢，不願自己所刻直線有何深淺不同，歪斜不齊，就此輸給了對方。

不到一頓飯時分，一張縱橫十九道的棋盤已整整齊齊的刻就。黃眉僧尋思：「正明賢弟所說不錯，這延慶太子的內力果然了得。」延慶太子不比黃眉僧乃有備而來，心下更加駭異：「從那裏鑽了這麼個厲害的老和尚出來？顯是段正明邀來的幫手。這和尚跟我纏上了，段正明便乘虛而入去救段譽，我可沒法分身抵擋。」

黃眉僧道：「段施主功力高深，佩服，佩服。棋力想必也勝過老僧十倍，老僧要請施主饒上四子。」青袍客一怔，心想：「你指力如此了得，自是大有身分的高人。你來向我挑戰，怎能一開口就要我相讓？」便道：「大師何必過謙？要決勝敗，自然是平下。」黃眉僧道：「四子是一定要饒的。」青袍客淡然道：「大師既自承棋藝不及，也就不必比了。」黃眉僧道：「那麼就饒三子罷？」青袍客道：「便讓一先，也是相讓。」

黃眉僧道：「哈哈，原來你在棋藝上的造詣有限，不妨我饒你三子。」青袍客道：「那也不用，咱們分先對弈便是。」黃眉僧心下惕忌更甚：「此人不驕不躁，穩狠陰沉，實是勁敵，不管我如何相激，他始終不動聲色。」原來黃眉僧並無必勝把握，素知愛弈之人多半好勝，自己開口求對方饒個三子、四子，對方往往答允，他是方外之人，於這虛名看得極淡，倘若延慶太子自逞其能，答應饒子，自己大佔便宜，在這場拚鬥中自然多居贏面。不料延慶太子既不讓人佔便宜，也不佔人便宜，一絲不苟，嚴謹之極。

黃眉僧道：「好，你是主人，我是客人，我先下了。」青袍客道：「不！強龍不壓地頭蛇，我先。」黃眉僧道：「那只有猜枚以定先後。請你猜猜老僧今年的歲數，是奇是偶？猜得對，你先下；猜錯了，老僧先下。」青袍客道：「我便猜中，你也要抵賴。」黃眉僧道：「好罷！那你猜一樣我不能賴的。你猜老僧到了七十歲後，兩隻腳的足趾，是奇數呢，還是偶數？」

這謎面出得甚是古怪。青袍客心想：「常人足趾都是十個，當然偶數。他說明到了七十歲後，自是引我去想他在七十歲上少了一枚足趾。兵法云：實則虛之，虛則實之。他便是十個足趾頭，卻來故弄玄虛，我焉能上這個當？」說道：「是偶數。」黃眉僧道：「錯了，是奇數。」青袍客道：「脫鞋驗明。」

黃眉僧除下左足鞋襪，五個足趾完好無缺。青袍客凝視對方臉色，見他微露笑容，神情鎭定，心想：「原來他右足當眞只四個足趾。」見他緩緩除下右足布鞋，伸手又去脫襪，正想說：「不必驗了，由你先下就是。」心念一動：「不可上他當。」只見黃眉僧又除下右足布襪，右足赫然也是五根足趾，那有甚麼殘缺？

青袍客霎時間轉過了無數念頭，揣摸對方此舉是何用意。只見黃眉僧提起小鐵槌揮擊下去，喀的一聲輕響，將自己右足小趾斬了下來。他身後兩名弟子突見師父自殘肢體，血流於前，忍不住都「噫」了一聲。大弟子破疑從懷中取出金創藥，給師父敷上，撕下一片衣袖，包上傷口。

黃眉僧笑道：「老僧今年六十九歲，到得七十歲時，我的足趾是奇數。」

青袍客道：「不錯。大師先下。」他號稱「天下第一惡人」，甚麼兇殘毒辣的事沒幹過見過，於割下一個小腳趾的事那會放在心上？但想這老和尙爲了爭一著之先，不惜出此手段，可見這盤棋他志在必勝，倘若自己輸了，他所提出的條款也必苛刻無比。

黃眉僧道：「承讓了。」提起小鐵槌在兩對角的四四路上各刻了一個小圈，便似是下了兩枚白子。青袍客伸出鐵杖，在另外兩處的四四路上各捺一下，石上出現兩處低凹，便如是下了兩枚黑子。四角四四路上黑白各落兩子，稱爲「勢子」，是中國圍棋古法，下子白先黑後，與後世亦復相反。黃眉僧跟著在「平位」六三路下了一子，青袍客在九三路應以一子。初時兩人下得甚快，黃眉僧不敢絲毫大意，穩穩不失以一根小腳趾換來的先手。到得十七八子後，每一著針鋒相對，角鬥甚劇，同時兩人指上勁力不斷損耗，一面凝思求勝，一面運氣培力，弈得漸漸慢了。

黃眉僧的二弟子破嗔也是此道好手，見師父與青袍客一上手便短兵相接，妙著紛呈，心下暗自驚佩讚嘆。看到第二十四著時，青袍客奇兵突出，登起巨變，黃眉僧假使不應，右下角「入位」隱伏極大危險，但如應以一子堅守，先手便失。

黃眉僧沉吟良久，一時難以參決，忽聽得石屋中傳出一個聲音說道：「反擊『去位』，不失先手。」原來段譽自幼便即善弈，這時看著兩人枰上酣鬥，不由得多口。

常言道得好：「旁觀者清，當局者迷。」段譽的棋力本就高於黃眉僧，再加旁觀，更易瞧出了關鍵的所在。黃眉僧道：「老僧原有此意，只是一時難定取捨，施主此語，釋了老僧心中之疑。」當即在「去位」的七三路下了一子。中國古法，棋局分為「平上去入」四格，「去位」是在右上角。

青袍客淡淡的道：「旁觀不語眞君子，自作主張大丈夫。」段譽叫道：「你將我關在這裏，你早就不是眞君子了。」黃眉僧笑道：「我是大和尚，不是大丈夫。」青袍客道：「無恥，無恥！」凝思片刻，在「去位」捺了個凹洞。

兵交數合，黃眉僧又遇險著。破嗔和尚看得心急，段譽卻又不作一聲，於是走到石屋之前，低聲說道：「段公子，這一著該當如何下才是？」段譽也低聲道：「我已想到了法子，只是這路棋先後共有七著，倘若說了出來，讓對手聽到，就不靈了，因此遲疑不說。」破嗔低聲道：「寫我掌上。」將手掌從洞穴中伸進石屋，口中卻道：「既是如此，倒也沒法子了。」他知青袍客內功深湛，縱然段譽低聲耳語，也恐給他聽去。

段譽心想此計大妙，當即伸指在他掌中寫了七步棋子，說道：「尊師棋力高明，必有妙著，卻也不須在下指點。」破嗔想了一想，覺得這七步棋確是甚妙，於是回到師父身後，伸指在他背上寫了起來。他僧袍的大袖罩住了手掌，青袍客自瞧不見他弄甚麼玄虛。黃眉僧凝思片刻，依言落子。

青袍客哼了一聲，說道：「這是旁人所教，以大師棋力，似乎尚未達此境界。」黃眉僧笑道：「弈棋原是鬥智之戲。良賈深藏若虛，能者示人以不能。老僧的棋力若讓施主料得洞若觀火，這局棋還用下麼？」青袍客道：「狡獪伎倆，袖底把戲。」他瞧出破嗔和尚來來去去，以袖子覆在黃眉僧背上，其中必有古怪，只是專注棋局變化，心無旁騖，不能再去揣摸別事。

黃眉僧依著段譽所授，依次下了六步棋，這六步不必費神思索，只須專注運功，小鐵槌在青石上所刻六個小圈既圓且深，顯得神完氣足，有餘不盡。青袍客見這六步棋越來越兇，每一步都要凝思對付，全然處於守勢，鐵杖所捺的圓孔便微有深淺不同。到得黃眉僧下了第六步棋，青袍客出神半晌，突然在「入位」下了一子。

這一子奇峯突起，與段譽所設想的毫不相關，黃眉僧一愕，尋思：「段公子這七步棋構思精微，待得下到第七子，我已可從一先進而佔到兩先。但這麼一來，我這第七步可就下不得了，那不是前功盡棄麼？」原來青袍客眼見形勢不利，不論如何應付都是不妥，竟然置之不理，卻去攻擊對方的另一塊棋，這是「不應之應」，著實厲害。黃眉僧皺起了眉頭，想不出善著。

破嗔見棋局斗變，師父應接為難，當即奔到石屋之旁。段譽早已想好，將六著棋在他掌中一一寫明。破嗔奔回師父身後，伸指在黃眉僧背上書寫。

青袍客號稱「天下第一惡人」，怎容得對方如此不斷弄鬼？左手鐵杖伸出，向破嗔肩頭憑虛點去，喝道：「晚輩弟子，站開了些！」一點之下，發出嗤嗤聲響。

黃眉僧眼見弟子抵擋不住，難免身受重傷，伸左掌向杖頭抓去。青袍客杖頭顫動，點向他左乳下穴道。黃眉僧手掌變抓為斬，斬向鐵杖，那鐵杖又已變招。頃刻之間，兩人拆了八招。黃眉僧心想自己臂短，對方杖長，如此拆招，那是處於只守不攻、有敗無勝的局面，見鐵杖戳來，一指倏出，對準杖頭點去。青袍客也不退讓，鐵杖杖頭和他手指相碰，兩人各運內力拚鬥。鐵杖和手指登時僵持不動。

青袍客道：「大師這一子遲遲不下，棋局上是認輸了麼？」黃眉僧哈哈一笑，道：

「閣下是前輩高人，何以出手向我弟子偷襲？未免太失身分了罷。」右手小鐵槌在青石上刻個小圈。青袍客更不思索，右手又下了一子。這麼一來，兩人各挺左手比拚內力，固絲毫鬆懈不得，而右手下棋，步步緊逼，亦著著針鋒相對。

黃眉僧五年前爲大理通國百姓請命，求保定帝免了鹽稅，保定帝直到此時方允，雙方心照不宣，那是務必爲他救出段譽。黃眉僧心想：「我自己送了性命不打緊，若不救出段譽，如何對得起正明賢弟？」武學之士修習內功，須得絕無雜念，所謂返照空明，物我兩忘，但下棋卻須著著爭先，一局棋三百六十一路，每一路均須想到，當眞錙銖必較，務須計算精確。這兩者互爲矛盾，大相鑿枘。黃眉僧禪定功夫雖深，棋力卻不如對方，潛運內力抗敵，便疏忽了棋局，若要凝神想棋，內力比拚卻又難免處於下風，眼見局勢凶險，只有決心一死以報知己，不以一己安危爲念。古人言道：「哀兵必勝」，黃眉僧這時哀則哀矣，「必勝」卻不見得。

大理國三公司徒華赫艮、司馬范驊、司空巴天石，率領三十多名力大手巧的下屬，帶了木材、鐵鏟、孔明燈等物，進入萬劫谷後森林，擇定地形，挖掘地道。幸好地下均是堅土，並無大石，三十多人挖了一夜，已開了一條數十丈地道。第二日又挖了半天，到得午後，算來與石屋已相距不遠。華赫艮命部屬退後接土，單由他三人挖掘。三人心知延慶太子武功了得，挖土時著地落鏟，不敢發出絲毫聲響。這麼一來，進程便慢了許多。他們卻不知延慶太子此時正自殫精竭慮，與黃眉僧既比棋藝，又拚內力，再也不能察覺地底的聲響。

掘到申牌時分，算來已到段譽被囚的石室之下。該地和延慶太子所坐處相距或許不到一丈，更須加倍小心，決不可發出半點聲響。華赫艮放下鐵鏟，便以十根手指抓土，「虎爪功」使將出來，十指便如兩隻鐵爪相似，將泥土一大塊一大塊的抓將下來。范驊和巴天石在後傳遞，將他抓下的泥土搬運出去。這時華赫艮已非向前挖掘，轉為自下而上。工程將畢，是否能救出段譽，轉眼便見分曉，三人都不由得心跳加速。

這般自下而上的挖土遠為省力，泥土一鬆，自行跌落，華赫艮站直身子之後，出手更是利落，他挖一會便住手傾聽，留神頭頂有何響動。這般挖得兩炷香時分，估計距地面已不過尺許，華赫艮出手更慢，輕輕撥開泥土，終於碰到了一塊平整的木板，心頭一喜：「石屋地下鋪的是地板。行事可更加方便了。」

他凝力於指，慢慢在地板下劃了個兩尺見方的正方形，托住木板的手一鬆，切成方塊的木板便跌了下來，露出一個可容一人出入的洞孔。華赫艮舉起鐵鏟在洞口揮舞一圈，以防有人突襲，猛聽得「啊」的一聲，一個女子的聲音尖聲驚呼。

華赫艮低聲道：「木姑娘別叫，是朋友，救你們來啦！」踴身從洞中跳了上去。

放眼看時，這一驚大是不小。這那裏是囚人的石屋了？但見窗明几淨，橱中、架上，到處放滿了瓶瓶罐罐，一個少女滿臉驚惶之色，縮在一角。華赫艮立知自己計算有誤，掘錯了地方。那石屋的所在全憑保定帝跟巴天石說了，巴天石再轉告於他，他怕計謀敗露，不敢親去勘察。這麼輾轉傳告，所差既非厘毫，所謬亦非千里，但總之是大大的不對了。

原來華赫艮所到之處是鍾萬仇夫婦的兩開間居室，一間是他夫婦臥室，另一間是起居室，鍾萬仇的藥物、甘寶寶的衣物首飾等都放在其內。那少女卻是鍾靈。她正在父母房中東翻西抄，要找尋解藥去給段譽，不料地底下突然鑽出一條漢子，教她如何不大驚失色？

華赫艮心念動得極快：「既掘錯了地方，只有重新掘過。我蹤跡已現，倘若殺了這小姑娘滅口，萬劫谷中見到她的屍體，立時大舉搜尋，不等我掘到石屋，地道便讓人發見了。只有暫且將她帶入地道，旁人尋她，定會到谷外去找。」

便在此時，忽聽得房外腳步聲響，有人走近。華赫艮向鍾靈搖了搖手，示意不可聲張，轉過身來，左足跨入洞口，似乎要從洞中鑽下，突然反身倒躍，左掌翻過來按在她嘴上，右手攔腰一抱，將她抱到洞邊，塞了下去。范驊伸手接過，抓了一團泥土塞在她嘴裏。華赫艮躍回地道，將切下的一塊方形地板砌回原處，側耳從板縫中傾聽上面聲息。

只聽得兩人走進室來。一個男子聲音說道：「你定是對他餘情未斷，否則我要敗壞段家聲譽，你為甚麼一力阻攔？」一個女子聲音嗔道：「甚麼餘不餘的？我從來對他就沒情。從來沒有，『餘』從何來？」那男子道：「那就最好不過。好極，好極！」語聲中甚是歡喜。那女子道：「不過木姑娘是我師姊的女兒，總是自己人，你怎能這般難為她？」華赫艮已知這二人便是鍾谷主夫婦，聽他們商量的事與段譽有關，更留神傾聽。

只聽鍾萬仇道：「你師姊想去偷偷放走段譽，幸得給葉二娘發覺。你師姊跟咱們已成了對頭，你何必再去管她女兒？夫人，廳上這些客人都是大理武林的成名人物，你對他們毫不理睬，瞪瞪眼便走了進來，未免太……太這個……禮貌欠周。」鍾夫人悻悻的道：「你請這些傢伙來幹甚麼？這些人跟咱們又沒多大交情，他們還敢得罪大理國當今皇上麼？」

鍾萬仇道：「我又不是請他們來助拳，要他們跟段正明作對造反。湊巧他們都在大理城裏，我就邀了來喝酒，好讓大家作個見證，段正淳的親生兒子和親生女兒同處一室，淫穢亂倫，如同禽獸。今日請來的賓客之中，還有幾個是來自北邊的中原豪傑。明兒一早，咱們去打開石屋門，讓大家開開眼界，瞧瞧一陽指段家傳人的德性，那不是有趣得緊麼？這還不名揚江湖麼？」說著哈哈大笑，極是得意。

鍾夫人哼的一聲，道：「卑鄙，卑鄙！無恥，無恥！」鍾萬仇道：「你罵誰卑鄙無恥了？」鍾夫人道：「誰幹卑鄙無恥之事，誰就卑鄙無恥，用不著我來罵。」鍾萬仇道：「是啊，段正淳這惡徒自逞風流，多造冤孽，到頭來自己的親生兒女相戀成奸，當眞是卑鄙無恥之極了。」鍾夫人冷笑了兩聲，並不回答。鍾萬仇道：「你爲甚麼冷笑？『卑鄙無恥』四個字，罵的不是段正淳麼？」鍾夫人冷笑道：「自己鬥不過段家，一生在谷中縮頭不出，那也罷了，所謂知恥近乎勇，這還算是個人。那知你卻用這等手段去擺布他的兒子女兒，天下英雄恥笑的決不是他，而是你鍾萬仇！」

鍾萬仇跳了起來，怒道：「你……你罵我卑鄙無恥？」

鍾夫人流下淚來，哽咽道：「想不到我所嫁的丈夫，寄託終身的良人，竟是……竟是這麼一號英雄了得、光明磊落的人物。我……我……我好命苦啊！」

鍾萬仇一見妻子流淚，不由得慌了手腳，道：「好！好！你愛罵我，就罵個痛快罷！」在室中大踱步走來走去，想說幾句向妻子賠罪的言語，一時卻想不出如何措詞，說道：「這又不是我的主意。段譽是南海鱷神捉來的，木婉清是『惡貫滿盈』所擒，那『陰陽和合散』也是他的。我怎會有這等卑鄙無恥的藥物？」這時只想推卸責任。鍾夫人冷笑道：「你如知道甚麼是卑鄙無恥，倒也好了。你要是不贊成這主意，那就該將木姑娘放出來啊。」鍾萬仇道：「那不成，那不成！放了木婉清，段譽這小鬼一個人還做得出甚麼好戲？」

鍾夫人道：「好！你卑鄙無恥，我也就做點卑鄙無恥的事給你瞧瞧。」鍾萬仇大驚，忙問：「你……你……你要做甚麼？」鍾夫人哼了一聲，道：「你自己去想好了。」鍾萬仇顫聲道：「你……你又要跟段正淳……段正淳這惡賊去私通麼？」鍾夫人怒道：「甚麼又不又的！」鍾萬仇忙陪笑道：「夫人，你別生氣，我說錯了話，你從來沒跟他……跟他這個……那個過。你說要做些卑鄙無恥的事給我瞧瞧，這不是眞的，不過是開開玩笑罷？」鍾夫人不答。

鍾萬仇心驚意亂，一瞥眼見到後房藏藥室中瓶罐凌亂，便道：「哼，靈兒這孩子也眞胡鬧，小小年紀，居然來問我『陰陽和合散』甚麼的，不知她從那裏聽來的，又到這裏來亂攪一起。」說著走到藥架邊去整理藥瓶，一足踏在那塊切割下來的方板之上。華赫艮忙使勁托住，防他發覺。

鍾夫人道：「靈兒呢？她到那裏去了？你剛才又何必帶她到大廳上去見客？」鍾萬仇笑道：「我跟你生下這麼個美貌姑娘，怎可不讓好朋友們見見？」鍾夫人道：「猴兒獻寶嗎？我瞧雲中鶴這傢伙的一對賊眼，不斷骨溜溜的向靈兒打量，你可得小心些。」鍾萬仇笑道：「我只小心你一個人，似你這般花容月貌的美人兒，那一個不想打你的主意？」鍾夫人啐了一口，叫道：「靈兒，靈兒！」一名丫鬟走了過來，道：「小姐剛才還來過的。」鍾夫人點了點頭，道：「你去請小姐來，我有話說。」

鍾靈在地板之下，對父母的每一句話都聽得清清楚楚，苦於無法叫嚷，心下惶急，而口中塞滿了泥土，更難受之極。

鍾萬仇道：「你歇一會兒，我出去陪客。」鍾夫人冷冷的道：「還是你歇一會，我去陪客。」鍾萬仇道：「咱倆一起去罷。」鍾夫人道：「客人想瞧我的花容月貌啊，瞧著你這張馬臉挺有趣嗎？那一天連我也瞧得厭了，你就知道味道了。」

這幾日來鍾萬仇動輒得咎，不論說甚麼話，總是給妻子沒頭沒腦的譏嘲一番，明知她是和段正淳久別重逢，念及舊情，心緒不佳。他心下雖惱，卻也只得裝作漫不在乎，往大廳而去，一路上只想：「她要做甚麼卑鄙無恥之事給我瞧瞧？她說『那一天連我也瞧得厭了』，那麼現下對我還沒瞧厭，大事倒還不妨。就只怕段正淳這狗賊……」

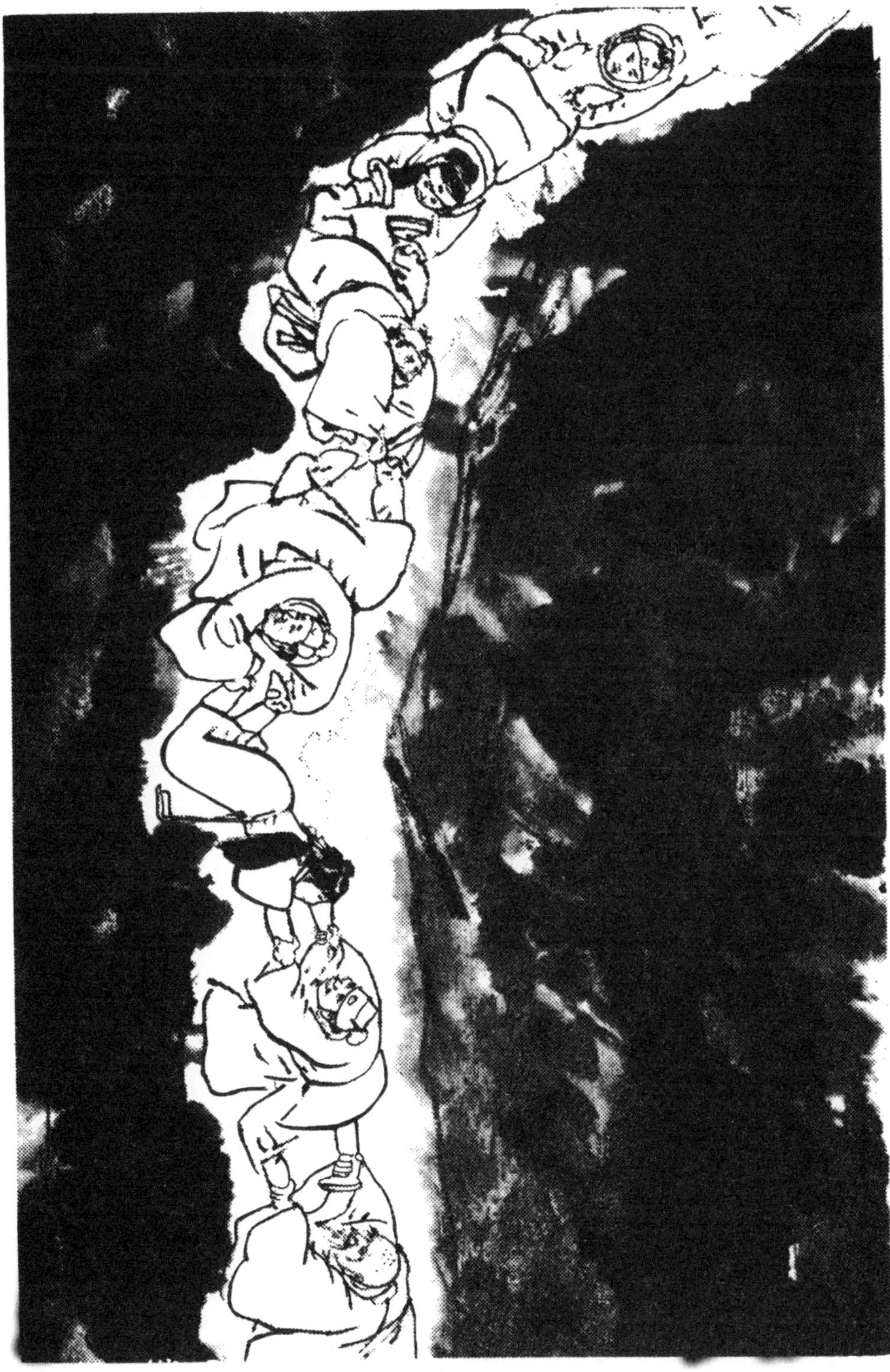

這一連串人都是雙手抓著前人足踝，在黑漆一團的地道之中，只覺自身內力不住的奔瀉而出，人人驚駭無比。

九 換巢鸞鳳

保定帝下旨免了鹽稅，大理國萬民感恩。雲南產鹽不多，通國只白井、黑井、雲龍等九井產鹽，每年須向蜀中買鹽，鹽稅甚重，邊遠貧民一年中往往有數月淡食。保定帝知鹽稅一免，黃眉僧定要設法去救段譽以報。他素來佩服黃眉僧的機智武功，又知他兩名弟子也武功不弱，師徒三人齊出，當可成功。

那知等了一日一夜，竟全無消息，待要命巴天石去探聽動靜，不料巴天石以及華司徒、范司馬三人都不見了。保定帝心想：「莫非延慶太子當眞如此厲害，黃眉師兄師徒三人，連我朝中三公，盡數失陷在萬劫谷中？」當即宣召皇太弟段正淳、善闡侯高昇泰、褚萬里等四大護衛，連同鎭南王妃刀白鳳，再往萬劫谷而去。

刀白鳳愛子心切，求保定帝帶同御林軍，索性一舉將萬劫谷掃平。保定帝道：「非到最後關頭，咱們仍當按照江湖規矩行事。段氏數百年來的祖訓，不可違背了。」

一行人來到萬劫谷谷口，雲中鶴笑吟吟的迎了上來，深深一揖，說道：「我們『天下四惡』和鍾谷主料到大駕今日定要再度光臨，在下已在此恭候多時。倘若閣下帶得有鐵甲軍馬，我們便逃之夭夭，帶同鎮南王的公子和千金一走了之。要是按江湖規矩，以武會友，便請進大廳奉茶。」

保定帝見對方行事鎮定，顯是有恃無恐，不像前日一上來便乒乒乓乓的大戰一場，反而更為心驚，還了一揖，說道：「甚好！」雲中鶴當先領路，一行人來到大廳。

保定帝踏進廳門，但見廳中濟濟一堂，坐滿了江湖豪傑，葉二娘、南海鱷神皆在其內，卻不見延慶太子，心下暗自戒備。雲中鶴大聲道：「天南段家掌門人段老師到。」他不說「大理國皇帝陛下」，卻以武林中名號相稱，點明一切要以江湖規矩行事。

段正明別說是一國之尊，單以他在武林中的聲望地位而論，也是人人敬仰的高手宗師，羣雄一聽，都即站起。只南海鱷神仍大剌剌的坐著，說道：「我道是誰，原來是皇帝老兒。你好啊？」鍾萬仇搶上數步，說道：「鍾萬仇未克遠迎，還請恕罪。」保定帝道：「好說，好說！」

各人分賓主就坐。既按江湖規矩行事，段正淳夫婦和高昇泰就不守君臣之禮，坐在保定帝下首。褚萬里等四人則站在保定帝身後。谷中侍僕獻上茶來。保定帝見黃眉僧師徒和巴天石等不在廳上，心下盤算如何出言相詢。只聽鍾萬仇道：「段掌門再次光臨，在下的面子可就大得很了。難得許多位好朋友同時在此，我給段掌門引見引見。」於是說了廳上羣豪的名頭，有幾個是來自北邊的中原豪傑，其餘均是大理武林中的成名人物，辛雙清、左子穆、馬五德等都在其內。保定帝大半不曾見過，卻也均聞其名。這些江湖羣豪與保定帝一一見禮。有些加倍恭謹，有些故意的特別傲慢，有些則以武林後輩的身分相見。

鍾萬仇道：「段老師難得來此，不妨多盤桓幾日，也好令衆位兄弟多多請益。」保定帝道：「舍姪段譽得罪了鍾谷主，爲貴處扣留，在下今日一來求情，二來請罪。還望鍾谷主瞧在下薄面，恕過小兒無知，在下感激不盡。」羣豪一聽，都暗暗欽佩：「久聞大理段皇爺以武林規矩接待同道，果然名不虛傳。此處是大理國治下，他只須派遣數百兵馬，立時便可拿人，但他居然親身前來，好言相求。」

鍾萬仇哈哈一笑，尚未答話。馬五德說道：「原來段公子得罪了鍾谷主。段公子這次去到普洱舍下，和兄弟同去無量山遊覽，在下照顧不周，以致生出許多事來。在下也要加求一份情。」

南海鱷神突然大聲喝道：「我徒兒的事，誰要你來囉哩囉唆？」高昇泰冷冷的道：「段公子是你師父，你是磕過頭、拜過師的，難道想賴帳？」南海鱷神滿臉通紅，罵道：「你奶奶的，老子不賴。老子今天就殺了這個有名無實的師父。老子一不小心，拜了這小子爲師，醜也醜死了。」衆人不明就裏，無不大感詫異。

刀白鳳道：「鍾谷主，放與不放，但憑閣下一言。」鍾萬仇笑道：「放，放，放！自然放，我留著令郎幹甚麼？」雲中鶴揷口道：「段公子風流英俊，鍾夫人『俏藥叉』又是位美貌佳人，將段公子留在谷中，那不是引狼入室、養虎貽患嗎？鍾谷主自然要放，不能不放，不敢不放！」羣豪一聽，無不愕然，均覺這「窮兇極惡」雲中鶴說話肆無忌憚，絲毫不將鍾萬仇放在眼裏，「窮兇極惡」之名，端的不假。

鍾萬仇大怒，轉頭說道：「雲兄，此間事了之後，在下還要領教閣下高招。」雲中鶴道：「妙極，妙極！我早就想殺其夫而佔其妻，謀其財而居其谷。」羣豪盡皆失色。

無量洞洞主辛雙清道：「江湖上英雄好漢並未死絕，你『天下四惡』身手再高，終究要難逃公道。」葉二娘嬌聲嗲氣的道：「辛道友，我葉二娘可沒冒犯你啊，怎地把我也牽扯在一起了？」左子穆想起她擄劫自己幼兒之事，兀自心有餘悸，偷偷斜睨她一眼。葉二娘吃吃而笑，說道：「左先生，你的小公子長得更加肥肥白白了罷？」左子穆不敢不答，低聲道：「上次他受了風寒，迄今患病未愈。」葉二娘笑道：「啊，那都是我不好。回頭我瞧瞧山山我那乖孫子去。」左子穆大驚，忙道：「不敢勞動大駕。」

保定帝尋思：「『四惡』爲非作歹，結怨甚多。這些江湖豪士顯然並非他們的幫手，事情便又好辦得多。待救出譽兒之後，不妨俟機除去大害。『四惡』之首的延慶太子雖爲段門中人，我不便親自下手，但他終究有當眞『惡貫滿盈』之日。」

刀白鳳聽衆人言語雜亂，將話題岔了開去，霍地站起，說道：「鍾谷主旣答允歸還小兒，便請喚他出來，好讓我母子相見。」鍾萬仇也站了起來，道：「是！」突然轉頭，狠狠瞪了段正淳一眼，嘆道：「段正淳，你有了這樣的好老婆、好兒子，還不夠麼？今日聲名掃地，是你自作自受，須怪我鍾萬仇不得。」

段正淳聽鍾萬仇答允歸還兒子，料想事情決不會如此輕易了結，對方定然安排下陰謀詭計，此時聽他如此說，當即站起，走到他身前，說道：「鍾谷主，你若蓄意害人，段正淳自也有法子教你痛悔一世。」

鍾萬仇見他相貌堂堂，威風凜凜，氣度清貴高華，自己委實遠遠不如，這一自慚形穢，登時妒火塡膺，大聲道：「事已如此，鍾萬仇便家破人亡，碎屍萬段，也跟你幹到底了。你要兒子，跟我來罷！」說著大踏步走出廳門。

一行人隨著鍾萬仇來到樹牆之前，雲中鶴炫耀輕功，首先一躍而過。段正淳心想今日之事已無善罷之理，不如先行立威，好教對方知難而退，便道：「篤誠，砍下幾株樹來，好讓大夥兒行走。」古篤誠應道：「是！」舉起鋼斧，嚓嚓嚓幾響，登時將一株大樹砍斷。傅思歸雙掌推出，那斷樹喀喇喇聲響，倒在一旁。鋼斧白光閃耀，接連揮動，響聲不絕，大樹一株株倒下，片刻間便砍倒了五株。

鍾萬仇這樹牆栽植不易，當年著實費了一番心血，給古篤誠接連砍倒五株大樹，不禁勃然大怒，但轉念又想：「大理段氏今日要大大的出醜，這些小事，我也不來跟你計較。」當即從空缺處走了進去。

只見樹牆之後，黃眉僧和青袍客的左手均抵住一根鐵杖，頭頂白氣蒸騰，正在比拚內力。黃眉僧忽然伸出右手，用小鐵槌在身前青石上畫了個圈。青袍客略一思索，右手鐵杖在青石上捺落。保定帝凝目看去，登時明白：「原來黃眉師兄一面跟延慶太子下棋，一面跟他比拚內力，旣鬥智，復鬥力，這等別開生面的比賽，實在凶險不過。他一直沒給我回音，料來這場比賽已持續了一日一夜，兀自未分勝敗。」向棋局上一瞥，見兩人正在打一個「生死劫」，勝負之數，全繫於此劫，不過黃眉僧落的是後手，一塊大棋苦苦求活。黃眉僧的兩名弟子破疑、破嗔卻已倒在地下，動彈不得。原來二僧見師父勢危，出手夾擊青袍客，卻均爲他鐵杖點倒。

段正淳上前解開了二僧穴道，喝道：「萬里，你們去推開大石，放譽兒出來。」褚萬里等四人齊聲答應，並肩上前。

鍾萬仇喝道：「且慢！你們可知這石屋之中，還有甚麼人在內？」段正淳怒道：「鍾谷主，你若以歹毒手段擺布我兒，須知你自己也有妻女。」鍾萬仇冷笑道：「嘿嘿，不錯，我鍾萬仇有妻有女，天幸我沒有兒子，我兒子更不會跟我親生女兒幹那亂倫的獸行！」段正淳臉色鐵青，喝道：「你胡說八道甚麼？」鍾萬仇道：「木婉清是你的私生女兒，是不是？」段正淳怒道：「木姑娘的身世，要你多管甚麼閒事？」

鍾萬仇笑道：「哈哈，那也未必是甚麼閒事。大理段氏，天南爲尊，武林中也有響噹噹的聲名。各位英雄好漢，大家睜開眼睛瞧瞧，段正淳的親生兒子和親生女兒，卻在這兒亂倫，就如禽獸般的結成夫妻啦！」他向南海鱷神打個手勢，兩人伸手便去推那擋在石屋前面的大石。

段正淳道：「且慢！」伸手去攔。葉二娘和雲中鶴各出一掌，分從左右襲來。段正淳豎掌一擋。高昇泰側身斜上，去格雲中鶴的手掌。不料葉雲二人這兩掌都是虛招，右掌一晃之際，左掌同時反推，也都擊在大石之上。這大石雖有千斤之重，但在鍾萬仇、南海鱷神、葉二娘、雲中鶴四人合力推擊之下，登時便滾在一旁。這一著是四人事先計議定當了的，虛虛實實，段正淳竟沒法攔阻。其實段正淳也是急於早見愛子，並沒眞的如何出力攔阻。但見大石滾開，露出一道門戶，望進去黑黝黝的，瞧不清屋內情景。

鍾萬仇笑道：「孤男寡女，赤身露體的躲在一間黑屋子裏，還能有甚麼好事做出來？哈哈，哈哈，大家瞧明白了！」

鍾萬仇大笑聲中，只見一個青年男子披頭散髮，赤裸著上身走將出來，下身只繫著一條短褲，露出了兩條大腿，正是段譽，手中橫抱著一個女子。那女子縮在他懷裏，也只穿著貼身小衣，露出了手臂、大腿、背心上雪白粉嫩的肌膚。

保定帝滿臉羞慚。段正淳低下了頭不敢抬起。刀白鳳雙目含淚，喃喃的道：「冤孽，冤孽！」高昇泰解下長袍，要去給段譽披在身上。馬五德一心要討好段氏兄弟，忙閃身遮在段譽身前。南海鱷神叫道：「王八羔子，滾開！」

鍾萬仇哈哈大笑，十分得意，突然間笑聲止歇，頓了一頓，驀地裏慘聲大叫：「靈兒，怎麼是你？」

羣豪聽到他叫聲，無不心中一凜，只見鍾萬仇撲向段譽身前，夾手去奪他手中橫抱著的女子。這時衆人已然看清這女子的面目，但見她年紀比木婉清幼小，身材也較纖細，臉上未脫童稚之態，那裏是木婉清了？卻是鍾萬仇的親生女兒鍾靈。當羣豪初到萬劫谷時，鍾萬仇曾帶夫人和女兒到大廳上拜見賓客，炫示他家中婦女的美麗可愛。

段譽迷惘中見到許多人圍在身前，認出伯父和父母都到了，忙脫手放開鍾靈，任由鍾萬仇抱去，叫道：「媽，伯父，爹爹！」刀白鳳忙搶上前去，將他摟在懷裏，問道：「譽兒，你……你怎麼了？」段譽手足無措，說道：「我……我不知道啊！」

鍾萬仇萬不料害人反而害了自己，那想得到段譽從石屋中抱將出來的，竟會是自己的女兒？他一呆之下，放下女兒。鍾靈只穿著貼身的短衣衫褲，斗然見到這許多人，只羞得滿臉飛紅。鍾萬仇解下身上長袍，將她裹住，跟著重重便是一掌，擊得她左頰紅腫了起來，罵道：「不要臉！誰叫你跟這小畜生在一起？」鍾靈滿腹含冤，哭了起來，一時那裏能夠分辯？

鍾萬仇忽想：「那木婉清必定還在屋內，我叫她出來，讓她分擔靈兒的羞辱。」大聲叫道：「木姑娘，快出來罷！」他連叫三聲，石屋內全無聲息。鍾萬仇衝進門去，石屋只丈許見方，一目瞭然，那裏有半個人影？鍾萬仇氣得幾乎要炸破胸膛，翻身出來，揮掌又向女兒打去，喝道：「我斃了你這臭丫頭！」

驀地裏旁邊伸出一隻手掌，無名指和小指拂向他手腕。鍾萬仇急忙縮手相避，見出手攔阻的正是段正淳，怒道：「我自管教我女兒，跟你有甚相干？」

段正淳笑吟吟的道：「鍾谷主，你對我孩兒可優待得緊啊，怕他獨自一個兒寂寞，竟命你令愛千金相陪。在下委實感激之至。既然如此，令愛已是我段家的人了，在下這可不能不管。」鍾萬仇怒道：「怎麼是你段家的人？」段正淳笑道：「令愛在這石屋之中服侍小兒段譽，歷時已久。孤男寡女，赤身露體的躲在一間黑屋子裏，還能有甚麼好事做出來？我兒是鎮南王世子，雖然未必能娶令愛為世子正妃，但三妻四妾，有何不可？你我這可不是成了親家麼？哈哈，呵呵呵！」鍾萬仇狂怒不可抑制，撲將過來，呼呼呼連擊三掌。段正淳笑聲不絕，一一化解。

羣豪均想：「大理段氏果眞厲害，不知用了甚麼法子，竟將鍾谷主的女兒掉了包，囚在石室之中。鍾萬仇身在大理，卻無端端的去跟段家作對，那不是自討苦吃嗎？」

原來這正是華赫艮等三人做下的手腳。華赫艮將鍾靈擒入地道，本意是不令她洩漏了地道秘密，後來聽到鍾萬仇夫婦的對話，三人在地道中低聲商議，均覺此事牽連重大，且甚爲緊急。一待鍾夫人離去，巴天石當即悄悄鑽出，施展輕功，踏勘了那石屋的準確方位和距離，由華赫艮重定地道路徑。衆人加緊挖掘，又忙了一夜，直到次晨，才掘到了石屋之下。

華赫艮掘入石屋，見段譽正在斗室中狂奔疾走，狀若瘋顚，當即伸手去拉，豈知段譽身法既迅捷又怪異，始終拉他不著。巴天石和范驊齊上合圍，向中央擠攏。石室實在太小，段譽無處可以閃避，華赫艮一把抓住了他手腕，登時全身大震，有如碰到一塊熱炭相似，當下用力相拉，只盼將他拉入地道，迅速逃走。那知剛一使勁，體內眞氣便向外急湧，忍不住「哎喲」一聲，叫了出來。巴天石和范驊拉著華赫艮用力後扯，三人合力，才脫去了「北冥神功」吸引眞氣之厄。大理三公的功力，比之無量劍弟子自高得多了，幸好見機極快，應變神速，饒是如此，三人都已嚇出了一身冷汗，心中均道：「延慶太子的邪法當眞厲害。」再也不敢去碰段譽身子。

正在無法可施的當兒，屋外人聲喧擾，聽得保定帝、鎭南王等都已到來，鍾萬仇大聲譏嘲。巴天石靈機一動：「這鍾萬仇好生可惡，咱們給他大大的開個玩笑。」除下鍾靈的外衫，給木婉清穿上，再抱起鍾靈，交給段譽。段譽迷迷糊糊的接過。華赫艮等三人拉著木婉清進了地道，合上石板，那裏還有半點蹤跡可尋？

保定帝見姪兒無恙，想不到事情竟演變成這樣，既感欣慰，又覺好笑，一時也推想不出其中原由，但想黃眉僧和延慶太子比拚內力，已到了千鈞一髮的關頭，稍有差池，立時便有性命之憂，當即回身去看兩人角逐。只見黃眉僧額頭汗粒如豆，一滴滴的落上棋局，延慶太子卻仍神色不變，若無其事，顯然勝敗已判。

段譽神智一清，也即關心棋局的成敗，走到兩人身側，觀看棋局，見黃眉僧劫材已盡，延慶太子再打一個劫，黃眉僧便無棋可下，非認輸不可。只見延慶太子鐵杖伸出，要往棋局中點下，所指之處，正是當前的關鍵，這一子下定，黃眉僧便無可救藥，段譽大急，心想：「我且給他混賴一下。」伸手便向鐵杖抓去。

延慶太子的鐵杖剛要點到「上位」的三七路上，突然間掌心一震，右臂運得正如張弓滿弦般的眞力如飛般奔瀉而出。他這一驚自是不小，斜眼微睨，見段譽拇指和食指正揑住了鐵杖杖頭。段譽只盼將鐵杖撥開，不讓他在棋局中的關鍵處落子，但這根鐵杖竟如鑄定在空中一般，紋絲不動，當即使勁推撥，延慶太子的內力便由段譽少商穴而湧入體內。延慶太子大驚之下，只想：「星宿海丁老怪的化功大法！」當下氣運丹田，勁貫手臂，鐵杖上登時生出一股大力，一震之下，便將段譽的手指震離鐵杖。

段譽只覺半身酸痲，便欲暈倒，身子晃了幾下，伸手扶住面前青石，這才穩住。但延慶太子所發出的雄渾內勁，卻也有一小半猶如石沉大海，不知去向，他心中驚駭，委實非同小可，鐵杖垂下，正好點在「上位」的七八路上。只因段譽這麼一阻，他內力收發不能自如，鐵杖下垂，尙挾餘勁，自然而然的重重戳落。延慶太子暗叫：「不好！」急忙提起鐵杖，但七八路的交叉線上，已戳出了一個小小凹洞。

高手下棋，自是講究落子無悔，何況刻石爲枰，陷石爲子，內力所到處石爲之碎，如何能下了不算？但這「上」位的七八路，乃是自己塡塞了一隻眼。只要稍明弈理之人，均知兩眼是活，一眼即死。延慶太子這一大塊棋早已做成兩眼，以此爲攻逼黃眉僧的基地，決無自己去塞死一隻活眼之理。然而此子旣落，雖爲弈理所無，總是功力內勁上有所不足。

延慶太子暗嘆：「棋差一著，滿盤皆輸，這眞是天意嗎？」他是大有身分之人，決不肯爲此而與黃眉僧爭執，站起身來，雙手按在青石巖上，注視棋局，良久不動。

羣豪大半未曾見過此人，見他神情奇特，羣相注目。只見他瞧了半晌，突然間一言不發的撐著鐵杖，杖頭點地，猶如踩高蹻一般，步子奇大，遠遠的去了。

驀地裏喀喀聲響，青石巖晃動幾下，裂成六七塊散石，崩裂在地，這震爍今古的一局棋就此不存人世。羣豪驚噫出聲，相顧駭然，除了保定帝、黃眉僧師徒、三大惡人之外，均想：「這人不像人、鬼不像鬼，活屍一般的青袍客，武功竟這等厲害。」

黃眉僧僥倖勝了這局棋，雙手據膝，怔怔出神，回思適才種種驚險情狀，心情始終難以寧定，實不知延慶太子何以在穩操勝劵之際，突然將他自己一塊棋中的兩隻眼填塞了一隻。難道眼見段正明這等高手到來，生怕受到圍攻，因而認輸逃走嗎？但他這面幫手也是不少，未必便鬥不過。

保定帝和段正淳、高昇泰等對這變故也均大惑不解，好在段譽已然救出，段氏清名絲毫無損，延慶太子敗棋退走，這一役大獲全勝，其中猜想不透的種種細節也不用即行查究。段正淳向鍾萬仇笑道：「鍾谷主，令愛既成我兒姬妾，日內便即派人前來迎娶。愚夫婦自當愛護善待，有若親女，你儘管放心好了。」

鍾萬仇正自怒不可遏，聽得段正淳如此出言譏刺，唰的一聲，拔出腰間佩刀，便往鍾靈頭上砍落，喝道：「氣死我了，我先殺了這賤人再說。」

驀地裏一條長長的人影飄將過來，迅捷無比的抱住鍾靈，便如一陣風般倏然而過，已飄在數丈之外。嗒的一聲響，鍾萬仇一刀砍在地下，瞧抱著鍾靈那人時，卻是「窮兇極惡」雲中鶴，怒喝：「你……你幹甚麼？」雲中鶴笑道：「你這個女兒自己不要了，就算已經砍死了，那就送給我罷。」說著又飄出數丈。他知保定帝和黃眉僧的武功多半遠勝於己，而段正淳和高昇泰也均是了不起的人物，是以打定主意抱著鍾靈便溜，眼見巴天石並不在場，自己只要施展輕功，這些人中便沒一個追趕得上。

鍾萬仇知他輕功了得，只急得雙足亂跳，破口大罵。保定帝等日前見過他和巴天石繞圈追逐的身手，這時見他雖抱著鍾靈，仍一飄一晃的手中輕如無物，也都奈何他不得。

段譽靈機一動，叫道：「岳老三，你師父有命，快將這個小姑娘奪下來。」南海鱷神一怔，怒道：「媽巴羔子，你說甚麼？」段譽道：「你拜了我為師，頭也磕過了，難道想賴？你說過的話是放屁麼？你定是想做烏龜兒子王八蛋了！」南海鱷神橫眉怒目的喝道：「我說過的話自然算數，你是我師父便怎樣？老子惱將起來，連你這師父也一刀砍了。」段譽道：「你認了便好。這姓鍾的小姑娘是我老婆，也就是你的師娘，快去給我奪回來。這雲中鶴侮辱她，就是辱你師娘，你太也丟臉了，太不是英雄好漢了！」

南海鱷神一怔，心想這話倒也有理，忽然想起木婉清是他老婆，怎麼這姓鍾的小姑娘也是他老婆了？問道：「究竟我有幾個師娘？」段譽道：「你別多問了，那個是大師娘，這個是小師娘。倘若你奪不回你這小師娘，你就太也丟臉。這裏許多好漢個個親眼看見，你連第四惡人雲中鶴也鬥不過，那你就降為第五惡人，說不定是第六惡人了。」要南海鱷神排名在雲中鶴之下，那比殺了他的頭還要難過，一聲狂吼，拔足便向雲中鶴趕去，叫道：「快放下我小師娘！」

雲中鶴縱身向前飄行，叫道：「岳老三眞是大傻瓜，你上了人家大當啦！」南海鱷神最愛自認了不起，雲中鶴當著這許多人的面說他上了人家的當，更令他怒火衝天，大叫：「我岳老二怎會上別人的當？」當即提氣急追。兩人一前一後，片刻間已轉過了山坳。

鍾萬仇狂怒中刀砍女兒，但這時見女兒爲惡徒所擒，畢竟父女情深，又想到妻子問起時無法交代，情急之下，也提刀追了下去。

保定帝當下和羣豪作別，一行離了萬劫谷，逕回大理城，一齊來到鎭南王府。華赫艮、范驊、巴天石三人從府中迎出，身旁一個少女衣飾華麗，明媚照人，正是木婉清。

范驊向保定帝稟報華赫艮挖掘地道、將鍾靈送入石屋、並救出木婉清等情由，衆人才知鍾萬仇害人不成，反害自己，原來竟因如此，盡皆慶幸。那「陰陽和合散」藥性雖猛，卻非毒藥，段譽和木婉清服了些清瀉之劑，又飲了幾大碗冷水，便即消解。

午間王府設宴。衆人在席上興高采烈的談起萬劫谷之事，都說此役以黃眉僧與華赫艮兩人功勞最大，若不是黃眉僧牽制住了段延慶，則挖掘地道非給他發覺不可。

刀白鳳忽道：「華大哥，我還想請你再辛苦一趟。」華赫艮道：「王妃吩咐，自當遵命。」刀白鳳道：「請你派人將這條地道去堵死了。」華赫艮一怔，應道：「是。」

卻不明她用意。刀白鳳向段正淳瞪了一眼，說道：「這條地道通入鍾夫人的居室，若不堵死，就怕咱們這裏有一位仁兄，從此天天晚上要去鑽地道。」衆人哈哈大笑。

木婉清隔不多久，便向段譽偷眼瞧去，每當與他目光相接，兩人立即轉頭避開。她自知此生此世與他已不能成爲夫婦，想起這幾天兩人石屋共處的情景，更加黯然神傷。只聽衆人談論鍾靈要成爲段譽的姬妾，又說她雖給雲中鶴擒去，但南海鱷神與鍾萬仇兩人聯手，定能將她救回，又聽保定帝吩咐褚古傅朱四人，飯後即去打探鍾靈的訊息，設法保護，木婉清越聽越怒，從懷中摸出一隻小小金盒，便是當日鍾夫人要段譽來求父親相救鍾靈的信物，伸手遞到段正淳面前，說道：「甘寶寶給你的！」

段正淳一愕，道：「甚麼？」木婉清怒道：「是鍾靈這小丫頭的生辰八字。」持著金盒將段譽一指，又道：「甘寶寶叫他給你。」

段正淳接了過來，心中一酸，他早認出這金盒是當年自己與甘寶寶定情之夕給她的，打開盒蓋，見盒中一張小小紅紙，寫著：「乙卯年十二月初五丑時女」十一個小字，字跡歪歪斜斜，正是甘寶寶的手筆。

刀白鳳冷冷的道：「好得很啊，人家把女兒的生辰八字也送過來了。」

段正淳翻過紅紙，見背後寫著幾行極細的小字：「傷心苦候，萬念俱灰。然是兒不能無父，十六年前朝思暮盼，只待君來。迫不得已，於乙卯年六月歸於鍾氏。」字體纖細，若非凝目以觀，幾乎看不出來。段正淳想起對甘寶寶辜負良深，眼眶登時紅了，突然間心念一動，頃刻間便明白了這幾行字的含義：「寶寶於乙卯年六月嫁給鍾萬仇，鍾靈卻是該年十二月初五生的，自然便不是鍾萬仇的女兒。寶寶苦苦等候我不至，說『是兒不能無父』，又說『迫不得已』而嫁，自是因為有了身孕，不能未嫁生兒。那麼鍾靈這孩兒卻是我的女兒。正是……正是那時候，十六年前的春天，和她歡好二個月，便有了鍾靈這孩兒……」想明白此節，脫口叫道：「啊喲，不成！」

刀白鳳問道：「甚麼不成？」段正淳搖搖頭，苦笑道：「鍾萬仇這傢伙……這傢伙心術太壞，安排了這等毒計，陷害我段氏滿門，咱們決不能……決不能跟他結成親家。此事無論如何不可！」刀白鳳聽他這幾句話吞吞吐吐，顯然言不由衷，將他手中的紅紙條接過來一看，略一凝思，已明其理，登時怒不可抑，說道：「原來……原來，嘿，鍾靈這小丫頭，也是你的私生女兒！」反手就是一掌。段正淳側頭避開。

廳上眾人俱感尷尬。保定帝微笑道：「既然如此，這事也只好作為罷論了……」

只見一名家將走到廳口，雙手捧著一張名帖，躬身說道：「虎牢關過彥之過大爺求見王爺。」段正淳心想這過彥之是伏牛派掌門人柯百歲的大弟子，外號叫作「追魂鞭」，據說武功頗為了得，只是跟段家素無往來，不知路遠迢迢的前來何事，當即站起，向保定帝道：「這人不知來幹甚麼，兄弟出去瞧瞧。」

保定帝微笑點頭，心想：「這『追魂鞭』來得巧，你正好乘機脫身。」

段正淳走出花廳，高昇泰與褚、古、傅、朱跟隨在後。踏進大廳，只見一個身材高大的中年漢子坐在西首椅上。那人一身喪服，頭戴麻冠，滿臉風塵之色，雙目紅腫，顯是家有喪事、死了親人，見到段正淳進廳，便即站起，躬身行禮，說道：「河南過彥之拜見王爺。」段正淳還禮道：「過老師光臨大理，小弟段正淳未曾遠迎，還乞恕罪。」過彥之心想：「素聞大理段氏兄弟大富大貴而不驕，果然名不虛傳。」說道：「過彥之草野匹夫，求見王爺，實是冒昧。」段正淳道：「『王爺』爵位僅爲俗人而設。過老師的名頭在下素所仰慕，大家兄弟相稱，不必拘這虛禮。」引見高昇泰後，分賓主坐下。

過彥之道：「王爺，我師叔在府上寄居甚久，便請告知，請出一見。」段正淳奇道：「過兄的師叔？」心想：「我府裏那裏有甚麼伏牛派的人物？」過彥之道：「敝師叔改名換姓，借尊府避難，未敢向王爺言明，實是大大不敬，還請王爺寬洪大量，不予見怪，在下這裏謝過了。」說著站起來深深一揖。

段正淳一面還禮，一面思索，實想不起他師叔是誰？高昇泰也自尋思：「是誰？是誰？」他輔佐段氏兄弟，一直留心朝廷宮中及鎭南王府中事務，驀地裏想起了那人的外號和姓氏，心道：「必定是他！」向身旁家丁道：「到帳房去對霍先生說，河南追魂鞭過大爺到了，有要緊事稟告『金算盤』崔老前輩，請他到大廳一敘。」

那家丁答應了進去。過不多時，只聽得後堂踢踢蹋蹋腳步聲響，一個人拖泥帶水的走來，說道：「你來這一下子，我這口閒飯可就吃不成了。」

段正淳聽到「金算盤崔老前輩」七字，臉色微變，心道：「難道『金算盤崔百泉』竟隱跡於此？我怎地不知？高賢弟卻又不跟我說？」只見一個形貌猥瑣的老頭兒笑嘻嘻的走進廳來，卻是帳房中相助照管雜務的霍先生。此人每日裏若非醺醺大醉，便是與下人賭錢，最爲憊懶無聊，帳房中只因他錢銀面上倒十分規矩，十多年來也就一直容他胡混。段正淳大是驚訝：「這霍先生當眞便是崔百泉？我有眼無珠，這張臉往那裏擱去？」幸好高昇泰一口便叫了出來，過彥之還道鎮南王府中早已衆所知曉。

那霍先生本是七分醉、三分醒，顚顚倒倒的神氣，眼見過彥之全身喪服，不由得吃了一驚，問道：「你……怎麼……」過彥之搶上幾步，拜倒在地，放聲大哭，說道：「崔師叔，我師……師父給……給人害死了。」那霍先生崔百泉神色立變，一張焦黃精瘦的臉上霎時間全是陰鷙戒備的神氣，緩緩問道：「仇人是誰？」過彥之哭道：「小姪無能，訪查不到仇人確訊，但猜想起來，多半是姑蘇慕容家的人物。」崔百泉臉上突然閃過一絲恐懼之色，但懼色霎息即過，沉聲道：「此事須得從長計議。」

段正淳和高昇泰對望一眼，均想：「『北喬峯，南慕容』，他伏牛派與姑蘇慕容氏結上了怨家，此仇只怕難報。」

崔百泉神色慘然，向過彥之道：「過賢姪，我師兄如何身亡歸西，請你詳述。」過彥之道：「師仇如同父仇，一日不報，小姪寢食難安。請師叔即行上道，小姪沿途細稟，以免躭誤了時刻。」崔百泉鑒貌辨色，知他嫌大廳上耳目衆多，說話不便，倒不爭在這一時三刻的相差，心下盤算：「我在鎭南王府寄居多年，不露形跡，那料到這位高侯爺早就識破了我行藏。若不向段王爺致歉謝罪，便是大大得罪了段家。何況找姑蘇慕容氏爲師兄報仇，決非我一力可辦，若得段家相助，那便判然不同，這一敵一友之間，出入甚大。」走到段正淳身前，雙膝跪地，不住磕頭，咚咚有聲。

這一下可大出衆人意料之外，段正淳忙伸手相扶，不料一扶之下，崔百泉的身子竟如釘在地下一般，牢牢不動。段正淳心道：「好酒鬼，原來武功如此了得，一向騙得我苦。」勁貫雙臂，往上一抬。崔百泉也不再運力撐拒，乘勢站起，剛站直身子，只感周身百骸說不出的難受，有如乘了小舟在大海中猛受風濤顚簸之苦，因而暈船一般，情知是段正淳出手懲戒。他想我若運功抵禦，鎭南王這口氣終究難消，說不定他更疑心我混入王府臥底，另有奸惡圖謀，乘著體內眞氣激盪，便即一交坐倒，索性順勢仰天摔了下去，模樣狼狽已極，大叫：「啊喲！」

段正淳微微一笑，伸手拉他起身，拉中帶捏，消解了他體內煩惡。

崔百泉道：「王爺，崔百泉給仇人逼得無路可走，這才厚顏到府上投靠，托庇於王爺的威名之下，總算活到今日。崔百泉沒向王爺吐露眞相，當眞罪該萬死！」

高昇泰接口道：「崔兄何必太謙？王爺早已知道閣下身分來歷，崔兄既然眞人不露相，王爺也就不必叫破。別說王爺知曉，旁人何嘗不知？那日世子對付南海鱷神，不是拉著崔兄來充他師父嗎？世子知道合府之中，除了王爺自己，只有崔兄才對付得了這姓岳的惡人。」其實那日段譽拉了崔百泉來冒充師父，全是誤打誤撞，只覺府中諸人以他的形貌最是難看猥瑣，這才拉他來跟南海鱷神開個玩笑。但此刻崔百泉聽來，卻深信不疑，暗自慚愧。

高昇泰又道：「王爺素來好客，別說崔兄於我大理絕無惡意陰謀，就算有不利之心，王爺也當大量包容，以誠相待。崔兄何必多禮？」言下之意是說，只因你並無劣跡惡行，這才相容至今，否則的話，早就已料理了你。

崔百泉道：「高侯爺明鑒，話雖如此說，但姓崔的何以要投靠王府，於告辭之先務須陳明才是，否則太也不夠光明。只是此事牽涉旁人，崔百泉斗膽請借一步說話。」

段正淳點了點頭，向過彥之道：「過兄，師門深仇，事關重大，也不忙在這一時三刻。咱們慢慢商議不遲。」過彥之還未答應，崔百泉已搶著道：「王爺吩咐，自當遵命。」

這時一名家將走到廳口躬身道：「啓稟王爺：少林寺方丈派遣兩位高僧前來下書。」少林寺自唐初以來，即為武林中的泰山北斗。段正淳一聽，當即站起，走到滴水簷前相迎。只見兩名中年僧人由兩名家將引導，穿過天井。

一名形貌乾枯的僧人躬身合什，說道：「少林寺小僧慧眞、慧觀，參見王爺。」段正淳抱拳還禮，說道：「兩位遠道光臨，可辛苦了，請廳上奉茶。」

來到廳上，二僧卻不就座。慧眞說道：「王爺，貧僧奉敝寺方丈之命，前來呈上書信，奉致保定皇爺和鎮南王爺。」說著從懷中取出一個油紙包裹，一層層的解開，露出一封黃皮書信，雙手呈給段正淳。

段正淳接過，說道：「皇兄便在此間，兩位正好相見。」向崔百泉與過彥之道：「兩位請用些點心，待會再行詳談。」引著慧眞、慧觀入內。

其時保定帝已在暖閣中休憩，正與黃眉僧淸茗對談，段譽坐在一旁靜聽，見到慧眞、慧觀進來，都站起身來。段正淳送過書信，保定帝拆開一看，見那信是寫給他兄弟二人的，前面說了一大段甚麼「久慕英名，無由識荊」、「威鎭天南，仁德廣被」、「萬民仰望，豪傑歸心」、「闡護佛法，宏揚聖道」等等的客套話，但說到正題時，只說：「敝師弟玄悲禪師率徒四人前來貴境，謹以同參佛祖、武林同道之誼，敬懇賜予照拂。」

下面署名的是「少林禪寺釋子玄慈合什百拜」。

保定帝站著讀信，意思是敬重少林寺，慧眞和慧觀恭恭敬敬的在一旁垂手侍立。保定帝道：「兩位請坐。少林方丈既有法諭，大家是佛門弟子，武林一脈，但教力所能及，自當遵命。玄悲大師明曉佛學，武功深湛，在下兄弟素所敬慕，不知大師法駕何時光臨？在下兄弟掃榻相候。」

慧眞、慧觀突然雙膝跪地，咚咚咚咚的磕頭，跟著便痛哭失聲。

保定帝、段正淳都是一驚，心道：「莫非玄悲大師死了？」保定帝伸手扶起，說道：「你我武林同道，不敢當此大禮。」慧眞站直身子，果然說道：「我師父圓寂了！」保定帝心想：「這通書信本是要玄悲大師親自送來的，莫非他死在大理境內？」說道：「玄悲大師西歸，佛門少一高僧，武林失一高手，實深悼惜。不知玄悲大師於何日圓寂？」

慧眞道：「方丈師伯月前得到訊息，『天下四大惡人』要來大理跟皇爺與鎭南王爲難。大理段氏威鎭天南，自不懼他區區『四大惡人』，但恐兩位不知，手下的執事部屬中了暗算，因此派我師父率同四名弟子，前來大理稟告皇爺，並聽由差遣。」

保定帝好生感激，心想：「無怪少林派數百年來衆所敬服，玄慈方丈以天下武林安危爲己任，我們雖遠在南鄙，他竟也關心及之。他信上說要我們照拂玄悲大師師徒，其實卻是派人來報訊助拳。」當即微微躬身，說道：「方丈大師隆情厚意，我兄弟不知何以爲報。」

慧眞道：「皇爺太謙了。我師徒兼程南來，上月廿八，在大理陸涼州身戒寺掛單，那知道廿九淸晨，我們師兄弟四人起身，竟見到師父……我們師父受人暗算，死在身戒寺的大殿之上……」說到這裏，已嗚咽不能成聲。

保定帝長嘆一聲，問道：「玄悲大師是中了歹毒暗器嗎？」慧眞道：「不是。」保定帝與黃眉僧、段正淳、高昇泰四人均有詫異之色，都想：「以玄悲大師的武功，若不是身中見血封喉的歹毒暗器，就算敵人在背後忽施突襲，也決不會全無抗拒之力，就此斃命。大理國中，又有那一個邪派高手能有這般本領下此毒手？」

段正淳道：「今兒初三，上月月小，廿八晚間是四天之前。譽兒被擒入萬劫谷是廿九晚間。」保定帝點頭道：「不是『四大惡人』。」段延慶等這幾日中都在萬劫谷，決不能分身到千里之外的陸涼州去殺人，何況即是段延慶，也未必能無聲無息的一下子就打死了玄悲大師。

慧眞道：「我們扶起師父，他老人家身子冰冷，圓寂已然多時，大殿上也沒動過手的痕跡。我們追出寺去，身戒寺的師兄們也幫同搜尋，但數十里內找不到兇手的半點線索。」保定帝黯然道：「玄悲大師爲我段氏而死，又是在大理國境內遭難，在情在理，我兄弟決不能置身事外。」

慧眞、慧觀二僧同時合什道謝。慧眞又道：「我師兄弟四人和身戒寺方丈五葉大師商議之後，將師父遺體暫厝在身戒寺，不敢就此火化，以便日後掌門師伯檢視。我兩個師兄趕回少林寺稟報掌門師伯，小僧和慧觀師弟趕來大理，向皇爺與鎭南王稟報。」

保定帝道：「五葉方丈年高德劭，見識淵博，多知武林掌故，他老人家如何說？」

慧眞道：「五葉方丈言道：十之八九，兇手是姑蘇慕容家的人物。」

段正淳和高昇泰對望一眼，心中都道：「又是『姑蘇慕容』！」

黃眉僧一直靜聽不語，忽然插口道：「玄悲大師可是胸口中了敵人的一招『大韋陀杵』而圓寂麼？」慧眞一驚，說道：「大師所料不錯，不知如何……如何……」黃眉僧道：「久聞少林玄悲大師『大韋陀杵』功夫乃武林一絕，中杵者肋骨根根斷折。這門武功自然厲害之極，但終究太過霸道，似乎非我佛門弟子……唉！」段譽插嘴道：「是啊，這門功夫太過狠辣。」

慧眞、慧觀聽黃眉僧評論自己師父，已然不滿，但敬他是前輩高僧，不敢還嘴，待聽段譽也在一旁多嘴多舌，不禁怒目瞪視。段譽只當不見，毫不理會。

段正淳問道：「師兄怎知玄悲大師中了『大韋陀杵』而圓寂？」黃眉僧嘆道：「身戒寺方丈五葉大師料定兇手是姑蘇慕容氏，自然不是胡亂猜測的。段二弟，姑蘇慕容氏有一句話，叫做『以彼之道，還施彼身』，你聽見過麼？」段正淳沉吟道：「這句話倒也曾聽見過，只不大明白其中含意。」黃眉僧喃喃的道：「以彼之道，還施彼身。嗯，以彼之道，還施彼身……」臉上突然間閃過一絲恐懼之色。保定帝、段正淳和他相識數十年，從未見他生過懼意，今日他與延慶太子生死相搏，明明已經落敗，雖然狼狽周章，神色卻仍坦然，此刻竟顯露懼色，可見對手確實可畏可怖。

暖閣中一時寂靜無聲。過了半晌，黃眉僧緩緩的道：「老僧聽說，姑蘇慕容世家的武功，當眞淵博到了極處。似乎武林中不論那一派那一家的絕技，他們無一不精，無一不會。更奇的是，他們若要制人死命，必是使用那人的成名絕技。」段譽道：「這當眞匪夷所思了，天下有這許許多多武功，他們又怎學得周全？」黃眉僧道：「賢姪此言不錯，學如淵海，一人如何能夠窮盡？可是慕容家的仇人原亦不多。聽說他們若學不會仇人的絕招，不能以這絕招致對方死命，他們就不會動手。」

保定帝道：「我也聽說過中原有這麼個武林世家。河北駱氏三雄善使飛錐，後來三人都身中飛錐喪命。山東章虛道人殺人時必定斬去敵人四肢，讓他哀叫半日方死。這章虛道人自己也遭此慘報，慕容家這『以彼之道，還施彼身』八個字，就是從章虛道人口中傳出來的。」頓了一頓，又道：「當時濟南鬧市之中，不知有多少人圍觀章虛道人在地下翻滾號叫。」他說到這裏，似乎依稀見到章虛道人臨死時的慘狀，臉色間既有不忍，又有不滿之色。

段正淳點頭道：「那就是了。」突然想起一事，說道：「過彥之過大爺的師父柯百歲，聽說擅用軟鞭，鞭上的勁力卻是純剛一路，殺敵時往往一鞭擊得對方頭蓋粉碎，難道他……他……」擊掌三下，召來一名侍僕，道：「請崔先生和過大爺到這裏，說我有事相商。」那侍僕應道：「是！」但他不知崔先生是誰，遲疑不走。高昇泰笑道：「崔先生便是帳房中那個霍先生。」那侍僕這才大聲應了一個「是」，轉身出去。

不多時崔百泉和過彥之來到暖閣。段正淳先給保定帝、黃眉僧等引見了，說道：「過兄，在下有一事請問，尚盼勿怪。」過彥之道：「不敢。」段正淳道：「請問令師柯老前輩如何中人暗算？是拳腳還是兵刃上受了致命之傷？」過彥之突然滿臉通紅，甚是慚愧，囁嚅半晌，才道：「家師是傷在軟鞭的一招『天靈千裂』之下。兇手的勁力剛猛異常，縱然家師自己，也不能……也不能……」

保定帝、段正淳、黃眉僧等相互望了一眼，心中都不由自主的一凜。

慧眞走到崔百泉和過彥之跟前，合什一禮，說道：「貧僧師兄弟和兩位敵愾同仇，若不滅了姑蘇慕容……」說到這裏，心想是否能滅得姑蘇慕容氏，實在難說，一咬牙，說道：「貧僧將性命交在他手裏便了。」過彥之雙目含淚，說道：「少林派和姑蘇慕容氏也結下深仇麼？」慧眞便將如何料想師父玄悲死於慕容氏手下之事簡略說了。

過彥之神色悲憤，咬牙痛恨。崔百泉卻垂頭喪氣的不語，似乎渾沒將師兄的血仇放在心上。慧觀和尚衝口說道：「崔先生，你怕了姑蘇慕容氏麼？」慧眞忙喝：「師弟，不得無禮！」崔百泉東邊瞧瞧，西邊望望，似怕隔牆有耳，又似怕有極厲害的敵人來襲，一副心驚膽戰的模樣。慧觀哼的一聲，自言自語：「大丈夫死就死了，又有甚麼好怕的？」慧眞也頗不以崔百泉的膽怯爲然，對師弟的出言衝撞就不再制止。

黃眉僧輕輕咳嗽一聲，說道：「這事……」崔百泉全身一抖，跳了起來，將几上的一隻茶碗帶翻了，乒乓一聲，在地下打得粉碎。他定了定神，見衆人目光都瞧在自己身上，不由得面紅耳赤，說道：「對不住，對不住！」過彥之皺著眉頭，俯身拾起茶杯碎片。

段正淳心想：「這崔百泉是個膿包。」問黃眉僧道：「師兄，怎樣？」

黃眉僧喝了一口茶，緩緩的道：「崔施主想來曾見過慕容博？」崔百泉聽到「慕容博」三字，「哦」的一聲驚呼，雙手撐在椅上，顫聲道：「我沒有……是……是見過……沒有……」慧觀大聲問道：「崔先生到底見過慕容博，還是沒見過？」崔百泉雙目向空瞪視，神不守舍，段正淳等都暗暗搖頭。過彥之見師叔如此出醜，更加尷尬難受。過了好一會，崔百泉才顫聲道：「沒有……嗯……大概……好像沒有……這個……」

黃眉僧道：「老衲曾有一件親身經歷，不妨說將出來，供各位參詳。說來那是四十五年前的事了，那時老衲年輕力壯，剛出道不久，在江湖上也闖下了一點名聲。當眞是初生的犢兒不怕虎，只覺天下之大，除了師父之外，誰也不及我的武藝高強。那一年我護送一位任滿回籍的京官和家眷，從汴梁回山東去，在青豹岡附近的山坳中遇上了四名盜匪。這四個匪徒一上來不搶財物，卻去拉那京官的小姐。老衲當時年少氣盛，自是容情不得，一出手便是辣招，使出金剛指力，都是一指刺入心窩，四名匪徒哼也沒哼，便即一一斃命。

「我當時自覺不可一世，口沫橫飛的向那京官誇口，說甚麼『便再來十個八個大盜，我也一樣的用金剛指送了他們性命。』便在那時，只聽得蹄聲得得，有兩人騎著花驢從路旁經過。忽然騎在花驢背上的一人哼了一聲，似乎是女子聲音，哼聲中卻充滿輕蔑不屑之意。我轉頭看去，見一匹驢上坐的是個三十六七歲的婦人，另一匹驢上則是個十五六歲的少年，眉清目秀，甚是俊雅，兩人都全身縞素，服著重孝。卻聽那少年道：『媽，金剛指有甚麼了不起，卻在這兒胡吹大氣！』」

黃眉僧的出身來歷，連保定帝兄弟都不深知。但他在萬劫谷中以金剛指力劃石為局，陷石成子，和延慶太子搏鬥不屈，衆人均十分敬仰，而他的金剛指力更無人不服，這時聽他述說那少年之言，均覺小小孩童，當眞胡說八道。

不料黃眉僧輕輕嘆了口氣，接著道：「當時我聽了這句話雖然氣惱，但想一個黃口孺子的胡言何足計較？只向他怒目瞪了一眼，也不理睬。卻聽得那婦人斥道：『這人的金剛指是福建泉州達摩下院的正宗，已有三成火候。小孩兒家懂得甚麼？你出指就沒他這般準。』

「我一聽之下，自然又驚又怒。我的師門淵源江湖上極少人知，這少婦居然一口道破，而說我的金剛指力只三成火候，我當然大不服氣。唉，其實那時候我太也不知天高地厚，以其時的功力而論，說我有三成火候，還是說得高了，最多也不過二成六七分而已。我便大聲道：『這位夫人尊姓？小覷在下的金剛指力，是有意賜教數招麼？』那少年勒住花驢，便要答話。那少婦忽然雙目一紅，含淚欲滴，說道：『你爹臨終時說過甚麼話來。你立時便忘了麼？』那少年道：『是，孩兒不敢忘記。』兩人揮鞭催驢，便向前奔。

「我越想越不服，縱馬追了上去，叫道：『喂！胡說八道的指摘別人武功，不留下幾招，便想一走了之嗎？』我騎的是匹腳力極快的好馬，說話之間，已越過兩匹花驢，攔在二人之前。那婦人向那少年道：『你瞧，你隨口亂說，人家可不答應了。』那少年顯然對母親很孝順，再也不敢向我瞧上一眼。我見他們怕了我，心想孤兒寡婦，勝之不武，何必跟他們一般見識？但聽那婦人的語氣，這少年似乎也會金剛指力。我這門功夫足足花了十五年苦功，方始練成，這小小孩童如何能會？自然是胡吹大氣，便道：『今日便放你們走路，以後說話可得小心些！』那婦人仍正眼也不朝我瞧上一眼，向那少年道：『這位叔叔說得不錯，以後你說話可得小心些。』

「倘若就此罷休，豈不極好？可是那時候我年少氣盛，勒馬讓在道邊，那少婦縱驢先行，那少年一拍驢身，胯下花驢便也開步，我揚起馬鞭，向花驢臀上抽去，大笑道：『快快走罷！』馬鞭距那花驢臀邊尚有尺許，只聽得嗤的一聲，那少年回身一指，指力凌空而來，將我的馬鞭盪得飛了出去。這一下可將我嚇得呆了，他這一指指力凌厲，遠勝於我。只聽那婦人道：『既出了手，便得了結。』那少年道：『是。』勒轉花驢，向我衝過來。我伸左掌使一招『攔雲手』向他推去，突然間嗤的一聲，他伸指戳出，我只覺左邊胸口一痛，全身勁力盡失。」

黃眉僧說到這裏，緩緩解開僧袍，露出瘦骨嶙嶙的胸膛來，只見他左邊胸口對準心臟處有個一寸來深的洞孔。洞孔雖已結疤，仍可想像得到昔日受創之重。所奇者這創口顯已深及心臟，他居然不死，還能活到今日，衆人都不禁駭然。

黃眉僧指著自己右邊胸膛，說道：「諸位請看。」只見該處皮肉不住起伏跳動，衆人這才明白，原來他生具異相，心臟偏右而不偏左，當年死裏逃生，全由於此。

黃眉僧縛好僧袍上的布帶，說道：「似這等心臟生於右邊的情狀，實是萬中無一。那少年見一指戳中我心口，我居然並不立時喪命，將花驢拉開幾步，神色極是詫異。我見自己胸口鮮血汩汩流出，只道性命已然不保，那裏還有甚麼顧忌，大聲罵道：『小賊，你說會使金剛指，哼哼！達摩下院的金剛指，可有傷人見血卻殺不了人的麼？你這一指手法壓根兒就不對，也決不是金剛指。』那少年縱身上前，又想伸指戳來，那時我全無抗禦之能，只有束手待斃的份兒。不料那婦人揮出手中馬鞭，捲住了少年的手臂。我迷迷糊糊之中，聽得她在斥責兒子：『姑蘇姓慕容的，那有你這等不爭氣的孩兒？你這指力既沒練得到家，就不能殺他，罰你七天之內……』到底罰他七天之內怎麼樣，我已暈了過去，沒能聽到。」

崔百泉顫聲問道：「大……大師，以後……以後你再遇到他們沒有？」

黃眉僧道：「說來慚愧，老衲自從經此一役，心灰意懶，只覺人家小小一個少年，已有如此造詣，我便再練一輩子武功，也未必趕他得上。胸口傷勢痊愈後，便離了大宋國境，遠來大理，托庇於段皇爺的治下，過得幾年，又出了家。老僧這些年來雖已參悟生死，沒再將昔年榮辱放在心上，但偶而回思，不免猶有餘悸，當眞是驚弓之鳥了。」

段譽問道：「大師，這少年倘若活到今日，該有六十歲了，他就是慕容博嗎？」

黃眉僧搖頭道：「說來慚愧，老衲不知。其實這少年當時這一指是否眞是金剛指，我也沒看清楚，只覺得出手不大像。但不管是不是，總之是厲害得很，厲害得很……」

衆人默然不語，對崔百泉鄙視之心都收起了大半，均想以黃眉僧這等武功修爲，尚自對姑蘇慕容氏如此忌憚，崔百泉嚇得神不守舍，倒也情有可原。

崔百泉說道：「黃眉大師這等身分，對往事也毫不隱瞞，姓崔的何等樣人，又怕出甚麼醜了？在下本來就要將混入鎮南王府的原由，詳細稟報陛下和王爺，這裏都不是外人，在下說將出來，請衆位一起參詳。」他說了這幾句話，心情激盪，已感到喉乾舌燥，將一碗茶喝得碗底向天，又將過彥之那碗茶也端過來喝了，才繼續道：「我……我這件事，是起……起於十八年前……」他說到這裏，不禁往窗外望了望。

他定了定神，才又道：「南陽府城中，有一家姓呂的土豪，爲富不仁，欺壓良民。我柯師哥有個朋友遭他陷害，全家都死在他手裏。」過彥之道：「師叔，你說的是呂慶圖這賊子？」崔百泉道：「不錯。你師父說起呂慶圖來，常自切齒痛恨。你師父向官府遞了狀子告了幾次，都讓呂慶圖使錢將官司按了下來。你師父倘能動動軟鞭，要殺了這呂慶圖原不費吹灰之力，但他在江湖上雖然英雄氣概，在本鄉本土卻有家有業，自來不肯做觸犯王法之事。我崔百泉可不同了，偷鷄摸狗，嫖舍賭錢，殺人放火，甚麼事都幹。這一晚我惱將起來，便摸到呂慶圖家中，將他一家三十餘口全宰了個乾淨。

「我從大門口殺起，直殺到後花園，連花匠婢女都一個不留。到得園中，只見一座小樓的窗上兀自透出燈火。我奔上樓去，踢開房門，原來是間書房，四壁一架架的擺滿了書，一對男女並肩坐在桌旁，正在看書。那男子四十來歲年紀，相貌俊雅，穿著書生衣巾。那女的年紀較輕，背向著我，瞧不見她面貌，但見她穿著淡綠輕衫，燭光下看去，顯得挺俊俏的，他奶奶的……」他本來說得甚是斯文，和他平時爲人大不相同，那知突然之間來了一句污言穢語，衆人都是一愕。

崔百泉卻渾沒知覺，續道：「……我一口氣殺了三十幾個人，興致越來越高，忽然見到這對狗男女，他奶奶的，覺得有些古怪。呂慶圖家中的人個個粗暴兇惡，怎麼忽地鑽出這一對清秀的狗男女來？這不像戲文裏的唐明皇和楊貴妃麼？我有點奇怪，倒沒想動手就殺了他們。只聽得那男的說道：『娘子，從龜妹到武王，不該這麼排列。』」

段譽聽到「從龜妹到武王」六字，尋思：「甚麼龜妹、武王？」一轉念間，便即明白：「啊，是『從歸妹到无妄』，那男子在說《易經》。」登時精神一振。

只聽崔百泉又道：「那女的沉吟了一會，說道：『要是從東北角上斜行大哥，再轉姊姊，你瞧走不走得通呢？』」段譽心道：「大哥？姊姊？啊，那是『大過』、『既濟』。」跟著一驚：「這女子說的明明是『凌波微步』中的步法，只不過位置略偏，並未全對。難道這女子和山洞中的神仙姊姊竟有甚麼關聯？」

崔百泉續道：「我聽他夫婦二人講論不休，說甚麼烏龜妹子、大舅子、小姊姊，不耐煩起來，大聲喝道：『兩個狗男女，你奶奶的，都給我滾出來！』不料這兩人好像都是聾子，全沒聽到我的話，仍目不轉睛的瞧著那本書。那女子細聲細氣的道：『從這裏到姊姊，共有九步，那是走不到的。』我又喝道：『走走走！走到你姥姥家，見你們十八代祖宗去罷！』正要舉步上前，那男的忽然雙手一拍，大笑道：『妙極，妙極！姥姥爲坤，十八代祖宗，喂，二九一十八，該轉坤位。這一步可想通了！』他順手抓起書桌上一個算盤，不知怎樣，三顆算盤珠兒突然飛出，我只感胸口一陣疼痛，身子已然釘住，再也動彈不得了。

「這兩人對我仍不加理會，自顧自談論他們的小哥哥、小畜生，我心中可說不出的害怕。在下匪號『金算盤』，隨身攜帶一個黃金鑄成的算盤，其中裝有機括，九十一枚算珠隨時可用彈簧彈出，可是眼見書桌上那算盤是紅木所製，平平無奇，中間的一檔竹柱已斷爲數截，顯然他是以內力震斷竹柱，再以內力激動算珠射出，這功夫當眞他奶奶的了不起。

「這一男一女越說越高興，我卻越來越害怕。我在這屋子裏做下了三十幾條人命的大血案，偏偏僵在這裏，動是動不得，話又說不出。我自己殺人抵命，倒也罪有應得，可是這麼一來，非連累到我柯師兄不可。這兩個多時辰，眞比受了十年二十年的苦刑還要難過。直等到四處鷄啼聲起，那男子才笑了笑，說道：『娘子，下面這幾步，今天想不出來了，咱們走罷！』那女子道：『這位金算盤崔老師幫你想出了這一步妙法，該當酬謝他甚麼才是！』我又是一驚，原來他們早已知道我的匪號和姓名。那男子道：『既然如此，且讓他多活幾年。下次遇著再取他性命罷！他膽敢罵你罵我，總不成罵過就算。』說著收起了書本，跟著左掌迴轉，在我背心上輕輕一拂，解開了我穴道。這對男女就從窗中躍了出去。我一低頭，只見胸口衣衫上破了三個洞孔，三顆算盤珠兒整整齊齊的釘在我胸口，眞是用尺來量，也不容易準得這麼釐毫不差。喏喏喏，諸位請瞧瞧我這副德行。」說著解開了衣衫。

衆人一看，都忍不住失笑。但見兩顆算珠恰好嵌在他兩個乳頭之上，兩乳之間又是一顆，事隔多年，難爲他竟然並不設法起出。

崔百泉搖搖頭，扣起衫鈕，說道：「這三顆算盤珠嵌在我身上，這罪可受得大了。我本想用小刀子挖了出來，但微一用力，撞動自己穴道，立時便會暈去，非得兩個時辰不能醒轉。慢慢用挫刀或沙紙來挫、來擦嗎？還是疼得我爺爺奶奶的亂叫。這罪孽陰魂不散，跟定了我，只須一變天要下雨，我這三個地方就痛得他媽的好不難熬，眞比烏龜殼兒還靈。」衆人不由得既感駭異，又覺好笑。

崔百泉嘆了口氣道：「這人說下次見到再取我性命。這性命是不能讓他取去的，可是只要遇上了他，不讓他取可也不成。唯一的法子只有不讓他遇上。事出無奈，只好遠走高飛，混到鎭南王爺的府上來。我這麼打算，大理國僻處天南，中原武林人士等閒不會南來，萬一他奶奶的這龜兒子眞要找上門來，這裏有段王爺、高侯爺、褚朋友這許多高手在，終不成眼睜睜的袖手不顧，讓我送了性命。這三顆勞什子嵌在我胸口上，一當痛將起來，只有拚命喝酒，胡裏胡塗的熬一陣。甚麼雄心壯志、傳宗接代，都他媽的拋到九霄雲外去了。」

衆人均想：「此人遭際和黃眉僧其實大同小異，只不過一個出家爲僧，一個隱姓埋名而已。」

段譽問道：「霍先生，你怎知這對夫婦是姑蘇慕容家的？」他叫慣了霍先生，一時改不過口來。崔百泉搔搔頭皮，道：「那是我師哥推想出來的。我挨了這三顆算盤珠後，便去跟師哥商量，他說，武林中只姑蘇慕容氏一家，才行『以彼之道，還施彼身』。我慣用算盤珠打人，他便用算盤珠打我。『姑蘇慕容』家人丁不旺，他媽的，幸虧他人丁稀少，要是千子百孫，江湖上還有甚麼人賸下來，就只他慕容氏一家了。」他這話對「大理段氏」實在頗爲不敬，但也沒人理會。

只聽他續道：「他這家出名的人就只一個慕容博。四十五年前，用金剛指力傷了這位大師的少年十五六歲，十八年前，給我身上裝算盤珠的傢伙當時四十來歲，算來就是這慕容博了，想不到我師哥又命喪他手。彥之，你師父怎地得罪他了？」

過彥之道：「師父這些年來專心做生意，常說『和氣生財』，從沒跟人合氣，決不能得罪了『姑蘇慕容』家。我們在南陽，他們在蘇州，路程可差了十萬八千里。」

崔百泉道：「多半這慕容博找不到我這縮頭烏龜，便去問你師父。你師父有義氣，寧死也不肯說我是在大理，便遭了他毒手。柯師哥，是我害了你啦！」說著淚水鼻涕齊下，嗚咽道：「慕容博，博博博，我剝你的皮！」他哭了幾聲，轉頭向段正淳道：「段王爺，我話也說明白了，這些年來多謝你照拂，又不拆穿我的底細，崔某眞感激之至，卻也難以圖報。我這可要上蘇州去了。」段正淳奇道：「你上蘇州去？」

崔百泉道：「是啊。我師哥跟我是親兄弟一般。殺兄之仇，豈能不報？彥之，咱們這就去罷！」說著向衆人團團一揖，轉身便出。過彥之也拱手爲禮，跟了出去。

這一著倒大出衆人意料之外，眼見他對姑蘇慕容怕得如此厲害，但一說到爲師兄報仇，明知此去必死，卻也毫不畏懼。各人心下暗暗起敬。段正淳道：「兩位不忙。過兄遠來，今晚便在舍下歇一宿，明日一早動身不遲。」崔百泉停步轉身，說道：「是，王爺吩咐，自當遵命。我們再擾一餐便了。彥之，咱們喝酒去。」帶了過彥之出外。

保定帝對段正淳道：「淳弟，明日你率同華司徒、范司馬、巴司空，前去陸涼州身戒寺，代我在玄悲大師靈前上祭參拜。」段正淳答應了。慧眞、慧觀下拜致謝。保定帝又向段正淳道：「拜見五葉方丈後，便在身戒寺等候少林寺的大師們到來，請他們轉呈我給玄慈方丈的書信。」向高昇泰道：「寫下兩通書信，一通致少林方丈，一通致身戒寺方丈，再備兩份禮物。」高昇泰躬身奉旨。保定帝道：「你陪少林寺的兩位大師下去休息罷。」

待高昇泰陪同慧眞、慧觀二僧出去，保定帝道：「我段氏源出中原武林，數百年來不敢忘本。中原武林朋友來到大理，咱們禮敬相待。可是我段氏先祖向有遺訓，嚴禁段氏子孫參與中原武林的仇殺私鬥。玄悲大師之死，我大理段家雖不能袖手不理，但報仇之事，仍當由少林派自行料理，我們不能揷手。」段正淳道：「是，兄弟理會得。」

黃眉僧道：「這中間的分寸，當眞不易拿揑。咱們非相助少林派不可，卻又不能混入仇殺。慕容氏一家雖人丁不旺，但這樣的武林世家，朋友和部屬必定衆多。少林派與姑蘇慕容正面爲敵，實是震驚武林的大事，腥風血雨，不知要殺傷多少人命。大理國這些年來國泰民安，咱們倘若捲入了這個漩渦，今後中原武人來大理尋釁生事，只怕要源源不絕了。」

保定帝道：「大師說得是。咱們只有一面憑正道行事，一面謙遜自抑，處處讓人一步。淳弟，你須牢牢記得『持正忍讓』這四個字。」段正淳躬身領訓。

黃眉僧道：「兩位賢弟，這就別過，我還得去萬劫谷走一遭。」衆人均感詫異。保定帝道：「師兄去萬劫谷尙有何事？可要帶甚麼人？」黃眉僧呵呵笑道：「我連兩個小徒也不帶。兩位賢弟且猜上一猜，我去萬劫谷何事？」保定帝與段正淳見他笑吟吟地，料來並非甚麼難事，卻也猜想不透。黃眉僧對段譽笑道：「賢姪多半猜得到。」

段譽一怔：「爲甚麼伯父和爹爹都猜不到，我反而猜得到？」一沉吟間，已知其理，笑道：「大師要去覆局。」黃眉僧哈哈大笑，說道：「正是。這局棋的棋路我心裏都記得，但我怎地會贏得這一局，實在奇怪之極。延慶太子自己塡死一隻眼，那是甚麼緣故？」段譽搖頭道：「小姪也想不明白。」黃眉僧道：「莫非石屋中或青石上有甚古怪？老衲非再去瞧瞧不可。」喜弈之人下了一局之後，不論是勝是敗，事後必定細加推敲，何處失著失先，何處過強過緩，何處該補不補，定要鑽研明白，方得安心。黃眉僧這局棋勝得尤其奇怪，若不弄淸楚這中間的關鍵所在，難免終身懸念。

當下保定帝起駕回宮。黃眉僧吩咐兩個徒兒逕回拈花寺，自己獨自來到萬劫谷，將段延慶震裂了的青石棋局重行拼起，一著著的從頭推想，再細察石屋和大青石的情狀。

段正淳送了保定帝和黃眉僧出府，回到內室，想去和王妃叙話。不料刀白鳳正在爲他又多了個私生女兒鍾靈而生氣，閉門不納。段正淳在門外哀告良久，刀白鳳發話道：「你再不走，我立刻回玉虛觀！」

段正淳無奈，只得到書房悶坐，想起鍾靈爲雲中鶴擄去，不知鍾萬仇與南海鱷神是否能救得回來，褚萬里等出去打探訊息，迄未回報，好生放心不下。從懷中摸出甘寶寶交來的那隻黃金鈿盒，瞧著她所寫那幾行蠅頭細字，回思十六年前和她歡聚的那段銷魂蝕骨的時光，再想像她苦候自己不至而被迫與鍾萬仇成婚的苦楚，不由得心中大痛：「那時她還只是個十七歲的小姑娘，她父親和後母待她向來不好，腹中懷了我的孩兒，卻教她如何做人？」

越想越難過，突然之間，想起先前刀白鳳在席上對華司徒所說的那句話來：「這條地道通入鍾夫人的居室，若不堵死，就怕咱們這裏有一位仁兄，從此天天晚上要去鑽地道。」當即召來親兵，命他去把華司徒手下兩名得力家將悄悄傳來，不可洩漏風聲。

段譽在臥房中，心中翻來覆去只想著這些日子中的奇遇：跟木婉清訂了夫婦之約，不料她竟是自己妹子，豈知奇上加奇，鍾靈竟也是自己妹子。鍾靈遭雲中鶴擄去，不知是否已經脫險，好生牽掛。又想慕容博夫婦鑽研「凌波微步」，不知跟洞中的神仙姊姊是否有甚瓜葛？難道他們是「逍遙派」的弟子？神仙姊姊吩咐我去殺盡「逍遙派」弟子，這對夫婦武功這般高強，他們不來殺我段譽已該謝天謝地，要我去殺了他們，眞是天大的笑話了。

又想這些日子給關在石屋之中，幸好沒做下亂倫的事來，當眞僥倖之至，「凌波微步」的步法練得倒熟了許多，可是神仙姊姊吩咐的功課卻躭誤得久了。探手入懷，要去取卷軸出來，手指剛碰到，便覺不妙，急忙取出，口中連珠價的只叫：「啊喲，啊喲！」但見那卷軸早已撕成了一片片碎帛，胡亂捲成一卷，一展開來，那裏還成模樣？破帛碎縑，最多也只賸下兩三成，卷上的圖形文字更爛得不堪，神仙姊姊身形不完，面目全非。段譽全身如墮冰窖，心中只道：「怎麼……怎麼會變成這個樣子？」

過了良久，才依稀想起，給青袍怪客關在石屋之時，他體內燥熱難當，將全身衣衫亂撕亂扯，到後來狂走疾奔，仍不斷亂撕衣衫，迷糊之中，那裏還分得出是衣衫還是卷軸，自然是一併撕得稀爛，隨手亂抛。

對著圖中裸女的斷手殘肢發了一陣呆，又不自禁的大有如釋重負之感：「卷軸已爛，神仙姊姊的神功便練不成了，這不是我不肯練，而是沒法練。甚麼殺盡『逍遙派』弟子云云，一概不算了。」將破碎帛片投入火爐，燒成了灰燼。心想：「這卷軸中的裸體圖形，多看一次，便對神仙姊姊褻瀆冒犯了一次，如此火化，正乃天意。」

眼見天色已晚，於是到母親房去，想陪她說話，跟她一起吃飯。來到房外，卻見房門緊閉。服侍王妃的婢女道：「王妃睡了，公子明天來罷。」段譽心道：「啊，是了，爹爹在房裏。」轉身出來，想去找木婉清說話，走過一條迴廊，忽想還是暫且避嫌的好，此時見面，徒然惹她傷心，可是心中委實牽記她得緊。百無聊賴，信步走到後花園中。

其時天色已然朦朧，在池邊亭中坐了一會，見一彎新月從東升起，心想這月光也會照到劍湖之畔的無量玉壁上，再過幾個時辰，玉壁上現出一柄五彩繽紛的長劍，便會指著神仙姊姊所居的洞府。正想得出神，忽聽得圍牆外輕輕傳來幾下口哨聲，停得一停，又響了幾下。若在往日，聽了毫不在意，但他自經這幾日來的一番閱歷，心知有異，尋思：「莫非是江湖人物打暗號？」

過不多時，哨聲又起，突見牡丹花壇外一個苗條的人影快速掠過，奔到圍牆邊，躍上了牆頭。段譽失聲叫道：「婉妹！」那人正是木婉清。只見她踴身躍起，跳到了牆外。段譽又叫了聲：「婉妹！」奔到木婉清躍下之處，他可沒能耐躍上牆頭，花園後門就在旁邊，但上了閂，又有鐵鎖鎖著，只得大叫：「婉妹，婉妹！」

只聽木婉清在牆外大聲道：「你叫我幹麼？我永遠不再見你面。我跟我媽去了。」段譽急道：「你別走，千萬別走！」木婉清不答。

過了一會，只聽得牆外一個年紀較大的女子聲音說道：「婉兒，咱們走罷！唉，沒用的！」木婉清仍然不答。段譽料得那女子必是秦紅棉，叫道：「秦阿姨，你們都請進來。」秦紅棉道：「進來幹甚麼？好讓你媽殺了我嗎？」

段譽語塞，用力搥打園門，叫道：「婉妹，你別走，咱們慢慢想法子。」木婉清道：「有甚麼法子好想？老天爺也沒法子。」頓了一頓，突然叫道：「啊！有一個法子，你幹不幹？」段譽喜道：「好啊，甚麼法子？我幹，我幹！」

只聽得嗤嗤聲響，一片藍印印的刀刃從門縫中插進來，切斷了門閂，跟著砰砰兩響，園門飛開，木婉清站在門口，手中執著那柄藍印印的修羅刀，說道：「你伸過脖子來，讓我一刀割斷了，我立刻自殺。咱倆投胎再世做人，那時不是兄妹，就好做夫妻了。」

段譽嚇得呆了，顫聲道：「這……這不……不成的！」

木婉清道：「我肯，你為甚麼不肯？要不然你先殺我，你再自殺。」說著將修羅刀遞將過來。段譽急退兩步，說道：「不……不行的！」

木婉清慢慢轉過身去，挽了母親手臂，快步走了。段譽呆呆望著她母女倆的背影隱沒在黑暗之中，良久良久，凝立不動。月亮漸漸升至中天，他兀自獃立沉思。

突然間後頸一緊，身子為人凌空提起，一人低聲笑道：「你要死還是要活？做我師父，是死師父，做我徒兒，是活徒兒！」正是南海鱷神的聲音。

段正淳帶著華赫艮手下的兩名得力家將，快馬來到萬劫谷。這兩名家將曾隨同華赫艮挖掘地道，知道地道的入口所在，搬開掩蓋在入口上的樹枝。一名家將道：「小人帶路。」段正淳道：「不用！你兩個在這裏等我。」正要向地道中爬去，忽見西首大樹後人影一閃，身法迅捷。段正淳立即縱起，奔將過去，低聲喝問：「甚麼人？」

大樹後那人低聲道：「王爺！是我，崔百泉。」斜著身子出來。段正淳奇道：「崔兄到這裏來幹甚麼？」崔百泉道：「小人聽得王爺的千金給奸人擄了去，和過師姪兩人分頭出來尋找。小人在路上見到了些線索，推想小姐逃到了這裏，那奸人似乎仍在緊追不捨。」段正淳心下恍然：「這崔百泉是個恩怨分明的漢子，他在我家躲了這些年，有恩未報。此次去找姑蘇慕容報仇，是決意將性命送在他手裏。他只盼能爲我找回靈兒，報答我這十多年來的相庇之情。」當即深深一揖，說道：「崔兄高義，在下感激不盡。」崔百泉道：「小人到那邊去找。」身形一晃，沒入了樹林之中，輕功頗爲了得。

段正淳略感寬懷，心想：「這崔兄的武功，不在萬里、丹臣他們之下。」當下回到地道入口處，鑽了進去。

爬行一程，地道分岔。他已問明華司徒的兩名家將，知道地道東北通向先前囚禁段譽與木婉清的石屋，西北通向鍾氏夫婦的臥室，當即向西北方爬去。來到盡頭，將頭頂木板輕輕托起數寸，眼前便見光亮，從縫隙中望上去，只見到一雙淺紫色的繡花鞋子踏在地下。

段正淳心頭大震，將木板又托起兩寸，只聽得甘寶寶長長嘆了口氣，過了一會，幽幽的道：「倘若你不是王爺，只是個耕田打獵的尋常漢子，要不然，是偷鷄摸狗的小賊也好，是打家劫舍的強人也好，我便能跟了你去……我一輩子跟了你去……」跟著幾滴淚水掉下來，落在她花鞋邊的地板上。段正淳胸口熱血上湧，心道：「我不做王爺了，我做小賊、做強人去，讓你一輩子跟著我。這王爺有甚麼做頭？」

只聽甘寶寶又道：「難道……難道這一輩子我當眞永遠不再見你一面？連一面也見你不著？我……我還是死了的好……淳哥，淳哥……你想我不想？」這幾下低呼，當眞是盪氣迴腸。段正淳忍不住低聲道：「寶寶，親親寶寶。」

甘寶寶吃了一驚，站起身來，隨即又嘆了口氣，自言自語：「我又在做夢了，夢裏又聽到你在叫我啦。」段正淳低聲道：「親親寶寶，你不是做夢，眞的是我在叫你。我一直在想你，記掛著你。」

甘寶寶驚呼一聲：「淳哥，當眞是你？」段正淳揭開木板，鑽了出來，低聲道：「親親寶寶，是我！」甘寶寶突然見到段正淳，登時臉上全沒了血色，走上幾步，張開雙臂，身子搖晃。段正淳搶上去將她摟住。甘寶寶身子顫抖，暈了過去。

段正淳忙揑她人中。甘寶寶悠悠醒轉，覺到身在段正淳懷中，他正在親自己的臉，歡喜得便似全身都要炸了開來，腦中暈眩，低聲道：「淳哥，淳哥，我……我又在做夢啦。」段正淳緊緊抱住她溫軟的身子，在她耳邊低聲道：「親親寶寶，你不是做夢，是我在做夢！」

突然門外有人粗聲喝道：「誰？誰在房裏？我聽到是個男人。」正是鍾萬仇的聲音。

段正淳和甘寶寶都大吃一驚。甘寶寶大聲道：「是我，甚麼男人、女人，又在胡說八道了！」段正淳在她耳邊道：「你跟我逃走！我去做小賊、強盜，我不做王爺了。」甘寶寶大喜，低聲道：「我跟你去做小賊老婆，做強盜老婆。便做一天……也是好的。」

鍾萬仇一推房門，發覺房門內閂，但在窗外已見到一個男子的黑影，大叫：「房裏有男人，我……我見到了！」等不及叫妻子來開門，砰的一聲，飛足向門踢去。

段譽給南海鱷神抓住了後領，提在半空，登時動彈不得。他的「北冥神功」只練成一路「手太陰肺經」，只有大拇指的少商穴和人相觸，而對方又正在運勁推送，方能受人內力，其餘穴道卻全不管用。他正想張口呼叫，南海鱷神伸左手按住他口，抱起他發足疾馳，直到遠離鎮南王府的僻靜之處，才放他下地，一手仍抓住他後領，生怕他使出古怪步法逃走。

段譽苦笑道：「原來你改變主意，不想做我徒兒，要做烏龜兒子王八蛋了。」南海鱷神道：「誰說的？你先磕還我八個響頭，將我逐出門牆，不要我做徒兒了，然後再向我磕八個響頭，拜我爲師。咱們規規矩矩，一清二楚，那我就沒烏龜兒子王八蛋的事。」段譽啞然失笑，搖頭道：「我不幹！我此刻給你抓住，全無還手之力，你殺死我好了。」南海鱷神道：「呸，我才不上你這個當，老子決不會給人騙得做上烏龜兒子王八蛋。你道我好蠢麼？」段譽道：「你好聰明，十分聰明！」

南海鱷神想出了「妙計」，只道可以「規規矩矩、一清二楚」的手續完備，就可化徒爲師，豈知對方寧死不磕十六個響頭，盤算了幾天的如意算盤全然打不響，不禁大感徬徨。段譽道：「你南海派的規矩，徒兒可不可以殺師父？」南海鱷神道：「當然不可以！只有師父殺徒兒，決沒徒兒殺師父的事。」段譽道：「那麼徒兒聽師父的吩咐呢，還是師父聽徒兒的吩咐？」南海鱷神道：「自然是徒兒聽師父的吩咐，你拜我爲師之後，甚麼事都得聽我吩咐。」段譽笑道：「現下你還是我徒兒，我叫你去奪回小師娘來，你辦好了沒有？」

南海鱷神道：「他媽的，我跟雲老四動手打架，小師娘的老子也趕了來，乘機把小師娘搶了去。」段譽聽到鍾靈已逃脫雲中鶴毒手，心下大喜。

南海鱷神又道：「後來我又跟小師娘的老子打架，他打了一會就不肯打了，小師娘那時已自己走了，小師娘的老子跟著也走了。雲老四說，咱們得去萬劫谷殺了鍾萬仇。」段譽道：「爲甚麼？」南海鱷神道：「這件大事不可不辦，否則岳老二在江湖上一輩子抬不起頭來，人人都瞧我不起。」段譽奇道：「那是甚麼道理？雲老四騙人，你不用聽他的。」

南海鱷神道：「不，不！雲老四是爲我好。你不明白這中間的道理，我來指點你。那小姑娘是我師娘，已長了我一輩，她的老子便長我兩輩，他媽的，鍾萬仇是甚麼東西，怎能長我兩輩？非殺了他不可。雲老四還說，他要去搶鍾萬仇的老婆來做老婆，他是顧念『四大惡人』的義氣，完全爲我出力，奮不顧身，勉爲其難！」

段譽更加奇怪，問道：「那是甚麼道理？」南海鱷神道：「鍾萬仇的老婆，是我師娘的母親，眼下也長了我兩輩。倘若雲老四搶了她來做了老婆，那就是岳老二把弟的老婆，是我的弟婦。她的女兒就比我低了一輩，是我的姪女。你是我姪女的老公，是我的姪婿，也比我低了一輩。那時候我叫你師父，你叫我姻伯，咱兩個不是兩頭大嗎？哈哈！這法兒眞妙。」段譽哈哈大笑。

南海鱷神道：「快走，快走，趕緊去辦了這件大事，這世上決不容有比岳老二高上兩輩之人。」抓住段譽手臂，飛步向萬劫谷奔去。

段正淳聽得鍾萬仇踢門，幸好門閂牢固，房門一時沒給踢開，腦中閃過一個念頭：「不能殺他！」輕輕掙脫甘寶寶的摟抱，鑽入地洞，托好了洞口木板。

鍾萬仇再次踢門，終於手提大刀，衝進房來，卻見房中便只甘寶寶一人，忙到衣櫥、床底、門後各處搜尋，別說沒男人，連鬼影也沒半個，心中大奇。甘寶寶怒道：「你又來欺侮我了，快一刀殺了我乾淨！」鍾萬仇找不到男人，早已喜悅不勝，忙拋開大刀，陪笑道：「夫人，是我眼花，定是剛才多喝了幾杯！」一面說，一面兀自東張西望。

突然門外腳步聲急，鍾靈大叫：「媽，媽！」飛步搶進房來。跟著雲中鶴的聲音叫道：「你逃到天邊，我也要捉到你。」快步追了進來。

鍾靈叫道：「爹，這惡人……這惡人又來追我……」她逃避雲中鶴的追逐，早已上氣不接下氣，幸好自己家中門戶熟悉，東躲西藏，而雲中鶴在這些轉彎抹角的所在，又施展不出輕功，才給她逃進了母親房中。雲中鶴見鍾萬仇夫婦都在房中，不禁大喜，心想正好就此殺了鍾萬仇，將鍾夫人、鍾靈兩個一併擄去。

鍾萬仇連發三掌，都給雲中鶴閃身避開。雲中鶴繞過桌子，去追鍾靈，心想：「得把小妞兒先點倒了，再殺其父而奪其母，順手又奪其父之女。」鍾靈叫道：「竹篙子，你再追我，我可要呵你癢了。」雲中鶴一怔，叫道：「你呵得我著？再試試看。」說著縱身向她撲去。

原來今早鍾靈給雲中鶴抱了去，拚命掙扎，卻那裏掙得脫他的掌握？心裏怕得要命，只聽得南海鱷神遠遠追來，大叫：「小師娘，小師娘！你快伸手掏他的胳窩兒，這瘦竹篙最怕癢。」鍾靈心想：「呵癢嗎？那倒是我的拿手本事。」伸出手來，便往雲中鶴胳窩裏呵去，不料雲中鶴聽到南海鱷神的話，不等鍾靈手到，忍不住已先笑了出來。這麼一笑，氣息岔了，便奔行不快，南海鱷神跟著追到。

雲中鶴道：「岳老三，你可上了人家的當啦！」南海鱷神道：「胡說！岳老二一生決不上人家的當！快放下我小師娘，要不然便嘗嘗我鱷嘴剪的滋味。」雲中鶴無可奈何，只得放下鍾靈。鍾靈乘雲中鶴不備，伸手便去呵癢。雲中鶴彎了腰，笑得喘不過氣來。他越笑，鍾靈越是不住手的呵。雲中鶴一面笑，一面不住咳嗽，全然無力抗禦。

南海鱷神道：「小師娘，你這就饒了他罷，再呵下去，他一口氣接不上來，可活不成啦！」鍾靈好生奇怪，這惡人武功很高，怎麼會給人呵癢呵死？說道：「我不信，我呵死他試試看。」南海鱷神道：「不成，試不得，呵死了便活不轉了。雲中鶴的練功罩門是在腋下『極泉穴』，這地方碰也碰不得。」

鍾靈聽他這麼說，便放手不再呵癢。雲中鶴站直身子，突然一口唾沫向南海鱷神吐去，罵道：「死鱷魚，臭鱷魚！我練功的罩門所在，爲甚麼說與外人知道？」鍾靈道：「好啊，你罵人！」伸手又去呵他癢，不料手指還沒伸近，雲中鶴已飛出一腳，將她踢了個觔斗，自己遠遠站在一旁。

南海鱷神扶起鍾靈，只見鍾萬仇提刀追來，叫道：「臭丫頭，你死在這裏幹甚麼？」南海鱷神回頭喝道：「他媽的，你不乾不淨的嚷嚷甚麼？」鍾萬仇怒道：「我自己罵我女兒，關你甚麼事？」南海鱷神大發脾氣，指著鍾萬仇大叫：「你……你這狗賊，居然想佔我便宜？我……我岳老二跟你拚了。」鍾萬仇道：「我佔你甚麼便宜了？」南海鱷神道：「她是我師娘，已比我大了一輩，那是事出無奈，我也沒甚麼法子。你卻自稱是她老子，這……這……你……不是更比我大上兩輩？岳老二在南海爲尊，人人叫我老祖宗、老爺爺，來到中原，卻處處比人矮上一兩輩。老子不幹，大大不幹，萬萬不幹！」

鍾萬仇道：「你不幹就不幹。她是我親生女兒，我自然是她老子，又有甚麼『自稱』

不『自稱』的？」南海鱷神歪著頭向他父女瞧了一會，說道：「你當然是『自稱』。我小師娘這麼美麗可愛，你卻醜得像個妖怪，怎麼會是她老子？我小師娘定是旁人生的，不是你生的。你是假老子，不是眞老子！」鍾萬仇一聽，氣得臉也黑了，提刀向南海鱷神便砍。

鍾靈忙勸道：「爹爹，這人將我從惡人手裏救了出來，你別殺他！」

鍾萬仇怒火衝天，罵道：「臭丫頭，我早疑心你不是我生的。連這大笨蛋都這麼說，還有甚麼假的？我先殺他，再來殺你！」

鍾靈見二人鬥了起來，一時勝敗難分，大聲叫道：「喂，岳老三，你不可傷我爹爹。」又叫：「爹爹，你不能傷了岳老三！」便自走了。

她回到萬劫谷來，疲累萬分，到自己房中倒頭便睡。睡到半夜裏，只聽得雲中鶴大呼小叫，一間間房挨次搜來，忙起身逃走。她逃入母親臥室，雲中鶴也跟著追到。

這時鍾靈料知走不近身去呵雲中鶴的癢，一瞥眼見到地洞口的木板，她曾給華赫艮由此擒入地道，當即奔過去掀開木板，鑽了進去。雲中鶴和鍾萬仇陡見地下出現洞穴，都是大奇。雲中鶴撲將過去，想抓鍾靈的腳，鍾萬仇出掌向他背心擊去。雲中鶴左手回掌格開，只恐鍾靈這美貌小妞兒鑽入地道之後，再也捉她不到，當即也鑽了進去。

爬出丈餘，黑暗中雙手亂抓，突然抓到一隻纖細的足踝，只聽得鍾靈大叫：「啊喲！」揮足要想掙脫。雲中鶴大喜之下，怎容她掙脫，臂上運勁，要拉她出來，那知一拉之下，鍾靈又是大叫：「啊喲！」卻拉她不動，似乎前面有人拉住了她。便在此時，雲中鶴只覺雙腳足踝一緊，已給人緊緊握住了向外拉扯，但聽得鍾萬仇叫道：「快出來，快出來！」卻是鍾萬仇怕他傷害女兒，追入地道，要拉他出來。

鍾萬仇扯了兩下不動，正欲運勁，突覺自己雙腳足踝為人抓住，一股力道向外拉扯，身後南海鱷神嘶啞的嗓子叫道：「馬臉的醜傢伙，你『自稱』是我小師娘的老子，想高我岳老二兩輩，今日非殺了你不可。」

原來南海鱷神恰於此時帶著段譽趕到，在房外眼見鍾靈、雲中鶴、鍾萬仇三人鑽進了地道，心想當務之急，莫過於殺了這個「自稱高我兩輩的傢伙」，當即竄入房中，跟著鑽入地道，拉住了鍾萬仇雙足。

段譽急忙奔進房來，對鍾夫人道：「鍾伯母，救鍾靈妹子要緊。」正欲鑽入地道，突然身子給人一推，當即摔倒。一個女子叫道：「岳老三、雲老四，你兩個快快出來！老大吩咐，叫你們兩個不得自己人打架！」正是「無惡不作」葉二娘，奉了段延慶之命，來召喚南海鱷神和雲中鶴。她來得遲了一步，見到雲中鶴鑽入地道，鍾萬仇與南海鱷神先後鑽進，只道南海鱷神要去追殺雲中鶴。叫了幾聲，不見南海鱷神出來，當即鑽進地洞，抓住了南海鱷神雙腳，奮力要拉他出來。

段譽叫道：「喂喂，你們不可傷我鍾靈妹子，她本來是我沒過門的老婆，現下是我妹子啦！」但聽得地道中吆喝叫嚷，聲音雜亂，不知是誰在叫些甚麼，心想三大惡人擠在地道之中，鍾靈難免凶多吉少，她對我有情有義，我雖無武功，也當拚命相救，當即撲到地洞口，抓住葉二娘的雙腳足踝，用力要拉她出來。

他雙手緊握，自然而然便是葉二娘足踝上低陷易握的所在，此處俗稱「手一束」，剛好一手可以抓住，卻是「足太陰脾經」中的「三陰交」大穴，乃是「足少陰腎經」、「足太陰脾經」、「足厥陰肝經」三陰交會之處。他大拇指的「少商穴」一與葉二娘足踝「三陰交」要穴相接，雙方同時使勁，葉二娘的內力立即倒瀉而出，湧入段譽體內。

地道內轉側不易，雲中鶴抓住鍾靈足踝，鍾萬仇抓住雲中鶴足踝，南海鱷神抓住鍾萬仇足踝，葉二娘抓住南海鱷神足踝，最後段譽拉住葉二娘足踝，除鍾靈之外，五個人都拚命要將前面之人拉出地道。鍾靈無甚力氣，本來雲中鶴極易將她拉出，但不知如何，前面竟似有人緊緊拉住了她，不讓她出來。

這一連串人都是拇指少商穴和前人足踝三陰交穴相連。葉二娘的內力瀉向段譽，跟著內力傳遞，南海鱷神、鍾萬仇、雲中鶴、鍾靈四人的內力也奔瀉而出。鍾靈本來無甚內力，倒也罷了。餘下四人卻都嚇得魂飛魄散，拚命揮腳，想擺脫後人的掌握，但在地道內僅可容身的狹窄處給緊緊抓住了，說甚麼也摔不脫，越用勁使力，內力越飛快散失。

雲中鶴只覺鍾靈腳上源源傳來內力，跟著又從自己腳上傳出，心想這小妞兒如何有如此深厚內力，委實奇怪，好在自己腳上內力散失，手上卻有來源，自然說甚麼也不肯放脫鍾靈足踝，以免有去無來。鍾萬仇等也是一般的念頭，儘管心中害怕，雙手卻越抓越緊，正如溺水之人死命抓著任何外物不放，逃生活命，全仗於此。

這一連串人在地道中甚麼也瞧不見，起初還驚喚叫嚷：「老大叫你們去！」「快放開我腳！」「老子宰了你！」「抓著我幹甚麼？快鬆手！」「媽！媽！爹爹！」到後來突覺手上傳來的內力漸弱，足踝上內力的去勢卻絲毫不減，驚駭漸甚而無可奈何。

段譽拉扯良久，但覺內力源源湧入身來，他先前在無量山有過經歷，這時已能應付，每當燥熱難當之際，便將湧來的內力貯入膻中氣海。過得好一會，膻中氣海愈積愈多，漸漸容納不下，似乎要脹裂一般，不禁害怕起來，但想鍾靈遭遇極大兇險，無論如何不能放手，咬緊了牙齒拚命抵受。

甘寶寶眼見怪事接續而來，登時手足無措，心中兀自在回思適才給段正淳摟在懷中親熱的銷魂滋味，坐在椅上呆呆出神，嘴裏輕輕叫著：「淳哥，淳哥，他叫我『親親寶寶』，他抱著我親我，這次是真的，不是做夢！」

段譽胸口煩熱難忍，手上力道卻越來越大，這時地道中眾人的內力，幾有半數都移入了他體內。他終於將葉二娘慢慢拉出了地洞，跟著南海鱷神、鍾萬仇、雲中鶴、鍾靈一連串的拉扯著出來。段譽見到鍾靈，心下大慰，當即放開葉二娘，搶前去扶鍾靈，叫道：「靈妹，靈妹，你沒受傷嗎？」

葉二娘等四人的內力都耗了一半，一個個鬆開了手，坐在地板上呼呼喘氣。

鍾萬仇突然叫道：「有男人！地道內有男人！是段正淳，段正淳！」他突然想明白了：「我們房內有此地道，必是段正淳幹的好事，適才在房外聽到男人聲音，見到男人黑影，必是段正淳無疑。」妒火大熾，搶過去一把推開段譽，抓住鍾靈後領，要將她擲在一旁，然後衝進地道去揪段正淳出來。

甘寶寶聽他大叫「段正淳」，登時從沉思中醒轉，站起身來，心中只是叫苦。

鍾萬仇沒想到自己內力大耗，抓住鍾靈後領非但擲她不動，反而雙足酸軟，一交坐倒。但兀自不死心，仍要將鍾靈扯離地洞，說甚麼也不能放過了段正淳。扯得幾扯，只見地洞中伸上兩隻手來，握在鍾靈雙手手腕上，鍾萬仇大叫：「段正淳，你上來，我跟你拚個死活。」用力拉扯鍾靈向後，地洞中果然慢慢帶出一個人來。

這人果然是個男人！

鍾萬仇大叫：「段正淳！」放下鍾靈，撲上去揪住他胸膛，提將起來，只見這人獐頭鼠目，愁眉苦臉，歪嘴聳肩，身材瘦削，與段正淳大大不同。段譽叫道：「霍先生！你怎麼在這裏？」原來這人是金算盤崔百泉。

鍾萬仇大叫：「不是段正淳！」仰天摔倒，抓著崔百泉的五指兀自不放。突然之間，地洞中又伸出兩隻手，抓在崔百泉的雙腳足踝之上。鍾萬仇大叫：「段正淳！」用力拉扯，又扯出一個人來。

只見這人頭頂無髮，惟有香疤，滿臉皺紋，雙眉焦黃，不但是和尚，而且是個極老的和尚。段譽叫道：「黃眉大師！你怎麼在這裏？」原來這老僧正是黃眉大師。

鍾萬仇奮起殘餘的精力，再將黃眉僧拉出地洞，他足上卻再沒人手握著了。鍾萬仇衝進地道，過了良久，氣喘喘的爬出來，叫道：「沒人了，地道內沒人。」瞧瞧崔百泉，瞧瞧黃眉僧，這兩人說甚麼也不能是夫人的情夫，心下大慰，叫道：「夫人，對不住，我……我又冤枉了你！」這時精力耗竭，爬在地洞口不住喘氣，再也站不起來了。

黃眉僧、崔百泉、葉二娘、南海鱷神、雲中鶴五人都坐在地下，運氣調息。五人中黃眉僧功力遠勝，不久便即站起，喝道：「三個惡人，今日便饒了你們性命，今後再到大理來囉唕，休怪老僧無情！」

葉二娘、南海鱷神、雲中鶴於地道中的奇變兀自摸不到絲毫頭腦，只道是黃眉僧使的手腳，心想這老和尚連老大也鬥他不過，他一下子取了我一半內力去，那裏還敢作聲。三人又調息半晌，慢慢站起，向黃眉僧微微躬身，出房而去。此時三大惡人喪敗之餘，已全無半分惡氣。

黃眉僧、崔百泉、段譽三人別過鍾萬仇夫婦與鍾靈，出谷而去。來到谷口，段正淳帶著兩名家將正在等候。段正淳、段譽父子相見，俱感驚詫。

原來段正淳見鍾萬仇衝進房來，內心有愧，從地道中急速逃走，鑽出地道時卻見崔百泉在旁守候。崔百泉素知王爺的風流性格，當下也不多問，自告奮勇入地道探察，以防鍾夫人遭了丈夫毒手，卻遇到鍾靈給雲中鶴抓住了足踝。崔百泉當即抓住她手腕相助。正感支持不住，忽然足踝爲人拉住。卻是黃眉僧凝思棋局之際，聽到地道中忽有異聲，於是從石屋中鑽入地道，循聲尋至，辨明了崔百泉的口音，出手相助。黃眉僧內力強勁，足可與雲中鶴、鍾萬仇、南海鱷神、葉二娘等撐持良久，豈料在這一役中，黃眉僧與崔百泉的內力，卻也有一小半因此移入了段譽體內。

鳩摩智右手拇指和食指輕輕搭住，似是拈住了一朵鮮花一般，臉露微笑，左手五指向右輕彈，出指輕柔無比，像是彈去右手鮮花上的露珠，卻又生怕震落了花瓣。

一〇　劍氣碧煙橫

次日清晨，段正淳與妻兒話別。聽段譽說木婉清昨晚已隨其母秦紅棉而去，段正淳呆了半晌，嘆了幾口氣，問起崔百泉、過彥之二人，卻說早已首途北上，留下言語，對大理段氏感恩不盡。段正淳帶同三公、四護衛到宮中向保定帝辭別，與慧眞、慧觀二僧向陸涼州而去。段譽送出東門十里方回。

這日午後，保定帝正在宮中禪房誦讀佛經，一名太監進來稟報：「皇太弟府詹事啓奏：皇太弟世子突然中邪，已請了太醫前去診治。」保定帝本就躭心，段譽中了延慶太子的毒後，未必便能就此輕易清除，於是差兩名太監前去探視。過了半個時辰，兩名太監回報：「皇太弟世子病勢不輕，似乎有點神智錯亂。」

保定帝暗暗心驚，即刻到鎮南王府親去探病。剛到段譽臥室之外，便聽得砰嘭、乒乓、喀喇、嗆啷之聲不絕，盡是諸般器物碎裂之聲。門外侍僕跪下接駕，神色驚惶。

保定帝推門進去，只見段譽在房中手舞足蹈，將桌子、椅子，以及各種器皿陳設、文房玩物亂推亂摔。兩名太醫東閃西避，神情狼狽。保定帝叫道：「譽兒，你怎麼了？」

段譽神智卻仍清醒，只不過體內眞氣內力太盛，似要迸破胸膛衝將出來一般，只要揮動手足，擲破些東西，便略覺舒服。他見保定帝進來，叫道：「伯父，我要死了！」跪下行禮，雙手卻在空中亂揮圈子。

刀白鳳站在一旁，只是垂淚，說道：「大哥，譽兒今日早晨還好端端地送他爹出城，不知如何，突然發起瘋來。」保定帝安慰道：「弟妹不必驚慌，定是在萬劫谷所中的毒未清，不難醫治。」問段譽道：「覺得怎樣？」

段譽不住頓足，叫道：「姪兒全身腫了起來，難受之極。」保定帝瞧他臉面與手上皮膚，一無異狀，半點也不腫脹，這話顯是神智迷糊了，不由得皺起了眉頭。

原來段譽昨晚在萬劫谷中得了六個好手的一半內力，當時還不覺得如何，送別父親後睡了一覺，睡夢中眞氣失了導引，登時亂走亂闖起來。他跳起身來，展開「凌波微步」走動，越走越快，眞氣鼓盪，更加不可抑制，忍不住大聲號叫，驚動了旁人。

一名太醫道：「啓奏皇上：世子脈搏洪盛之極，似乎血氣太旺，微臣愚見，給世子放一些血，不知是否使得？」保定帝心想此法或許管用，點頭道：「好，你給他放放血。」那太醫應道：「是！」打開藥箱，從一隻磁盒中取出一條肥大的水蛭來。水蛭善於吸血，用以吸去病人身上的瘀血，最為方便，且不疼痛。那太醫揑住段譽的手臂，將水蛭口對準他血管。水蛭碰到段譽手臂後，不住扭動，無論如何不肯咬上去。那太醫大奇，用力按著水蛭，過得半晌，水蛭一挺，竟然死了。那太醫在皇帝跟前出醜，額頭汗水涔涔而下，忙取過第二隻水蛭來，仍如此僵死。

另一名太醫臉有憂色，說道：「啓奏皇上：世子中了劇毒，連水蛭也毒死了。」他那知段譽呑食了萬毒之王莽牯朱蛤後，任何蛇蟲聞到他身上氣息，便即遠避，即令最厲害的毒蛇也都慴服，何況小小水蛭？

保定帝心中焦急，問道：「那是甚麼毒藥，如此厲害？」一名太醫道：「以臣愚見，世子脈象亢燥，是中了一項罕見的熱毒，這名稱麼？這個……這個……微臣愚魯……」另一名太醫道：「不然。世子脈象陰虛，毒性唯寒，當用熱毒中和。」段譽體內既有黃眉僧、南海鱷神、鍾萬仇陽剛的內力，復有葉二娘、雲中鶴、崔百泉陰柔的內力，兩名太醫各見一偏，都說不出個眞正的所以然來。

保定帝聽他們爭論不休，這二人是大理國醫道最精的名醫，見地卻竟如此大相枘鑿，可見姪兒體內的邪毒委實古怪之極，右手伸出食、中、無名三指，輕輕搭在段譽腕脈的「列缺穴」上。他段家子孫的脈摶往往不行於寸口，而行於列缺，醫家稱為「反關脈」。

兩名太醫見皇上一出手便顯得深明醫道，都好生佩服。一人道：「醫書上言道：反關脈左手得之主貴，右手得之主富，左右俱反，大富大貴。陛下、鎮南王、世子三位都是反關脈。」另一人道：「三位大富大貴，那也不用因反關脈而知。」先一人道：「不然。世子的脈象既大富大貴，足證此病雖然凶險，卻無大礙。」另一名太醫不以為然，心道：「大富大貴之人，難道就沒橫死的？」這句話卻不便出口了。

保定帝只覺姪兒脈搏跳動既勁且快，這般跳將下去，心臟如何支持得住？手指上微一使勁，想查察他經絡中更有甚麼異象，突然之間，自身內力急瀉而出，霎時便無影無蹤。他大吃一驚，急忙鬆手。他自不知段譽已練成了「北冥神功」中的手太陰肺經，而列缺穴正是這路經脈中的穴道。保定帝一運內勁，便是將內力強灌入段譽體內。

段譽叫聲：「啊喲！」全身劇震，顫抖難止。

保定帝退後兩步，說道：「譽兒，你遇過星宿海的丁春秋嗎？」段譽道：「丁……丁春秋？姪兒不知他是誰。」保定帝道：「聽說是個仙風道骨、面如冠玉、畫中神仙一般的老人。」段譽道：「姪兒從來沒見過他。」保定帝道：「這人有一身邪門功夫，善消別人內力，叫作『化功大法』，能令人畢生武學修為廢於一旦，天下武林之士，無不深惡痛絕。你既沒見過他，怎……怎學到了這門邪功？」段譽忙道：「姪兒沒學……學過。丁春秋和化功大法，姪兒剛才還是首次聽伯父說到。」

保定帝料他不會撒謊，更不會來化自己內力，一轉念間已明其理：「是了，定是延慶太子學過這門邪功，不知使了甚麼古怪法道，將此邪功渡入譽兒體內，讓他不知不覺的便害了我和淳弟。嘿嘿，此人號稱『天下第一惡人』，果眞名不虛傳！」

但見段譽雙手在身上亂搔亂抓，將衣服扯得稀爛，皮膚上搔出條條血痕，竭力忍住，才不號叫呼喊，口中不住呻吟。刀白鳳不住安慰：「譽兒，你耐著些兒，過一會兒便好了。」保定帝尋思：「這個難題，只有向天龍寺去求教了。」說道：「譽兒，我帶你去拜見幾位長輩，料想他們定有法子給你治好邪毒。」段譽應道：「是！」刀白鳳忙取過衣衫給兒子換上。保定帝帶同他出府，各乘一馬，向點蒼山馳去。

天龍寺在大理城外點蒼山中嶽峯之北，正式寺名叫作崇聖寺，但大理百姓叫慣了，都稱之爲天龍寺，背負蒼山，面臨洱水，極佔形勝。寺有三塔，建於唐初，大者高二百餘尺，十六級，塔頂有鐵鑄記云：「大唐貞觀尉遲敬德造。」相傳天龍寺有五寶，三塔爲五寶之首。

段氏歷代祖先做皇帝的，往往避位爲僧，都是在這天龍寺中出家，因此天龍寺便是大理皇室的家廟，於全國諸寺之中最爲尊崇。每位皇帝出家後，子孫逢他生日，必到寺中朝拜，每朝拜一次，必有奉獻裝修。寺有三閣、七樓、九殿、百廈，規模宏大，構築精麗，即是中原如五台、開元、九華、峨嵋諸處佛門勝地的名山大寺，亦少有其比，只因僻處南疆，其名不彰。

段譽遵從伯父指點，一路在馬背上疏導體內衝突不休的內息，煩惡稍減，這時隨著伯父來到寺前。這天龍寺乃保定帝常到之地，當下便去謁見方丈本因大師。

本因大師若以俗家輩份排列，是保定帝的叔父，出家人既不拘君臣之禮，也不敘家人輩行，兩人以平等禮法相見。保定帝將段譽如何爲延慶太子所擒、如何中了邪毒、如何身染邪功、化人內力等情一一說了。本因方丈沉吟片刻，道：「請隨我去牟尼堂，見見三位師兄弟。」保定帝道：「打擾衆位大和尚清修，罪過不小。」本因方丈道：「鎭南世子將來是我國嗣君，一身繫全國百姓的禍福。你的見識內力在我之上，既來問我，自是大大的疑難。我一人難決，當與三位師兄弟共商。」

兩名小沙彌在前引路，其後是本因方丈，更後是保定帝叔姪，由左首瑞鶴門而入，經幌天門、清都瑤台、無無境、斗母宮、三元宮、兜率大士院、雨花院、般若台，來到一條長廊之側。兩名小沙彌躬身分站兩旁，停步不行。三人沿長廊更向西行，來到幾間大屋前。段譽曾來天龍寺多次，此處卻從所未到，只見那幾間大屋全以松木搭成，板門木柱，木料均不去皮，天然質樸，和一路行來金碧輝煌的殿堂全不相同。

本因方丈雙手合什，說道：「阿彌陀佛，本因有一事疑難不決，打擾三位師兄弟的功課。」屋內一人說道：「方丈請進！」本因伸手緩緩推門。這「牟尼堂」雖說是堂，開闊直如一座大殿。段譽隨著方丈和伯父跨進門去，他聽方丈說的是「三位師兄弟」，堂中卻有四個和尚分坐四個蒲團。三僧朝外，其中二僧容色枯槁，另一個壯大魁梧。東首的一個和尚身形瘦削，臉朝裏壁，一動不動。

保定帝認得兩個枯黃精瘦的僧人法名本觀、本相，都是本因方丈的師兄，那魁梧的僧人法名本參，是本因的師弟。他只知天龍寺牟尼堂共有「觀、相、參」三位高僧，卻不知另有一位僧人，當下躬身爲禮。本觀等三人微笑還禮。那面壁僧人不知是在入定，還是功課正到緊要關頭，不能分心，始終沒加理會。保定帝知「牟尼」兩字乃寂靜、沉默之意，此處既是牟尼堂，須當說話越少越好，於是要言不煩，將段譽身中邪毒之事說了，最後道：「祈懇四位大德指點明路。」

本觀沉吟半晌，又向段譽打量良久，說道：「兩位師弟意下如何？」本參道：「便稍損內力，也未必就練不成六脈神劍。」

保定帝聽到「六脈神劍」四字，心中不由得一震，尋思：「幼時曾聽爹爹說起，我段氏祖上有一門『六脈神劍』的武功，威力無窮。但爹爹言道，那也只是傳聞而已，沒聽說曾有那一位祖先會此功夫，而這功夫到底如何神奇，更誰也不知。本參大師這麼說，原來確有這麼一門奇功。」轉念又想：「本參大師這話之意，是要以內力爲譽兒解毒，這樣一來，勢必累到他們修練『六脈神劍』的進境受阻。但譽兒所中的邪毒、邪功，古怪之極，若非咱們此間五人併力，如何能治？」心中雖感歉仄，終究沒出言推辭。

本相和尚一言不發，站起身來，低頭垂眉，斜佔東北角方位。本觀、本參也分立兩處方位。本因方丈道：「善哉！善哉！」佔了西南偏西的方位。

保定帝道：「譽兒，四位祖公長老，不惜損耗功力，爲你驅治邪毒，快些叩謝。」段譽見了伯父的神色和四僧舉止，情知此事非同小可，當即拜倒，向四僧一一磕頭。四僧微笑點頭。保定帝道：「譽兒，你盤膝坐下，心中甚麼也別想，全身更不可使半分力氣，如有劇痛奇癢，皆是應有之象，不必驚怖。」段譽答應了，依言坐定。

本觀和尚豎起右手拇指，微一凝氣，便按在段譽後腦的風府穴上，一陽指力源源透入。那風府穴離髮際一寸，屬於督脈。跟著本相和尚點他任脈紫宮穴，本參和尚點他陰維脈大橫穴，本因方丈點他衝脈陰都穴和帶脈五樞穴，保定帝點他陰蹻脈晴明穴。奇經八脈共有八個經脈，五人留下陽維、陽蹻兩脈不點。五人使的都是一陽指功，以純陽之力，要將他體內所中邪毒、邪功，自陽維、陽蹻兩脈的諸處穴道中洩出。

這段氏五大高手一陽指上的造詣均在伯仲之間，但聽得嗤嗤聲響，五股純陽的內力同時透入段譽體內。段譽全身一震之下，登時暖洋洋地說不出的舒服，便如冬日在太陽下曝晒一般。五人手指連動，只感自身內力進入段譽體內後漸漸消融，再也收不回來。段譽並未練過奇經八脈的「北冥神功」，但五大高手以一陽指手力強行注入，段譽卻也無可奈何，內力一至他膻中氣海，便即貯存。段氏五大高手你瞧瞧我，我瞧瞧你，都感驚疑不定。

猛聽得「嗚嘩——」一聲大喝，各人耳中均震得嗡嗡作響。保定帝知道這是佛門中一項極上乘的功夫，叫作「獅子吼」，一聲斷喝中蘊蓄深厚內力，大有懾敵警友之效。只聽那面壁而坐的僧人說道：「強敵日內便至，天龍寺百年威名，搖搖欲墮，這黃口乳子中毒也罷，著邪也罷，這當口值得爲他白損功力嗎？」這幾句話中充滿著威嚴。

本因方丈道：「師叔教訓得是！」左手一揮，五人同時收指退後。

保定帝聽本因方丈稱那人爲師叔，忙道：「不知枯榮長老在此，晚輩未及禮敬，多有罪業。」原來枯榮長老在天龍寺中輩份最高，面壁已數十年，天龍寺諸僧衆，誰也沒見過他眞面目。保定帝也只聞其名，從沒拜見過，一向聽說他在雙樹院中獨參枯禪，十多年沒聽人提起，只道他早已圓寂。

枯榮長老道：「事有輕重緩急，大雪山大輪明王之約，轉眼就到。正明，你也來參詳參詳。」保定帝道：「是。」心想：「大雪山大輪明王佛法淵深，跟咱們有何瓜葛？」

本因方丈從懷中取出一封金光燦爛的信來，遞在保定帝手中。保定帝接了過來，著手重甸甸地，見這信奇異之極，竟是用黃金打成極薄的封皮，上用白金嵌出文字，乃是梵文。保定帝識得寫的是：「書呈崇聖寺住持」，從金套中抽出信箋，也是一張極薄的金箋，上用梵文書寫，大意說：「當年與姑蘇慕容博先生相會，訂交結友，談論當世武功。慕容先生言下對貴寺『六脈神劍』備致推崇，深以未得拜觀爲憾。近聞慕容先生仙逝，哀痛無已，爲報知己，擬向貴寺討求該經，焚化於慕容先生墓前，日內來取，勿卻爲幸。貧僧自當以貴重禮物還報，未敢空手妄取也。」信末署名「大雪山大輪寺釋子鳩摩智合什百拜」。箋上梵文也以白金鑲嵌而成，鑲工極盡精細，顯是高手匠人花費了無數心血方始製成。單是一個信封、一張信箋，便是兩件彌足珍貴的寶物，這大輪明王的豪奢，可想而知。

保定帝素知大輪明王鳩摩智是吐蕃國的護國法王，但只聽說他具大智慧，精通佛法，每隔五年，開壇講經說法，西域天竺各地的高僧大德，雲集大雪山大輪寺，執經問難，研討內典，聞法既畢，無不歡喜讚嘆而去。保定帝也曾動念欲前去聽經。這信中說與姑蘇慕容博談論武功，結爲知己，然則也是一位武學高手。這等大智大慧之人，不學武則已，既爲此道中人，自必非同小可。

本因方丈道：「《六脈神劍經》乃本寺鎮寺之寶，大理段氏武學的至高法要。正明，我大理段氏最高深的武學是在天龍寺，你是世俗之人，雖是自己子姪，許多武學的秘奧，亦不能向你洩露。」保定帝道：「是，此節弟子理會得。」本觀道：「本寺藏有《六脈神劍經》，連正明、正淳他們也不知曉，卻不知那姑蘇慕容氏如何得知。」

段譽聽到這裏，忽地想起，在無量山石洞的「瑯嬛福地」中，一列列的空書架上，簽條注明「大理段氏」之處，有「缺一陽指法」、「缺六脈神劍劍法」的字樣，心道：「神仙姊姊搜羅天下各家各派武譜拳經，但我家的『一陽指法』和『六脈神劍劍法』，她終究沒得到。」心中有些得意，卻也有惆悵，神仙姊姊在簽條上注了「憾甚」兩字，想來頗以未窺祕笈為憾。

只聽本參氣憤憤的道：「這大輪明王也算是舉世聞名的高僧了，怎能恁地不通情理，膽敢向本寺強索此經？正明，方丈師兄知道善者不來，來者不善，此事後果非小，自己作不得主，請枯榮師叔出來主持大局。」

本因道：「本寺雖藏有此經，但說也慚愧，我們無一人能練成經上所載神功，連稍窺堂奧也說不上。枯榮師叔所參枯禪，是本寺的另一路神功，也當再假時日，方克大成。我們未練成神功，外人自不得而知，難道大輪明王竟有恃無恐，不怕這六脈神劍的絕學嗎？」

枯榮冷冷的道：「諒來他對六脈神劍是不敢輕視的。他信中對那慕容先生何等欽遲，而這慕容先生又心儀此經，大輪明王自知輕重。只是他料到本寺並無出類拔萃的高人，寶經雖珍，但如無人得能練成，也屬枉然。」

本參大聲道：「他如自己仰慕，相求借閱一觀，咱們敬他是佛門高僧，最多不過婉言謝絕，也沒甚麼大不了。最氣人的，他竟要拿去燒化給死人，豈不太也小覷了天龍寺麼？」本相喟然嘆道：「師弟倒不必因此生嗔著惱，我瞧那大輪明王並非妄人，他是想效法吳季札墓上掛劍的遺意，看來他對那位慕容先生欽仰之極，唉，良友已逝，不見故人……」說著緩緩搖頭。

保定帝道：「本相大師可知那慕容先生的爲人麼？」本相道：「我不知道。但想大輪明王是何等樣人，能得他如此欽遲，慕容先生自非常人也。」說時悠然神往。

本因方丈道：「師叔估量敵勢，咱們若非趕緊練成六脈神劍，只怕寶經難免爲人所奪，天龍寺一敗塗地。只是這神劍功夫以內力爲主，實非急切間一蹴可成。正明，非是我們對譽官所中邪毒袖手不理，就只怕大家內力耗損過多，強敵猝然而至，那就難以抵擋。看來譽官所中邪毒雖深，數日間性命無礙，這幾天就讓他在這裏靜養，傷勢倘有急變，我們隨時設法救治，待退了大敵之後，我們全力以赴，給他驅毒如何？」

保定帝雖躭心段譽病勢，但他究竟極識大體，知天龍寺是大理段氏的根本。每逢皇室有難，天龍寺傾力赴援，總是轉危爲安。當年奸臣楊義貞弒上德帝篡位，全仗天龍寺會同忠臣高智昇靖難平亂。大理段氏於五代石晉天福二年丁酉得國，至今一百五十餘年，中間經過無數大風大浪，社稷始終不墮，實與天龍寺穩鎮京畿有莫大關連，今日天龍有警，與社稷遇危一般無二，說道：「方丈仁德，正明感激無已，但不知對付大輪明王一事，正明亦能稍盡綿薄麼？」

本因沉吟道：「你是我段氏俗家第一高手，如能聯手共禦強敵，確能大增聲威。可是你乃世俗之人，如參與佛門弟子的爭端，難免令大輪明王笑我天龍寺無人。」

枯榮忽道：「咱們倘若分別練那六脈神劍，不論是誰，終究內力不足，都是練不成的。我也曾想到一個取巧的法子，各人修習一脈，六人一齊出手。雖然以六敵一，勝之不武，但我們並非跟他單獨比武爭雄，而是保經護寺，就算一百人鬥他一人，卻也說不得了。只是算來算去，天龍寺中再也尋不出第六個內力相當的好手，爲此躊躇難決。正明，你就來湊湊數罷。只不過你須得剃個光頭，改穿僧裝才成。」他越說越快，似乎頗爲興奮，但語氣始終冷冰冰地。

保定帝道：「皈依我佛，原是正明的素志，惟神劍秘奧，正明從未得聞，倉卒之際，只怕……」本因道：「這路劍法的基本功夫，你早就已經會了，只須記一記劍法便成。」保定帝不解，道：「請方丈指點。」本因道：「你且坐下。」保定帝在一個蒲團上盤膝坐下。

本因道：「六脈神劍，並非眞劍，乃是以一陽指的指力化作劍氣，有質無形，可稱無形氣劍。所謂六脈，即手之六脈太陰肺經、厥陰心包經、少陰心經、太陽小腸經、陽明大腸經、少陽三焦經。」說著從本觀的蒲團後面取出一個卷軸。

本參接過，懸在壁上，卷軸舒開，帛面因年深日久，已成焦黃之色，帛上繪著個裸體男子的圖形，身上註明穴位，以紅線黑線繪著六脈的運走徑道。保定帝是一陽指的大行家，這「六脈神劍經」以一陽指指力爲根基，自是一看即明。

段譽躺在地下，見到帛軸和裸體男子的圖形，登時想起了那個給自己撕爛了的帛軸，心想：「身上的穴道經脈，男女都是一般，神仙姊姊也眞奇怪，爲甚麼要繪成裸女之形，而且這裸女又繪上自己的相貌？」隱隱覺得不妥，似乎神仙姊姊有意以色相誘人，教人不得不練圖中神功，自己神智迷糊中撕了帛軸，說不定反而免去了一場劫難。但如此推想，未免冒犯了神仙姊姊，這念頭只在腦海中一閃而過，再也不敢多想。

本因道：「正明，你是大理國一國之主，改裝易服，雖是一時的權宜之計，但若給對方瞧出了破綻，頗損大理國威名。利害相參，盼你自決。」保定帝雙手合什，說道：「護法護寺，義無反顧。」本因道：「很好。然這六脈神劍經不傳俗家子弟，你須得剃度了，我才傳你。待退了強敵，你再還俗。」保定帝站起身來，雙膝跪地，道：「請大師慈悲。」枯榮大師道：「你過來，我給你剃度。」

保定帝走上前去，跪在他身後。段譽見伯父要剃度爲僧，心下暗暗驚異，只見枯榮大師伸出右手，反過來按在保定帝頭上，手掌上似無半點肌肉，皮膚之下包著的便是骨頭。枯榮大師仍不轉身，說偈道：「一微塵中入三昧，成就一切微塵定，而彼微塵亦不增，於一普現難思刹。」手掌提起，保定帝滿頭烏髮盡數落下，頭頂光禿禿地更無一根頭髮，便用剃刀來剃亦沒這等乾淨。段譽固大爲驚訝，保定帝、本觀、本因等也無不欽佩：「枯榮大師參修枯禪，功力竟已到如此高深境界。」

只聽枯榮大師說道：「入我佛門，法名本塵。」保定帝合什道：「謝師父賜名。」佛門不叙世俗輩份，本因方丈雖是保定帝的叔父，但保定帝受枯榮剃度，便成了本因的師弟。當下保定帝去換上了僧袍僧鞋，儼然便是一位有道高僧。

枯榮大師道：「那大輪明王說不定今晚便至，本因，你將六脈神劍的秘奧傳於本塵。」本因道：「是！」指著壁上的經脈圖，說道：「本塵師弟，這六脈之中，你便專攻『手少陽三焦經脈』，眞氣自丹田而至肩臂諸穴，由淸冷淵而至肘彎中的天井，更下而至四瀆、三陽絡、會宗、外關、陽池、中渚、液門，凝聚眞氣，自無名指的『關衝』穴中射出。」保定帝依言運起眞氣，無名指點處，嗤嗤聲響，眞氣自「關衝」穴中洶湧迸發。（注）

枯榮大師喜道：「你內力修爲不凡。這劍法雖變化繁複，但劍氣既已成形，自能隨意所之了。」

本因道：「依這六脈神劍的本意，該是一人同使六脈劍氣，但當此末世，武學衰微，已無人能修聚到如此強勁渾厚的內力，咱們只好六人分使六脈劍氣。師叔專練拇指少商劍，我專練食指商陽劍，本觀師兄練中指中衝劍，本塵師弟練無名指關衝劍，本相師兄練小指少衝劍，本參師弟練左手小指少澤劍。事不宜遲，咱們這便起始練劍。」

他再取出五幅圖形，連先前已懸的一幅，共是六幅。將五幅懸於四壁，少商劍的圖形則懸在枯榮大師面前。每幅圖上都是縱橫交叉的直線、圓圈和弧形。六人專注自己所練一劍的劍氣圖，伸出手指在空中虛點虛劃。

段譽緩緩坐起，只覺體內眞氣鼓盪，比先前更加難受，只因保定帝、本因等五人適才又以不少內力輸進了他體內。段譽見伯父和方丈等正在凝神用功，不敢出聲打擾，呆坐良久，甚感無聊，無意中向懸在枯榮大師面前壁上的那張經脈穴道圖望去。只看了一會，便覺自己右手小臂不住抖動，似有甚麼東西要突破皮膚而迸發出來。那小老鼠一般的東西所要衝出來之處，正是穴道圖上所註明的「孔最穴」。

這一路「手太陰肺經」他倒是練過的，壁間圖形中的穴道與裸女圖相同，但線路卻截然大異。順著經脈圖上的紅線一路看去，自孔最而至大淵，隨即跳過來回到尺澤，再向下而至魚際，雖然盤旋往復，但體內這股左衝右突的眞氣，居然順著心意，也迂迴曲折的沿臂而上，升至肘彎，更升至上臂。眞氣順著經脈運行，他全身的煩惡立時減輕，便專心凝志的將這股眞氣納入膻中穴去。

但經脈運行既異，這股眞氣便不能如裸女帛軸上所示那樣順利貯入膻中，過不多時，便「啊唷，啊唷」的叫了出來。保定帝聽得他叫喚，忙轉頭問道：「覺得怎樣？」段譽道：「我身上有無數氣流奔突竄躍，難過之極，我心裏想著太師叔圖上的紅線，氣流便歸到了膻中穴，啊唷！嗯，可是膻中穴中越塞越滿，放不下了。我……我……我……我胸膛要爆破了！」

這等內力的感應，只有身受者自身知覺，他只覺胸膛高高鼓起，立時便要脹破，在旁人看來卻沒半點異狀。保定帝深知修習內功者的諸般幻象，本來膻中穴鼓脹欲破的情景，至少要練功至二十年後、內力渾厚無比之時方會出現，段譽從未學過內功，料來這幻象必是體內邪毒所致。保定帝暗暗驚異，知他若不導氣歸虛，全身便會癱瘓，但將這些邪毒深藏而入內府，以後再要驅出便千難萬難。他平素處理疑難大事，明斷果敢，往往一言而決，然眼前之事關係段譽一生禍福，稍有差池，立有性命之憂，眼見段譽雙目神光散亂，已顯顚狂之態，更無猶豫餘地，心意已決：「這當口便飲鴆止渴，也說不得了。」說道：「譽兒，我教你導氣歸虛的法門。」連比帶說，將法門傳授了他。

段譽不及等到聽完，便已一句一句的照行。大理段氏的內功法要，果然精妙絕倫，他一經照做，四外流竄的眞氣便即逐一收入臟腑。中國醫書中稱人體內部器官爲「五臟六腑」，「臟」便是「藏」，「腑」便是「府」，原有聚集積蓄之意。段譽先吸得無量劍七弟子的全部內力，後來又吸得段延慶、黃眉僧、葉二娘、南海鱷神、雲中鶴、鍾萬仇、崔百泉等高手的部分內力，這一日又得了保定帝、本觀、本相、本因、本參段氏五大高手的一小部分內力，體內眞氣之厚，內力之強，幾可說得上震古鑠今，並世無二。這時得伯父指點，將這些眞氣內力逐步藏入內府，全身越來越舒暢，只覺輕飄飄地，似要凌空飛起一般。

保定帝見他臉露笑容，歡喜無已，還道他入魔已深，只怕這邪毒從此和他一生糾纏固結，再難盡除，不免成爲終身之累，不由得暗暗歎息。

枯榮大師聽得保定帝傳功已畢，便道：「本塵，諸業皆自作自受，休咎禍福，盡從心生。你不必太爲旁人擔憂，趕緊練那關衝劍罷！」保定帝應道：「是！」收攝心神，又去鑽研關衝劍劍法。

段譽體內的眞氣充沛之極，非一時三刻所能收藏得盡，但那法門越行越熟，到後來也越收越快。牟尼堂中七人各自行功，不覺東方之既白。

但聽得報曉鷄啼聲喔喔，段譽自覺四肢百骸間已無殘存眞氣，站起身來活動一下肢體，見伯父和五位高僧兀自在專心練劍。他不敢開門出去閒步，更不敢出聲打擾六人用功，無事可做，順便向伯父那張經脈圖望望，又向關衝劍的劍法圖解瞧瞧，雖聽本因師伯說過，六脈神劍不傳俗家子弟，但想這等高深的武功我怎學得會，隨便瞧瞧，當亦無礙。看得心神專注之時，突覺一股眞氣自行從丹田中湧出，衝至肩臂，順著紅線直至無名指的關衝穴。他不會運氣衝出，但覺無名指的指端腫脹難受，心想：「還是讓這股氣回去罷。」心中這麼想，那股氣流果眞順著經脈回歸丹田。

段譽不知無意之間已窺上乘內功的法要，只不過覺得一股氣流在手臂中這麼流來流去，隨心所欲，甚是好玩。牟尼堂三僧之中，他覺以本相大師最爲隨和可親，側頭去看他的「手少陰心經脈圖」。見這路經脈起自腋下的極泉穴，循肘上三寸至青靈穴，至肘內陷後的少海穴，經靈道、通里、陰郄、神門、少府諸穴，通至小指的少衝穴。如此緩緩存想，一股眞氣果然便循著經脈路線運行，只是快慢洪纖，未能盡如意旨，有時甚靈，有時卻全然不行，料想是功力未到之故，卻也不在意下。

只半日功夫，段譽已將六張圖形上所繪的各處穴道盡行通過。只覺精神爽利，左右無事，又逐一去看少商、商陽、中衝、關衝、少衝、少澤六路劍法的圖形。但見紅線黑線，縱橫交錯，頭緒紛繁之極，心想：「這等煩難的劍招，又如何記得住？何況方丈師伯說過，俗家子弟是不能學的。」當下便不再看，腹中覺得有些餓了，心想：「小沙彌怎地還不送素齋麵食來？還是悄悄出去找些吃的罷。」便在此時，鼻端忽然聞到一陣柔和的檀香，跟著一聲若有若無的梵唱遠遠飄來。

枯榮大師說道：「善哉，善哉！大輪明王駕到。你們練得怎麼樣了？」本參道：「雖不純熟，似乎也已足可迎敵。」枯榮道：「很好！本因，我不想走動，便請明王到牟尼堂來敘會罷。」本因方丈應道：「是！」走了出去。

本觀取過五個蒲團，一排的放在東首，西首放了一個蒲團。自己坐了東首第一個蒲團，本相第二，本參第四，將第三個蒲團空著留給本因方丈，保定帝坐了第五個蒲團。段譽沒坐位，便站在保定帝身後。枯榮、本觀等最後再溫習一遍劍法圖解，才將帛圖捲攏收起，都放在枯榮大師身前。

保定帝道：「譽兒，待會激戰一起，堂中劍氣縱橫，大是凶險，伯父不能分心護你。你到外面走走去罷。」段譽心中一陣難過：「聽各人的口氣，這大輪明王武功厲害之極，伯父的關衝劍法乃是新練，不知是否敵得過他，若有疏虞，如何是好？」便道：「伯父，我……我要跟著你，我不放心你與人家鬥劍……」說到最後幾個字時，聲音已哽咽了。保定帝心中也一動：「這孩子倒很有孝心。」

枯榮大師道：「譽兒，你坐在我身前，那大輪明王再厲害，也不能傷了你一根寒毛。」他聲音仍冷冰冰地，但語意中頗有傲意。

段譽道：「是。」走到枯榮大師身前，不敢去看他臉，也盤膝面壁而坐。枯榮大師身軀比段譽高大得多，將他身子都遮住了。保定帝既感激，又放心，適才枯榮大師以枯禪功爲自己落髮，這一手神功足以傲視當世，要保護段譽自當綽綽有餘。

霎時間牟尼堂中寂靜無聲。

過了好一會，只聽得本因方丈道：「明王法駕，請移步這邊牟尼堂。」另一個聲音道：「有勞方丈領路。」段譽聽這聲音親切謙和，彬彬有禮，絕非強兇霸橫之人。聽腳步聲約莫有十來人，聽得本因推開板門，說道：「明王請！」

大輪明王道：「得罪！」舉步進了堂中，向枯榮大師躬身合什，說道：「吐蕃國晚輩鳩摩智，參見前輩大師。有常無常，雙樹枯榮，南北西東，非假非空！」

段譽尋思：「這四句偈言是甚麼意思？」枯榮大師卻心中一驚：「大輪明王博學精深，果然名不虛傳。他一見面便道破了我所參枯禪的來歷。」

世尊釋迦牟尼當年在娑羅雙樹之間入滅，東西南北，各有雙樹，每一面的兩株樹都是一榮一枯，稱之爲「四枯四榮」，據佛經中言道：東方雙樹意爲「常與無常」，南方雙樹意爲「樂與無樂」，西方雙樹意爲「我與無我」，北方雙樹意爲「淨與無淨」。茂盛榮華之樹意示涅槃覺相：常、樂、我、淨；枯萎凋殘之樹顯示世相：無常、無樂、無我、無淨。如來佛在這八境界之間入滅，意爲非枯非榮，非假非空。

枯榮大師數十年靜參枯禪，還只能修到半枯半榮的境界，無法修到更高一層的「非枯非榮、亦枯亦榮」之境，是以一聽到大輪明王的話，便即凜然，說道：「明王遠來，老衲未克遠迎。明王慈悲。」

大輪明王鳩摩智道：「天龍威名，小僧素所欽慕，今日得見莊嚴寶相，大是歡喜。」

本因方丈道：「明王請坐。」鳩摩智道謝坐下。

段譽心想：「這位大輪明王不知是何模樣？」悄悄側過頭來，從枯榮大師身畔瞧了出去，只見西首蒲團上坐著一個僧人，身穿黃色僧袍，不到五十歲年紀，布衣芒鞋，臉上神采飛揚，隱隱似有寶光流動，便如是明珠寶玉，自然生輝。段譽向他只瞧得幾眼，便心生欽仰親近之意。再從板門中望出去，只見門外站著八九個漢子，面貌大都猙獰可畏，不似中土人士，自是大輪明王從吐蕃國帶來的隨從了。

鳩摩智雙手合什，說道：「佛曰：不生不滅，不垢不淨。小僧根器魯鈍，未能參透愛憎生死。小僧生平有一知交，是大宋姑蘇人氏，複姓慕容，單名一個『博』字。昔年小僧與彼邂逅相逢，講武論劍。這位慕容先生於天下武學無所不窺，無所不精，小僧得彼指點數日，生平疑義，頗有所解，又得慕容先生慨贈上乘武學秘笈，深恩厚德，無敢或忘。不意大英雄天不假年，慕容先生西歸極樂。小僧有一不情之請，還望眾長老慈悲。」

本因方丈道：「明王與慕容先生相交一場，即是因緣，緣份既盡，何必強求？慕容先生往生極樂，蓮池禮佛，於人間武學，豈再措意？明王此舉，不嫌蛇足麼？」

鳩摩智道：「方丈指點，確爲至理。然小僧生性痴頑，殊乏慧根，閉關四十日，始終難斷思念良友之情。慕容先生當年論及天下劍法，深信大理天龍寺『六脈神劍』爲天下諸劍中第一，恨未得見，引爲平生最大憾事。」本因道：「敝寺僻處南疆，得蒙慕容先生推愛，實感榮寵。但不知當年慕容先生何不親來求借劍經一觀？」

鳩摩智長嘆一聲，慘然色變，默然半晌，才道：「慕容先生情知此經是貴寺鎭刹之寶，坦然求觀，定不蒙允。他道大理段氏貴爲帝皇，不忘昔年江湖義氣，仁惠愛民，澤被蒼生，他也不便出之於偷盜強取。」本因謝道：「多承慕容先生誇獎。既然慕容先生很瞧得起大理段氏，明王是他好友，須當體念慕容先生的遺意。」

鳩摩智道：「只是那日小僧曾誇口言道：『小僧是吐蕃國師，於大理段氏無親無故，吐蕃大理兩國，亦無親厚邦交。慕容先生既不便親取，由小僧代勞便是。』大丈夫一言既出，生死無悔。小僧對慕容先生既有此約，決計不能食言。」說著雙手輕輕擊了三掌。門外兩名漢子抬了一隻檀木箱子進來，放在地下。鳩摩智袍袖一拂，箱蓋無風自開，裏面是一隻燦然生光的黃金小箱。鳩摩智俯身取出金箱，托在手中。

本因心道：「我等方外之人，難道還貪圖甚麼奇珍異寶？再說，段氏爲大理一國之主，一百五十餘年的積蓄，還怕少了金銀器玩？」卻見鳩摩智揭開金箱箱蓋，取出來的竟是三本舊册。他隨手翻動，本因等瞥眼瞧去，見册中有圖有文，都是硃墨所書。鳩摩智凝視著這三本書，忽然間淚水滴滴而下，濺濕衣襟，神情哀切，悲不自勝。本因等無不大爲詫異。

枯榮大師道：「明王心念故友，塵緣不淨，豈不愧稱『高僧』兩字？」

大輪明王垂首道：「大師具大智慧、大神通，非小僧所及。這三卷武功訣要，乃慕容先生手書，闡述少林派七十二門絕技的要旨、練法，以及破解之道。」

衆人聽了，都是一驚：「少林派七十二門絕技名震天下，據說少林自創派以來，除了宋初曾有一位高僧身兼二十三門絕技之外，從未有第二人曾練到二十二門以上。這位慕容先生能知悉少林七十二門絕技的要旨，已然令人難信，至於連破解之道也盡皆通曉，那更加不可思議了。」

只聽鳩摩智續道：「慕容先生將此三卷奇書賜贈，小僧披閱鑽研之下，獲益良多。現願將這三卷奇書，與貴寺交換六脈神劍寶經。若蒙衆位大師俯允，令小僧得完昔年信諾，實在感激不盡。」

本因方丈默然不語，心想：「這三卷書中所記，倘若眞是少林寺七十二門絕技，那麼本寺得此書後，武學上不但可與少林並駕齊驅，抑且更有勝過。蓋天龍寺通悉少林絕技，本寺的絕技少林卻無法知曉。」

鳩摩智道：「貴寺賜予寶經之時，儘可自留副本，衆大師嘉惠小僧，澤及白骨，自身並無所損，一也。小僧拜領寶經後立即固封，決不私窺，親自送至慕容先生墓前焚化，貴寺高藝決不致因此而流傳於外，二也。貴寺眾大師武學淵深，原已不假外求，但他山之石，可以攻玉，少林寺七十二門絕技確有獨到之秘，其中『拈花指』、『多羅葉指』、『無相劫指』三項指法，與貴派一陽指頗有相互印證之功，三也。」

本因等最初見到他那通金葉書信之時，覺得他強索天龍寺的鎮寺之寶，太也強橫無理，但這時聽他娓娓道來，頗爲入情入理，似乎此舉於天龍寺利益甚大而絕無所損，反倒是他親身送上一份厚禮。本相大師生性謙退，雅願與人方便，心下已有允意，但論尊則有師叔，論位則有方丈，輪不到自己隨口說話。

鳩摩智道：「小僧年輕識淺，所言未必能取信於眾位大師。少林七十二絕技中的三門指法，不妨先在眾位之前獻醜。」說著站起身來，說道：「小僧當年不過是興之所至，隨意涉獵，所習甚爲粗疏，還望眾位指點。這一路指法是拈花指。」只見他右手拇指和食指輕輕搭住，似是拈住了一朵鮮花一般，臉露微笑，左手五指向右輕彈。

牟尼堂中除段譽之外，個個是畢生研習指法的大行家，但見他出指輕柔無比，左手每一次彈出，都像是要彈去右手鮮花上的露珠，卻又生怕震落了花瓣，臉上始終慈和微笑，顯得深有會心。按禪宗歷來傳說，釋迦牟尼在靈山會上說法，手拈金色波羅花遍示諸眾，眾人默然不語，只迦葉尊者破顏微笑。釋迦牟尼知迦葉已領悟心法，便道：「吾有正法眼藏，涅槃法門，實相無相，微妙法門，不立文字，教外別傳。付囑摩訶迦葉。」禪宗以心傳頓悟爲第一大事，少林寺屬於禪宗，對這「拈花指」當是專有精研。

可是鳩摩智彈指之間卻不見得具何神通，他連彈數十下後，舉起右手衣袖，張口向袖子一吹，霎時間袖子上飄下一片片棋子大的圓布，衣袖上露出數十個破孔。原來他這數十下拈花指，都凌空點在自己衣袖之上，柔力損衣，初看完好無損，一經風吹，功力才露了出來。本因與本觀、本相、本參、保定帝等互望幾眼，均暗暗驚異：「憑我等功力，以一陽指虛點，破衣穿孔，亦能辦到，但出指如此輕柔，溫顏微笑間神功已運，卻非我等所能。這拈花指與一陽指全然不同，其陰柔內力，確頗有足可借鏡之處。」

鳩摩智微笑道：「獻醜了。小僧的拈花指指力，不及少林寺的玄渡大師遠了。那『多羅葉指』，只怕造詣更差。」身形轉動，繞著地下木箱快步而行，十指快速連點，但見木箱上木屑紛飛，不住跳動，頃刻間一隻木箱已成爲一片片碎片。

保定帝等見他指裂木箱，亦未見奇，但見木箱的鉸鏈、銅片、鐵扣、搭鈕等金屬附件，俱在他指力下紛紛碎裂，這才不由得心驚。

鳩摩智笑道：「小僧使這多羅葉指，一味霸道，功夫淺陋得緊。」說著雙手攏入衣袖。突然之間，那堆碎木片忽然飛舞跳躍起來，便似有人以一根無形的細棒，不住去挑動攪撥一般。看鳩摩智時，他臉上始終溫和微笑，僧袖連下襬也不飄動半分，原來他指力從衣袖中暗暗發出，全無形跡。

本相忍不住脫口讚道：「無相劫指，名不虛傳，佩服，佩服！」鳩摩智躬身道：「大師誇獎了。木片躍動，便是有相。當眞要名副其實，練至無形無相，以小僧淺陋，縱窮畢生之力，也不易有成。」本相大師道：「慕容先生所遺奇書之中，可有破解『無相劫指』的法門？」鳩摩智道：「有的。破解之法，便從大師的法名上著想。」本相沉吟半晌，說道：「嗯，以本相破無相，高明之至。」

本因、本觀、本相、本參四僧見了鳩摩智獻演三門指力，都不禁怦然心動，已知三卷奇書中所載，確是名聞天下的少林寺七十二門絕技，但是否要將「六脈神劍」的圖譜另錄副本與之交換，確然大費躊躇。

本因道：「師叔，明王遠來，其意甚誠。咱們該當如何應接，請師叔見示。」

枯榮大師道：「本因，咱們練功習藝，所爲何來？」

本因方丈沒料到師叔竟會如此詢問，微微一愕，答道：「爲的是弘法護國。」枯榮大師道：「外魔來時，要是吾等道淺，不能以佛法點化，非得出手降魔不可，該用何種功夫？」本因道：「若不得已而出手，當用一陽指。」枯榮大師問道：「你在一陽指上的修爲，已到第幾品境界？」本因額頭出汗，答道：「弟子根鈍，又兼未能精進，只修得到第四品，慚愧之極。」枯榮大師再問：「以你所見，大理段氏的一陽指與少林拈花指、多羅葉指、無相劫指三門指法相較，孰優孰劣？」本因道：「指法無優劣，功力有高下。」枯榮大師道：「不錯。咱們的一陽指若能練到第一品，那便如何？」本因道：「淵深難測，弟子不敢妄說。」枯榮道：「倘若你再活一百歲，能練到第幾品？」本因額上汗水涔涔而下，顫聲道：「弟子不知。」枯榮道：「能修到第一品嗎？」本因道：「決計不能。」枯榮大師就此不再說話。

本因道：「師叔指點甚是，咱們自己的一陽指尚自修習不得周全，要旁人的武學奇技作甚？明王遠來辛苦，待敝寺設齋接風。」這麼說，自是拒絕了大輪明王所求。

鳩摩智長嘆一聲，說道：「都是小僧當年多嘴的不好，否則慕容先生人都不在了，這六脈神劍經求不求得到手，又有何分別？小僧今日狂妄，說一句不知天高地厚的言語，這六脈神劍的劍法，要是眞如慕容先生所說的那麼精奧，只怕貴寺雖有圖譜，卻也無人得能練成。倘若有人練成，那麼這路劍法，未必便如慕容先生所想像的神妙。」

枯榮大師道：「老衲心有疑竇，要向明王請教。」鳩摩智道：「不敢。」枯榮大師道：「敝寺藏有六脈神劍經一事，縱是我段氏的俗家子弟亦不得知，慕容先生卻從何處聽來？」鳩摩智道：「慕容先生於天下武學，所知極爲淵博。各門各派的秘技武功，往往連本派掌門人亦所不知的，慕容先生卻瞭如指掌。姑蘇慕容那『以彼之道，還施彼身』八字，便由此而來。但慕容先生於大理段氏一陽指與六脈神劍的秘奧，卻始終未能得窺門徑，生平耿耿，遺恨而沒。」

枯榮大師「嗯」了一聲，不再言語。保定帝等均想：「要是他得知了一陽指和六脈神劍的秘奧，只怕便要即以此道，來還施我段氏之身了。」

本因方丈道：「我師叔十餘年來未見外客，明王是當世高僧，我師叔這才破例延見。明王請。」說著站起身來，示意送客。

鳩摩智卻不站起，緩緩的道：「六脈神劍經既只徒具虛名，無裨實用，貴寺又何必如此重視，以致傷了天龍寺與大輪寺的和氣，傷了大理國和吐蕃國的邦交？」

本因臉色微變，森然問道：「明王之言，是不是說：天龍寺若不允交經，大理、吐蕃兩國便要兵戎相見？」保定帝一向派遣重兵，駐紮西北邊疆，以防吐蕃國入侵，聽鳩摩智如此說，自是全神貫注的傾聽。

鳩摩智道：「我吐蕃國主久慕大理國風土人情，早有與貴國國主會獵大理之念，只是小僧心想此舉勢必多傷人命，大違我佛慈悲本懷，數年來一直竭力勸止。」

本因等自都明白他言中所含威脅之意。他是吐蕃國師，吐蕃國自國主而下，人人崇信佛法，便與大理國無異，鳩摩智向得國主信任，是和是戰，多半可憑他一言而決。倘若爲了一部經書而致兩國生靈塗炭，委實頗不值得。吐蕃強而大理弱，戰事若起，大局可慮。但他這般一出言威嚇，天龍寺便將鎮寺之寶雙手奉上，這又成何體統？

枯榮大師道：「明王既堅要此經，老衲等又何敢吝惜？明王願以少林寺七十二門絕技交換，敝寺不敢拜領。明王既已精通少林七十二絕技，復又精擅大雪山大輪寺武功，料來當世已無敵手。」

鳩摩智雙手合什，道：「大師之意，是要小僧出手獻醜？」枯榮大師道：「明王言道，敝寺的六脈神劍經徒具虛名，不切實用。我們便以六脈神劍，領教明王幾手高招。倘若確如明王所云，這路劍法徒具虛名，不切實用，那又何足珍貴？明王儘管將劍經取去便了。」

鳩摩智暗暗驚異，他當年與慕容博談論「六脈神劍」之時，略知劍法之意，純係以內力使無形劍氣，都覺不論劍法如何神奇高明，以一人內力而同時運使六脈劍氣，諒非人力所能企及，這時聽枯榮大師的口氣，不但他自己會使，而且其餘諸僧也均會此劍法，天龍寺享名百餘年，確不可小覷了。他神態一直恭謹，這時更微微躬身，說道：「諸位高僧肯顯示神劍絕藝，令小僧大開眼界，幸何如之！」

本因方丈道：「明王用何兵刃，請取出來罷。」

鳩摩智雙手一擊，門外走進一名高大漢子。鳩摩智說了幾句番話，那漢子點頭答應，到門外的箱子中取過一束藏香，交了給鳩摩智，倒退著出門。

眾人都覺奇怪，心想這線香一觸即斷，難道竟能用作兵刃？只見他左手拈了一枝藏香，右手取過地下的一些木屑，輕輕捏緊，將藏香插入木屑之中。如此一連插了六枝藏香，排成一列，每枝藏香間相距約莫一尺。鳩摩智盤膝坐在香後，隔著五尺左右，突然雙掌搓了幾搓，向外揮出，六根香頭一亮，同時點燃了。衆人都是一驚，只覺這人內力之強，實已到了不可思議的境界。但各人隨即聞到微微的硝磺之氣，猜到這六枝藏香頭上都有火藥，鳩摩智並非以內力點香，乃是以內力磨擦火藥，使之燒著香頭。這事雖亦難能，但保定帝等自忖也可辦到。

藏香所生煙氣作碧綠之色，六條筆直的綠線裊裊升起。鳩摩智雙掌如抱圓球，內力運出，六道碧煙慢慢向外彎曲，分別指向枯榮、本觀、本相、本因、本參、保定帝六人。他這門掌力叫作「火燄刀」，雖然虛無縹緲，不可捉摸，卻能以內力殺人於無形。此番他只志在得經，不欲傷人，是以點了六枝線香，以展示掌力的去向形跡，一來顯得有恃無恐，二來意示慈悲爲懷，旨在較量武學修爲，不求殺傷人命。

六條碧煙來到本因等身前三尺之處，便即停住不動。本因等都吃了一驚，心想以內力逼送碧煙並不爲難，但將這飄蕩無定的煙氣凝在半空，那可難上十倍了。本參左手小指疾伸，一條氣流從少澤穴中激射而出，指向身前的碧煙。那條煙柱受這道內力一逼，迅速無比的向鳩摩智倒射過去，射到他身前二尺時，鳩摩智的「火燄刀」內力加盛，煙柱無法再向前行。鳩摩智點了點頭，道：「名不虛傳，六脈神劍中果然有『少澤劍』一路劍法。」兩人的內力激盪數招，本參大師心知若坐定不動，難以施展劍法上的威力，起身向左斜行三步，左手小指的內力自左向右斜攻過去。鳩摩智左掌反撥，登時擋住。

本觀中指豎立，「中衝劍」向前刺出。鳩摩智喝道：「好，是中衝劍法！」揮掌擋住，以一敵二，毫不見怯。

段譽坐在枯榮大師身前，斜身側目，凝神觀看這場武林中千載難逢的大鬥劍，他雖不懂武功，卻也知道這幾位高僧以內力鬥劍，其凶險和厲害之處，更勝於手中眞有兵刃。適才鳩摩智以空勁碎箱，這股內勁如著上血肉之軀，自有斷首破腹之效。幸好鳩摩智點了六根線香，他可從碧煙的飄動來去之中，看到這三人的劍招刀法，看得十數招後，心念一動：「啊，是了！本觀大師的中衝劍法，便如圖上所繪的一般無二。」他輕輕打開中衝劍法圖譜，從碧煙的繚繞之中，對照圖譜上的劍招，一看即明，更無難解之處。再看本參的少澤劍法時，也是如此。只不過中衝劍大開大闔，氣勢雄邁，少澤劍卻忽來忽去，變化精微。

本因方丈見師兄師弟聯手，佔不到絲毫上風，心想我們練這劍法未熟，劍招易於使盡，六人越早出手越好，這大輪明王聰明絕頂，眼下他顯是在觀察本觀、本參二人的劍法，並未全力攻防，當即說道：「本相師兄、本塵師弟，咱們都出手罷。」食指伸處，「商陽劍法」展動，跟著本相的「少衝劍」、保定帝的「關衝劍」，三路劍氣齊向餘下三條碧煙上擊去。

段譽先瞧關衝劍，再瞧少衝劍，又瞧商陽劍，東看一招，西看一招，對照圖譜之後雖能明白，終不免凌亂無章。正自凝神瞧著「少衝劍」的圖譜時，忽見一根枯瘦的手指伸到圖上，緩緩畫了八個字：「只學一圖，學完再換。」段譽心念一動，知是枯榮大師指點，回過頭來，向他微微一笑，示意致謝。

這一看之下，他笑容登時僵住，原來眼前所出現的那張面容奇特之極，左邊的一半臉色紅潤，皮光肉滑，有如嬰兒，右邊的一半卻如枯骨，除了一張焦黃的面皮之外全無肌肉，骨頭突了出來，宛然便是半個骷髏骨頭。他一驚之下，立時轉過了頭，一顆心怦怦亂跳，明知這是枯榮大師修習枯榮禪功所致，但這張半枯半榮的臉孔，實在太過嚇人，一時無論如何不能定下心來。

只見枯榮大師的食指又在帛上畫道：「良機莫失，凝神觀劍。自觀自學，不違祖訓。」段譽心下明白：「本因師伯先前對我伯父言道，六脈神劍不傳段氏俗家子弟，是以我伯父須得剃度之後，方蒙傳授。但枯榮太師叔寫道『自觀自學，不違祖訓』，想來祖宗遺訓之中，並不禁段氏俗家子弟無師自學。太師叔吩咐我『良機莫失，凝神觀劍』，自然是盼我自觀自學了。」當即恭恭敬敬的俯首受教，仔細觀看伯父的「關衝劍法」，大致看明白後，依次再看少衝、商陽兩路劍法。凡人五指之中，無名指最為笨拙，食指則最靈活，因此關衝劍以拙滯古樸取勝，商陽劍法卻巧妙活潑，難以捉摸。少衝劍法與少澤劍法同以小指運使，但一爲右手小指，一爲左手小指，劍法上便也有工、拙、捷、緩之分。但「拙」非不佳，「緩」也威力不減，只奇正有別而已。

段譽先只一念好奇，從碧煙的來去之中，對照圖譜上線路，不過像猜燈謎一般推詳一番，既得枯榮大師指示囑咐，這才專心一致的看了起來。待得於三路劍法大致看明，本參與本觀的劍法已第二遍再使。段譽不必再參照圖譜，眼觀碧煙，與心中所記劍法一一印證，便覺圖上線路固定，而碧煙來去，變化無窮，比之圖譜上所繪可繁複得多了。

再觀看一會，本相、本因、保定帝三人的劍法也已使完。本相小指一彈，劍招轉彎斜刺，已是這路劍招的第二次使出。鳩摩智微微點頭，跟著本因和保定帝的劍招也不得不從舊招中更求變化。突然之間，只聽得鳩摩智身前嗤嗤聲響，「火燄刀」威勢大盛，將五人劍招上的內力都逼了回來。

原來鳩摩智初時只取守勢，要看盡了六脈神劍的招數，再行反擊，這一下自守轉攻，五條碧煙迴旋飛舞，靈動無比。那第六條碧煙卻仍停在枯榮大師身後三尺之處，穩穩不動。枯榮大師有心要看透他底細，瞧他五攻一停，能支持到多少時候，因此始終不出手相攻。果然鳩摩智要長久穩住這第六道碧煙，耗損內力頗多，終於這道碧煙也一寸一寸的向枯榮大師後腦移近。

段譽驚道：「太師叔，碧煙攻過來了。」枯榮點了點頭，展開「少商劍」圖譜，放在段譽面前。段譽見這路少商劍的劍法便如是一幅潑墨山水，縱橫倚斜，寥寥數筆，卻是劍路雄勁，頗有石破天驚、風雨大至之勢。段譽眼看劍譜，心中記掛著枯榮後腦的那股碧煙，一回頭間，見碧煙離他後腦已不過三四寸遠，驚叫：「小心！」

枯榮大師反過手來，雙手拇指同時捺出，嗤嗤兩聲急響，分襲鳩摩智右胸左肩。他竟不擋敵人來侵，另遣兩路奇兵急襲反攻。他料得鳩摩智的火燄刀內力上蓄勢緩進，眞要傷到自己，尙有片刻，倘若後發先至，當可打他個措手不及。

鳩摩智思慮周詳，早有一路掌力伏在胸前，但他料到的只是一著攻勢凌厲的少商劍，卻沒料到枯榮大師雙劍齊出，分襲兩處。鳩摩智手掌揚處，擋住了刺向自己右胸而來的一劍，跟著右足一點，向後急射而出，但他退得再快，總不及劍氣來如電閃，一聲輕響過去，肩頭僧衣已破，迸出鮮血。枯榮雙指迴轉，劍氣縮回，六根藏香齊腰折斷。本因、保定帝等也各收指停劍。各人久戰無功，早在暗暗擔憂，這時方始放心。

鳩摩智跨步走進堂內，微笑道：「枯榮大師的禪功非同小可，小僧佩服之極。那六脈神劍嘛，果然只徒具虛名而已。」本因方丈道：「如何徒具虛名，倒要領教。」鳩摩智道：「當年慕容先生所欽仰的，是六脈神劍的劍法，並不是六脈神劍的劍陣。天龍寺這座劍陣確然威力甚大，但充其量，也只和少林寺的羅漢劍陣、崑崙派的混沌劍陣不相伯仲而已，似乎算不得是天下無雙的劍法。」他說這是「劍陣」而非「劍法」，是指摘對方六人一齊動手，排下陣勢，並不是一個人使動六脈神劍，便如他使火燄刀一般。

本因方丈覺他所言有理，無話可駁。本參卻冷笑道：「劍法也罷，劍陣也罷，適才比刀論劍，是明王贏了，還是我們天龍寺贏了？」

鳩摩智不答，閉目默念，過得一盞茶時分，睜開眼來，說道：「第一仗貴寺稍佔上風，第二仗小僧似乎已有勝算。」本因一驚，問道：「明王還要比拚第二仗？」

鳩摩智道：「大丈夫言而有信。小僧既已答允了慕容先生，豈能畏難而退？」本因道：「然則明王如何已有勝算？」

鳩摩智微微一笑，道：「衆位武學淵深，難道猜想不透？請接招罷！」說著雙掌緩緩推出。枯榮、本因、保定帝等六人同時感到各有兩股內勁分從不同方向襲來。本因等均覺其勢不能以六脈神劍的劍法擋架，也均雙掌齊出，對這兩股掌力一擋，只枯榮大師仍是雙手拇指捺出，以少商劍法接了敵人內勁。

鳩摩智推出了這股掌力後便即收招，說道：「得罪！」

本因和本觀等相互望了一眼，均已會意：「他一掌之上可同時生出數股力道，枯榮師叔的少商雙劍若再分進合擊，他也儘能抵禦得住。咱們卻必須捨劍使掌，這六脈神劍顯是不及他的火燄刀了。」

便在此時，只見枯榮大師身前煙霧升起，一條黑煙分為四路，向鳩摩智攻了過去。鳩摩智對這位面壁而坐、始終不轉過頭來的老和尚心下本甚忌憚，突見黑煙來襲，一時猜不透他用意，仍使出「火燄刀」法，分從四路擋架。他並不還擊，一面防備本因等羣起而攻，一面靜以觀變，看枯榮大師還有甚麼厲害後著。

只覺黑煙越來越濃，攻勢極其凌厲。鳩摩智暗暗奇怪：「如此全力出擊，所謂飄風不終朝，暴雨不終夕，又如何能持久？枯榮大師當世高僧，怎麼會以這般急躁剛猛的手段應敵？」料想他決計不會這般沒見識，必是另有詭計，當下緊守門戶，一顆心靈活潑潑地，以便隨機應變。過不到片刻，四道黑煙突然一分二、二分四，四道黑煙分為一十六道，四面八方向鳩摩智推來。鳩摩智心想：「強弩之末，何足道哉？」展開火燄刀法，一一封住。雙方力道一觸，十六道黑煙忽然四散，堂中刹時間煙霧瀰漫。鳩摩智毫不畏懼，鼓盪眞力，護住全身。

但見煙霧漸淡漸薄，濛濛煙氣之中，只見本因等五僧跪在地下，神情莊嚴，而本觀與本參的眼色中更大顯悲憤。鳩摩智一怔之下，登時省悟，暗叫：「不好！枯榮這老僧知道不敵，竟將六脈神劍的圖譜燒了。」

他所料不錯，枯榮大師以一陽指的內力逼得六張圖譜焚燒起火，生怕鳩摩智阻止搶奪，於是推動煙氣向他進擊，使他著力抵禦，待得煙氣散盡，圖譜已燒得乾乾淨淨。本因等均是精研一陽指的高手，一見黑煙，便知緣由，心想師叔寧爲玉碎，不肯瓦全，甘心將這鎮寺之寶毀去，決不讓之落入敵手。好在六人心中分別記得一路劍法，待強敵退去，再行默寫出來便是，只不過祖傳的圖譜卻終於就此毀了。

鳩摩智又驚又怒，他素以智計自負，今日卻接連兩次敗在枯榮大師手下，六脈神劍經既已毀去，則此行徒然結下了強仇，卻毫無所得，空勞無功。他站起身來，合什說道：「枯榮大師何必剛性乃爾？寧折不曲，頗見高致。貴寺寶經由此而毀，小僧大是過意不去，好在此經非一人之力所能練得，毀與不毀，原無多大分別。這就告辭。」

他微一轉身，不待枯榮和本因對答，突然伸手扣住了保定帝右手腕脈，說道：「敝國國主久仰保定帝風範，渴欲一見，便請陛下屈駕，赴吐蕃國一敘。」

這一下變出不意，人人都大吃一驚。這番僧忽施突襲，以保定帝武功之強，竟也著了道兒，給他扣住了手腕上「列缺」與「偏歷」兩穴。保定帝急運內力衝撞穴道，於瞬息間連衝七次，始終沒能掙脫。本因等都覺鳩摩智這一手太過卑鄙，大失絕頂高手的身分，空自憤怒，卻無相救之策，因保定帝要穴受制，隨時隨刻可讓他取了性命。

枯榮大師哈哈一笑，說道：「他從前是保定帝，現下已避位爲僧，法名本塵。本塵，吐蕃國國主既要見你，你去去也好。」保定帝無可奈何，只得應道：「是！」他知枯榮大師的用意，鳩摩智當自己是一國之主，擒住了自己是奇貨可居，但若信得自己已避位爲僧，不過是擒拿了一個天龍寺的和尙，那就無足輕重，說不定便會放手。

自鳩摩智踏進牟尼堂後，保定帝始終不發一言，未露任何異狀，可是要使得動這六脈神劍，雖不過是六劍中的一劍，也須是第一流的武學高手，內力修爲異常深湛之士。武林之中那幾位是第一流好手，各人相互均知。鳩摩智此番乃有備而來，於大理段氏及天龍寺僧俗名家的形貌年紀，都已查得淸淸楚楚，各人的脾氣習性、武功造詣，也已琢磨了十之八九。他知天龍寺中除枯榮大師外，尙有四位高手，現下忽然多了個「本塵」出來，這人的名字從未聽過，而內力之強，絲毫不遜於其餘「本」字輩四僧，但看他雍容威嚴，神色間全是富貴尊榮之氣，便猜到他是保定帝了。待聽枯榮大師說他已「避位爲僧」，鳩摩智心中一動：「久聞大理段氏歷代帝皇，往往避位爲僧，保定帝到天龍寺出家，原也不足爲奇。但皇帝避位爲僧，全國必有盛大儀典，飯僧禮佛，修塔造廟，定當轟動一時，決不致如此默然無聞。我吐蕃國得知訊息後，也當遣使來大理賀新君登位。此事其中有詐。」便道：「保定帝出家也好，沒出家也好，都請到吐蕃一遊，朝見敝國國君。」說著拉了保定帝，便即跨步出門。

本因喝道：「且慢！」身形晃處，和本觀一齊攔在門口。鳩摩智道：「小僧並無加害保定皇爺之意，但若衆位相逼，可顧不得了。」右手虛擬，對準了保定帝的後心。他這「火燄刀」的掌力無堅不摧，保定帝脈門受扣，已成聽由宰割之勢，無可抗拒。天龍衆僧若合力進攻，一來投鼠忌器，二來也無取勝把握。本因等兀自猶豫，保定帝是大理國一國之主，如何能讓敵人挾持而去？

鳩摩智大聲道：「素聞天龍寺諸高僧的大名，不料便這一件小事，也這般婆婆媽媽，效那兒女之態。請讓路罷！」

段譽自見伯父爲他挾持，便甚焦急，初時還想伯父武功何等高強，怕他何來，只不過暫且忍耐而已，時機一到，自會脫身；不料越看越不對，鳩摩智的語氣與臉色傲意大盛，而本因、本觀等人卻均焦慮憤怒，而又無可奈何。待見鳩摩智抓著保定帝的手腕，一步步走向門口，段譽惶急之下，不及多想，大聲道：「喂，你放開我伯父！」跟著從枯榮大師身前走了出來。

鳩摩智早見到枯榮大師身前藏有一人，一直猜想不透是何等樣人，更不知坐在枯榮大師身前有何用意，這時見他長身走出，欲知就裏，回頭問道：「尊駕是誰？」

段譽道：「你莫問我是誰，先放開我伯父再說。」伸出右手，抓住了保定帝的左手。

保定帝道：「譽兒，你別理我，急速請你爹爹登基，接承大寶。我是閒雲野鶴一老僧，更何足道？」段譽使勁拉扯保定帝手腕，叫道：「快放開我伯父！」他大拇指少商穴與保定帝手腕上穴道相觸，這麼一使力，保定帝全身一震，登時便覺內力外洩。

便在同時，鳩摩智也覺察到自身眞力急瀉而出，登時臉色大變，心道：「大理段氏怎地學會了『化功大法』？」當即凝氣運力，欲抗拒這陰毒邪功。

保定帝驀地裏覺到雙手各有一股猛烈的力道向外拉扯，當即使出「借力打力」心法，將這兩股力道的來勢方向對在一起。他處身其間，敵我兩力相拒不下，雙手便不受力，一揮手已脫卻鳩摩智的束縛，帶著段譽飄身後退，暗叫：「慚愧！今日多虧譽兒相救。」

鳩摩智這一驚非同小可，心想：「大理武林中，居然又出了一位大高手，我怎地全然不知？這人年紀輕輕，不過二十左右年紀，怎能有如此修為？這人叫保定帝為伯父，那麼是大理段氏小一輩中的人物了。」緩緩點頭，說道：「小僧一直以為大理段氏藝專祖學，不暇旁騖，殊不知後輩英賢，卻去結交星宿老人，研習『化功大法』的奇門武學，奇怪啊，奇怪！」他雖淵博多智，卻也誤以為段譽的「北冥神功」乃「化功大法」，只是他自重身分，不肯出口傷人，因此稱星宿「老怪」為「老人」。武林人士都稱這「化功大法」為妖功邪術，他卻稱之為「奇門武學」。適才這麼一交手，他料想段譽的內力修為當不在星宿老怪丁春秋之下，不會是那老怪的弟子傳人，是以用了「結交」兩字。

保定帝冷笑道：「久仰大輪明王睿智圓通，識見非凡，卻也口出謬論。星宿老怪擅於暗算偷襲，卑鄙無恥，我段氏子弟豈能跟他有何關連？」鳩摩智一怔，臉上微微一紅，保定帝言中「暗算偷襲，卑鄙無恥」這八字，自是指斥他適才的舉動。

段譽道：「大輪明王遠來是客，天龍寺以禮相待，你卻膽敢犯我伯父。咱們不過瞧著大家都是佛門弟子，這才處處容讓，你卻反而更加橫蠻。出家人中，那有如明王這般不守清規的？」眾人聽段譽以大義相責，心下都暗暗稱快，同時嚴神戒備，只恐鳩摩智老羞成怒，突然發難，向段譽加害。

不料鳩摩智神色自若，說道：「今日結識高賢，幸何如之，尚請不吝賜教數招，俾小僧有所進益。」段譽道：「我不會武功，從來沒學過。」鳩摩智笑道：「高明，高明。小僧告辭了！」身形微側，袍袖揮處，手掌從袖底穿出，四招「火燄刀」的招數同時向段譽砍來。

敵人最厲害的招數無影無蹤地猝然攻至，段譽目無所見，自無所覺。保定帝和本相雙指齊出，將他這四招「火燄刀」接下了，只是在鳩摩智極強內勁的陡然衝擊之下，身形都是一晃。本相更「哇」的一聲，吐出一口鮮血。

段譽見到本相吐血，這才省悟，原來適才鳩摩智又暗施偷襲，心下大怒，指著他的鼻子罵道：「你這蠻不講理的番僧！」他右手食指這麼用力一指，心與氣通，自然而然的使出一招「商陽劍」劍法來。他內力之強，當世已極少有人能及，適才在枯榮大師身前觀看了六脈神劍的圖譜，以及七僧以無形刀劍相鬥，一指之出，竟心不自知的與劍譜暗合。但聽得嗤的一聲響，一股渾厚無比的內勁疾向鳩摩智刺去。

鳩摩智一驚，忙出掌以「火燄刀」擋架。

段譽這一出手，不但鳩摩智大為驚奇，而枯榮、本因等亦大出意料之外，其中最感奇怪的，乃是保定帝與段譽自己。段譽心想：「這可古怪之極了。我隨手這麼一指，這和尚為甚麼要這般凝神擋拒？是了，是了，想是我出指的姿式很對，這和尚以為我會使六脈神劍。哈哈，既是如此，我且來嚇他一嚇。」大聲道：「這商陽劍功夫，何足道哉！我使幾招中衝劍的劍法給你瞧瞧。」說著中指點出。但他手法雖然對了，這一次卻無內勁相隨，只不過凌空虛點，毫無實勁。

鳩摩智見他中指點出，立即蓄勢相迎，不料對方這一指竟沒半點勁力，還道他虛虛實實，另有後著，待見他又點一指，仍是空空洞洞，不禁心中一樂：「我原說世上豈能有人既會使商陽劍，又會使中衝劍的？果然這小子虛張聲勢的唬人，倒給他嚇了一跳。」

他這次在天龍寺中連栽幾個觔斗，心想若不顯一顯顏色，大輪明王威名受損不小，當下左掌分向左右連劈，以內勁封住保定帝等人的赴援之路，跟著右掌斬出，直趨段譽右肩。這一招「白虹貫日」，是他「火燄刀」刀法的精妙之作，一刀便要將段譽的右肩卸了下來。保定帝、本因、本參等齊聲叫道：「小心！」各自伸指向鳩摩智點去。

他三人出招，自是上乘武功中攻敵之不得不救，那知鳩摩智先以內勁封住周身要害，這一刀毫不退縮，仍然筆直砍落。段譽聽得保定帝等人的驚呼，知道不妙，雙手同時出力揮出，他心下驚惶，眞氣自然湧出，右手少衝劍，左手少澤劍，雙劍同時架開了火燄刀這一招，餘勢未盡，嗤嗤聲響，向鳩摩智反擊過去。鳩摩智不暇多想，左手發勁擋擊。

段譽刺了這幾劍後，知道只要情勢緊急，鼓氣出指，內勁眞氣登時激發，但何以如此，仍感莫名其妙。他中指輕彈，中衝劍法又使將出來。霎息之間，適才在圖譜上見到的那六路劍法一一湧向心頭，十指紛彈，此去彼來，連綿無盡。

鳩摩智大驚，心中暗服：「這少年原來當眞會使六脈神劍。」當下盡力催動內勁相抗，大堂中劍氣縱橫，刀勁飛舞，便似有無數迅雷疾風相互衝撞激盪。此時兩人以內勁互擊，其間已無碧煙示蹤，六脈神劍與火燄刀的內勁都是有質而無形，渺不可見。鳩摩智武功精湛，尚可觀察段譽出指的方向，揣測他無形劍氣的來路，或側身趨避，或發掌擋架。段譽卻全不知火燄刀的來勢去路，驚惶中惟有胡亂快擊連刺，幸好鳩摩智心下怯了，全力守禦，不敢還擊，段譽才不致中刀殞命。

鬥得一會，鳩摩智只覺得對方內勁越來越強，劍法也是變化莫測，隨時自創新意，與適才本因、本相等人的拘泥劍招大不相同。他自不知段譽記不明白六路劍法中這許多繁複的招式，不過危急中隨指亂刺，那裏是甚麼自創新招了？心下既驚且悔：「天龍寺中居然伏得有這樣一個青年高手，今日當眞自取其辱！」突然間嗤嗤嗤連砍三刀，叫道：「且住！」

段譽的眞氣卻不能隨意收發，聽得對方喝叫「且住」，不知如何收回內勁，只得手指一抬，向屋頂指去，心想：「我不該再發勁了，且聽他有何話說。」

鳩摩智見段譽臉有迷惘之色，收斂眞氣時手忙腳亂，全然不知所云，心念微動，便即縱身而上，揮拳向他臉上擊去。

段譽以諸般機緣巧合，才學會了六脈神劍這門最高深的武學，尋常的拳腳兵刃功夫卻全然不會。鳩摩智這一拳隱伏七八招後著，原也是極高明的拳招，然而比之「火燄刀」以內勁傷人，其間深淺難易，相去自不可以道里計。本來世上任何技藝學問，決無會深不會淺、會難不會易之理，段譽的武功卻是例外。他見鳩摩智揮拳打到，便即毛手毛腳的伸臂去格。鳩摩智右掌翻過，已抓住了他胸口「神封穴」。

段譽立時全身酸軟，動彈不得。神封穴屬「足少陰腎經」，他沒練過。

鳩摩智雖已瞧出段譽武學之中隱伏有大大的破綻，一時敵不過他的六脈神劍，便想以別項高深武功勝他，卻也決計料想不到，竟能如此輕而易舉的手到擒來。他還生怕段譽故意裝模作樣，另有詭計，一拿住他「神封穴」，立即伸指又點他「極泉」、「大椎」、「京門」數處大穴。這些穴道所屬經脈，段譽也沒練過。

鳩摩智倒退三步，說道：「這位小施主心中記得六脈神劍的圖譜。原來的圖譜已爲枯榮大師焚去，小施主便是活圖譜。」左掌揚處，向前連砍出五刀，抓住段譽退出了牟尼堂門外。

保定帝、本因、本觀等縱前想要奪人，均遭他這連環五刀封住，沒法搶上。

鳩摩智使勁將段譽拋出，擲給了守在門外的九名漢子，喝道：「快走！」兩名漢子同時伸手過來，接過段譽，並不從原路出去，逕自穿入牟尼堂外的樹林。鳩摩智運起「火燄刀」，一刀刀的只是往牟尼堂的門口砍去。

保定帝等各以一陽指氣功向外急衝，一時之間卻攻不破他的無形刀網。

鳩摩智聽得馬蹄聲響，心知九名部屬已擄著段譽北去，長笑說道：「燒了死圖譜，反得活圖譜。慕容先生地下有人相伴，可不覺寂寞了！」右掌斜劈，喀喇喇一聲響，將牟尼堂的兩根柱子劈倒，身形微晃，便如一溜輕煙般奔入林中，剎那間不知去向。

保定帝和本參雙雙搶出，見鳩摩智已然走遠。保定帝道：「快追！」衣襟帶風，一飄數丈。本參大師和他並肩齊行，向北追趕。

注：「六脈神劍」、「火燄刀」、少林派指法等將內勁凝聚集中，發出而化爲毀物傷人的無形刀劍，僅爲小說家誇大之言，並非眞有其事，讀者當作「寓言誇張」可也，在小說中僅爲增添興味，不能作物理學、動力學之科學推究，尤其小讀者不

可信以爲眞。讀者可視作當今醫學中激光手術、「伽瑪刀」之類，鐳射之力能凝聚光線以割除眼中白內障、體內瘤腫或膽石、腎石，化無質之力爲有質之手術刀，產生功能，事固神奇，亦非絕無可能。本書叙事，多有虛妄想像、誇張之處，蓋以「天龍八部」爲名，多有象徵抽象，已踏入魔幻之神奇境界矣。

天龍八部(大字版) / 金庸作.　-- 二版.
-- 臺北市：遠流，2017.10
冊；公分. -- (大字版金庸作品集；41–50)

ISBN 978-957-32-8133-7 (全套：平裝).

857.9　　　　106016856